시간의 뒤뜰을 거닐다

전호림 산문집

시간의
뒤뜰을
거닐다

매일경제신문사

사람 한평생이 뭐란 말인가? 어느 때부턴가 이런 생각을 자주 하게 됐다. 인생 선배들 보기에 민망한 얘기지만 아무래도 나이 들어가는 '증상' 가운데 하나가 아닌가 싶다. 쉰을 넘기고부터는 생각이 많아졌다. 얼토당토않게 한번 생각의 꾸러미가 풀리면 감당이 안 될 때가 많았다.

사람은 제 나이를 뛰어넘어 행동하는 게 어렵다. 그래서 즐겨 듣는 노래, 즐겨하는 놀이가 세대의 벽을 넘지 못하는 모양이다. 여기 쓰인 글들도 그렇다. 40대 이상이 읽으면 공감이 갈 얘기들이지만 2030세대에겐 삼촌이나 부친한테 얘기를 듣는 듯한 느낌이 들 것이다.

이 글의 대부분은 〈매경이코노미〉 국장을 역임하는 동안 썼다. 3년 반 동안 재직하면서 매주 한 꼭지씩, 맨 뒤 페이지에 '전호림 칼럼'을 썼다. 글쟁이가 글 쓰는 것만큼 행복한 게 어디 있을까? 그렇게 쓴 것이 170여 꼭지가 됐다. 개중 지면 관계상 절반만 골라 실었다. 매주 글을 쓰는 일은 설렘인 동시에 작은 스트레스이기도 했다. '이번 주엔 뭘 써야 하나?' 이런 고민을 거듭하면서 '오늘은 또 뭘 해 먹여야 하나?'하고 매일 끼니 걱정을 하시던 어머니 생각을 했다.

기자도 글쟁이다. 주제만 잡히면 뭐든 써낸다. 소재 수집과 시간이 문제이긴 하지만. 그러나 나는 여기서 20여 년간 해온 '기자의 글쓰기'를 버렸다. '창작 글을 쓰자'고 마음먹은 것이다. 창작이라고 해서 소설을 썼다는 얘기는 아니고 자료를 구하거나 취재해서 보도하는 식의 신문기사 글이 아니라는 얘기다. 이 글 중 시사적인 것을 제외하면 모두 그렇게 썼다. 분량으로 치면 절반을 넘는다.

한국은 마음만 먹으면 비판할 게 많은 나라다. 압축성장을 하느라 속을 채우지 못하고 휙휙 지나는 바람에 어떤 사안이든 엿가락처럼 구멍이 숭숭 뚫려 있기 일쑤다. 따라서 언론 본연의 사명감에 입각해서 비판을 가하려면 끝도 없다.

열혈남아여서인지 한번 마음먹고 쓰기 시작하면 한도 없이 쏟아져 나왔다. 매번 제대로 할 소리를 다 하고 나면 적정량(원고지

10장)의 두 배가 넘는 20~25장에 달했다. 그러나 솔직히 말해서 시사칼럼은 재미가 없다. 뻔한 내용이기도 하고.

그래서 '전호림 칼럼'을 쓰는 데 원칙을 두었다. 한번은 '칼럼'으로 한번은 '에세이'로 쓰기로 한 것이다. 경제 주간지의 딱딱함과 시사 글의 무미건조함을 피해 말랑말랑한 얘기를 쓰려다 그런 결정을 내렸다. 물론 에세이를 쓰려고 했다가도 '뭔 일'이 터지면 당연히 팽개치고 '터진 사안'을 다루었다. 왕왕 그런 일이 있었다. 세월호 참사 때가 대표적이다.

경제지 기자이면서 경제에 관한 글이 적은 데도 이유가 있다. 우리나라에 전문가가 좀 많은가. 주식이면 주식, 부동산이면 부동산. 전문가가 차고 넘친다. 그런 마당에 '얇고 넓게'를 모토로 살아온 내가 얕은 지식을 쏟아놓은들 독자들이 읽어주겠느냐는 생각을 했다.

T.S. 엘리엇은 '문학의 효용은 감동과 쾌락'이라고 했다. 내가 쓴 글이 문학은 아니지만 나도 글을 쓰는데 이와 비슷한 철학을 갖고 있다. '정보와 지식을 제공하라. 그렇지 않으면 교훈을 주라. 그것도 안 되면 감동과 공감을 안겨야 한다'

이게 내 글쓰기의 기본 생각이다. 〈매경이코노미〉를 읽는 독자는 대한민국 최고의 식자층이다. 그런 독자들이기에 더더욱 그런 자세가 필요했다.

에세이는 창작물이지만 소재는 있어야 하니까 늘 안테나를 세우고 다녔다. 드라마 〈대장금〉은 역사책에 한 줄 정도 나오는 내용을 토대로 만들어졌다고 들었다. 여기 글 가운데는 단어 한두 개 또는 쓰윽 스쳐가는 짧은 감상 하나로 쓴 것도 있다. 내 딴에는 손바닥 크기의 소설, 이른바 장편(掌篇)소설이라고 생각하고 쓴 것도 몇 편 있다. 그 옛날 문학 소년의 감성이 조금은 남아 있었다. 소설가들이 보면 혀를 찰 노릇이겠지만.

문재(文才)가 부족한 나에게 다양한 글의 '시험장'으로 귀한 지면을 제공해준 매경이코노미에 감사드린다. 아울러 매주 원고의 일차 독자가 돼서 비평하고 조언해준 매경이코노미 기자들에게도 감사한 마음을 전한다. 또 부족한 글이나마 이메일로, 카톡으로, 때론 전화로 격려해주신 수많은 독자들께 고맙다는 말씀을 드린다. 대구에서, 나주에서, 멀리 호주와 미국에서 편지를 보내준 독자에게는 계속 글을 전하지 못해 죄송하다는 말씀을 드린다. 청송교도소와 대전교도소에서 복역 중인 재소자 몇 분에게도 안타깝다는 말씀을 드린다. 어서 형기를 마치고 밝은 세상으로 나오길 빈다.

2015년 3월, 북한산 기슭에서

전호림

2. 사람 사는 풍경

3. 우리는 어디로 가고 있는가

4. 기업, 나라의 살림밑천

5. 국가란 모름지기…

Part 1

아름다운
시절에

01

그때 그 어스름,
밥 먹어라

그때쯤,

"밥 먹어라"

부르던 엄마 목소리

(…)

이제 먼 길을 걸어와 저물어가는 나이

그래도 가만히 불러보면 여전히

그 모습으로 달려오는

그때 그 저녁

- 〈그때 그 저녁〉 심정자

술래잡기를 하는지 골목골목에서 튀밥처럼 아이들이 튀어나온다. 말뚝박기하는 녀석들이 머리통을 앞사람 가랑이에 집어넣고 기차 고삐처럼 늘어섰다. 땅거미가 내려 금이 잘 보이지도 않는데도 깨금발로 폴짝폴짝 뛰며 땅따먹기를 하는 아이, 깡통보다 신발을 더 멀리 차 날리는 아이…. 어스름에 배가 고플 만도 하건만 한창 흥이 돋은 조무래기들은 바깥마당을 어지러이 뛰어다니며 왁자지껄하다.

그때쯤, "○○야 밥 먹어라!" 부르던 어머니 목소리. 저녁밥 짓는 연기가 아직도 머리숱에 치맛자락에 목소리에 매캐하게 묻어 있다. 손에는 불을 때다 그냥 들고 온 부지깽이가 들려 있다. "아이구, 꼴이 이게 뭐꼬?" 먼지투성이가 된 검정 교복의 등짝이랑 바짓가랑이를 토닥토닥 털어주던 어머니 손길. 수십 년이 지난 지금도 방금 전 일처럼 선명하고 살가운 감각으로 살아 있다. "배고픈데 어여 가자" 작은 손을 따뜻이 감싸 쥔 그 손에 이끌려 아이들은 하나둘 골목으로 사라진다. 이윽고 읍내 극장의 커튼처럼 어둠이 내려오고 소란스럽던 무대는 적막 속에 묻힌다.

심정자 시인의 〈그때 그 저녁〉이란 시를 읽으면 주체 못 하는 그리움을 느낀다. 먹을 것 지천인 지금도 헛구역질하듯 배고픈 시절의 허기를 느끼는 것처럼, 어머니의 사랑을 넘치도록 받았건만 그 사랑에 대한 허기는 해가 갈수록 더하다.

그날 부지깽이를 들고 바깥마당을 찾아왔을 때처럼 흰 수건을 머리에 둘러쓰고 논두렁 밭두렁 걷던 모습, 삐걱삐걱 물지게 지던

모습, 새끼 낳은 어미 소를 산모처럼 돌봐주던 모습, 저녁 어스름에 "밥 먹어라" 부르던 목소리. 행여 어머니의 환영이라도, 환청이라도 만나려나 마음이 서성인다.

02

뻥튀기
할배

뻥튀기장수가 마을로 들어오면 설이 가까워져 있었다. 매년 섣달이면 어김없이 찾아오는 튀밥장수 박 씨는 자신의 존재를 마을 사람들에게 어떻게 알려야 하는지 잘 알고 있었다. 그는 튀밥기계를 설치하자마자 자신이 갖고 온 강냉이부터 한 됫박 튀겼다. 그렇게 뻥!하고 한 방 터뜨리면 마을 사람들이 마법에라도 걸린 듯 스물스물 걸어 나왔다.

먼저 아이들이 골목골목에서 쪼르르 튀어나온다. 아이들에게 갓 튀겨낸, 따뜻하고 고소한 튀밥을 한 줌씩 쥐어준다. 아이들은 전령사가 돼서 제집으로 돌아가 튀밥거리를 내놓으라고 조른다. 그렇지 않아도 설 차례상에 올릴 강정을 만들어야 하는 터라 이번엔 아낙들이 튀밥 튀길 곡식을 들고 나온다.

조무래기들은 빙 둘러서서 튀밥기계의 주둥이가 벌어지기만 기다린다. 시린 발을 동동 구르며 길고 긴 기다림을 참는 아이들을 위해 박 씨는 슬쩍 이벤트를 했다. 기계 아가리에 쇠 그물을 갖다 댈 때 일부러 조금 어긋나게 해서 터뜨리는 것이다. 그러면 펑! 하는 소리와 함께 철망 밖으로 튀밥이 조금 튀어나간다. 아이들이 우르르 달려들어 주워 먹는다. 그런 맛이라도 있어야 아이들이 제 차례까지 기다릴 수 있다. 강추위에 쪼그려 앉은 박 씨 자신도 그런 아이들 덕분에 조금은 일이 덜 지루해지는지도 모른다.

땅에 떨어진 걸 주워 먹는다고 더럽네, 어쩌네 하는 생각은 아직 없을 때였다. 돌처럼 단단한 강냉이가 제 몸을 활짝 열어 흰 속살을 드러내며 날아오르는 모습은 마술이었다. 튀밥 소리는 어둠이 내린 뒤까지도 폭죽처럼 펑펑 온 마을에 울려 퍼졌다. 그때마다 빈 자루가 축복이라도 받은 듯 속을 채워서 벌떡벌떡 일어섰다.

그렇게 튀긴 것으로 강정을 만든다. 가마솥에 푹 곤 조청으로 튀밥을 버무려선 두리반 위에 올려놓고 납작하게 펼쳐서 네모 반듯하게 썰면 강정이 되었다. 그건 설에만 먹을 수 있는 최상의 군것질이었다. 차례상에 올릴 강정을 시렁 위에 올려놓고 남은 것은 이웃집과 강정 만들 형편이 안 되는 집에까지 돌렸다.

한두 집도 아니고 60호가 넘는 동네 이집 저집 꽤 많은 심부름을 다닌 아이는 마침내 불만을 터뜨린다. "이제 됐다. 고만 좀 줘라!" 우리 먹을 것도 모자라는데 자꾸 퍼준다며 앙탈 부리는 아이에게 어머니는 엄하게 꾸짖는다. "그런 말 하면 벌 받아! 한 번만 더 그런 소리 해봐라!" 위세에 놀란 아이는 제가 한 말이 옳지 못한 것임을 금세 깨닫는다. 부모와 자식 간에 복잡하고 어려운 말을 동원하지 않고서도 사람 사는 법, 사람의 도리를 명료하게 깨우쳐주었다.

세배를 다니는 것도 그랬다. 맛있는 강정, 엿, 떡이 나오는 집, 세뱃돈을 주는 집을 아이들은 다 꿰고 있었다. 설날 오후 해거름 때가 되어 부모님 앞에 불려간 아이는 어느 어느 집에 세배를 다녀 왔느냐고 추달을 받는다. 거짓말을 했다간 나중에 더 큰 사달이 벌어질 것이기에 이실직고를 한다. 그러면 불호령이 떨어졌다. 당장 빠뜨린 어른께 세배를 드리고 오라는 것이다. 먹고살기 힘들어 내놓을 것 없는 어른이나 세뱃돈을 안 주는 집을 건너뛰었다가 그렇게 혼이 났다. 이런 가르침은 그 후의 삶에 큰 지침이 되었다.

그로부터 세월이 많이 흘러 어른이 된 꼬마가 어느 겨울날 고향 집을 찾았다. 그 옛날 튀밥을 주워 먹던 자신의 나이와 비슷한 또래의 아들딸을 데리고. 그때였다. 바깥마당 담벼락 아래 덩그러니 놓여있는 튀밥기계가 보였다. 그 앞에는 추위에 몸을 잔뜩 움츠리고 담배만 뻐끔뻐끔 피우는 백발의 할아버지가 앉아 있었다. 그 박 씨였다. 더이상 튀밥을 튀기는 사람이 없는, 먹을 것 지천인 세상에서도 박 씨는 업을 버리지 못하고 있었다. '간고등어라도 한 손 사가야 할머니하고 따뜻한 밥상을 마주할 텐데' 그의 처지를 생각하니 마음이 아팠다.

그해 겨울이 가고 그다음 해가 왔지만, 박 씨 할아버지는 더이상 모습을 나타내지 않았다. 위뜸 아래뜸 번갈아 찾아오던 그를 본 사람은 그 후에도 없었다. 그와 함께했던 그 옛날의 아름다운 추억도 세월 저편으로 영영 사라졌다.

03

호롱불

 가지런히 일직선으로 타오르던 호롱불의 허리가 획 꺾였다. 펄쩍하고 방문이 열릴 때마다 호롱불은 그렇게 몸을 굽혔다가 다시 곧추세우곤 했다. 창이라야 여닫지도 못하게 막아버린 봉창 하나뿐. 열십자로 얼기설기 질러놓은 투박한 창살 위에 닥나무 창호지가 발라져 있다. 문을 열면 밀폐된 방 공기가 급하게 빠지면서 압력 차에 의해 불이 춤을 추는 것이다.

 어떨 때는 문을 여는 순간 오랑캐바람(胡風)이 훅 밀고 들어와 호롱불을 꺼뜨리기도 한다. 그러면 어른 아이 할 것 없이 허겁지겁 다왕(성냥)을 찾는다. 사각통의 비사표, 팔각통의 유엔성냥이 인기였다. 어둠 속에서 방바닥을 더듬더듬 저공 비행하는 손들. 그러다 스친 아버지의 손, 그것은 흡사 알갱이 거친 '뻬빠(사포)'였다.

불이 꺼진 뒤에사 사람들은 어둠이 주는 긴장과 두려움을 안다. 그어진 성냥이 심지에 불을 붙이고 나서야 다시금 광명의 값어치를 고맙게 여긴다.

"어서 불 꺼라. 쓸데없이 기름(석유)을 왜 닳이노?" 건넌방에서 할머니가 벌써 여러 번째 재촉을 한다. 불이 꺼지면 잠드는 것 외엔 할 수 있는 게 없다. 늦게까지 깨어 있으면 배가 고파서도 못 견딘다. 동지섣달 긴긴 밤의 시작이다. 코앞의 댓돌도 안 보이는 밤, 검정 크레용을 몇백 겹 칠해야 이런 밤이 될까 꼬맹이는 생각한다.

아랫목이 복숭아뼈가 눌어붙도록 자글자글 끓는다. 초저녁에 어머니가 긴 부지깽이로 고래 깊숙이 밀어 넣어 둔 등걸 덕택이다. 아직도 타고 있는 모양이다. 간혹 타닥거리는 소리가 들린다. 등걸불은 청솔가지처럼 화력이 세진 않지만 은근하게 오래간다.

실컷 잤다 싶었는데 아직도 한밤중인가 보다. 사위가 적막에 휩싸여 있다. 동네가 통째로 깜깜한 바다 위를 떠다니는 것 같은 느낌이다. 방이 뜨거운 데다 담배 연기까지 더해 목이 탄다. 그때 화로 귀퉁이를 쨍쨍 두드리는 건넌방 곰방대 소리가 났다. 윗목의 자리끼를 들이키는 순간 확 시장기가 밀려온다. 눈치를 챘는지 어머니가 부시럭거리며 나가신다. 치맛자락에 한 움큼 찬바람을 묻혀서 돌아오는 손에 하얀 사발이 들려 있다. 동치미다. 입안에 침이 고이고 합창하듯 배가 꼬르륵거린다. 이 빈한한 살림 어디에도 어울릴 것 같지 않은, 오동통한 무 하나가 사발 속에 떠 있다. 그 짱

짱하게 여문 속살의 밀도를 와싹 깨문다. 허기도 함께 씹는다. 같이 순장 당한 푸른 무청이 청상과부처럼 서럽다.

갑자기 마당 한편에 쌓아둔 짚벼가리를 '쒸익' 하고 후려치는 소리가 들린다. 담벼락을 넘어온 오랑캐바람이다. 힘을 주체 못 한 호풍(胡風)이 추녀 끝을 들쑤시며 빠져나가는 소리가 스산하다. 아무도 찾는 이 없는 한촌의 밤. 배고픈 산짐승이 내려왔는지 멀리서 개 짖는 소리가 다급하다.

> 뒷산 부엉이 춥다고 부엉부엉 울고
>
> 산판에 지친 아버지 뜨겁다고 빠드득 이빨을 갈고
>
> 처마 끝 씨옥수수 시린 이 덜덜 떠는 데
>
> 잠 안 오는 늙은 암소 뎅그렁뎅그렁 제 삶을 되새김질하네

모질고 긴 겨울은 그렇게 갔다. 엄마 아빠 아들딸이 부채꼴로 뺑 돌아가며 누운 작은 온돌방에서 형제자매간 우애가 새록새록 돋고 소견이 자라고 생각이 곰삭았다.

2012년 12월 강릉시 왕산면 속칭 '바람부리마을'이 마침내 호롱불을 끄고 전깃불을 밝혔다고 해서 잠시 그 시절을 회상해봤다. 1929년 12월 강릉에 전기가 공급되기 시작한 지 83년 만에 강릉 전역이 전기 혜택을 보게 됐단다. 거기서 멀지 않은 북녘땅 구석구석의 동포들도 하루빨리 그런 혜택을 받았으면 한다.

04

그리워라
뒤뜰 있는 집

어릴 적 잠자리를 잡아선 꼬리 절반쯤을 잘라내고 속이 뻥 뚫린 그곳에 밀짚을 꽂아 날리는 놀이를 하곤 했다. 그 철없는 놀이를 그만둔 것은 5학년이 된 어느 날 퍼뜩 '잠자리가 얼마나 아플까?' 하는 생각이 들면서부터였다. 그렇게 꽁지를 떼이고 짚을 매단 잠자리는 멀리 날아가지 못하고 푸드덕거리다가 길이나 풀숲에 떨어졌다. 불가항력의 힘에 의해 신체 일부를 잘리고 이물질을 매단 채 날아야 했던 가엾은 잠자리처럼, 요즘 우리 삶도 허리를 잘리고 무거운 짐을 매단 모습이라는 느낌을 받을 때가 종종 있다. 우리 삶의 양식 중에서 그처럼 단절이 심하고 과격하게 바뀐 것은 주거 문화가 아닐까 싶다.

우리는 나무로 얼개를 만들고 흙으로 벽을, 돌로 구들을, 짚이나

기와로 지붕을 이었으니 자연에서 채취한 재료의 성질을 크게 바꾸지 않고 지은 집에서 살아 온 셈이다. 수천 년을 이렇게 살아온 이 땅의 사람들이 반세기 전부터는 콘크리트 구조물에 갇히게 됐다. 피부가 가렵고 코가 맹맹하고 머리가 띵한 것은 당연한 일일 것이다. 요즘 옛집을 그리워하는 사람이 부쩍 늘어나고 있다. 그들이 모여 작은 마을을 이루기도 한다. 흙집 짓는 모임, 기와집 짓는 학교도 여기저기 생겨나고 있다. 이런 움직임은 우리의 마음이 콘크리트 덩어리에 본격적인 알레르기 반응을 보이기 시작했기 때문이라고 해석할 수 있다.

빵틀에서 찍어낸 듯한 도시의 주거공간에서 살면서 해가 갈수록 그리움이 커지는 것은 뒤안(뒤뜰) 있는 집이다. 동화책이나 만화책은 언감생심이고 교과서 외에 읽을거리라곤 '전과(全課)'나 '수련장'이 전부였던 시절 뒤뜰은 동화책 수백 권이 꽂힌 창작의 공간이었다.

학교를 파하고 왔는데 어른들은 들일 나가고 없다. 혼자 뒤뜰 감나무 밑에 거적을 깔고 엎드려 숙제를 한다. 재미없으면 혼자서 구슬치기를 하고, 빈 지게에 올라타고 "이랴! 다그닥 다그닥" 한바탕 말 타기를 한다. 쟁기를 끌어내선 소도 매달지 않은 채 "이랴! 이랴! 어허 이눔의 소가~!" 하고 빈집이 떠나갈 듯 아버지처럼 고함도 질러본다. 그것마저 시큰둥해지면 반듯이 누워 깍지 낀 손바닥 위에 뒤통수를 올려놓고 하늘을 쳐다본다. 구름 사이로 건듯건듯

따가운 해가 지나간다. 구름은 바람에 짓이겨지면서 코뿔소가 됐다가 거인으로 변했다가 용의 머리로 나타나기도 한다. 하늘은 상상의 도화지, 공상의 이야기책이 되어 천 가지 그림, 만 가지 이야기가 만들어진다. 그러다 살포시 잠이 들었는데 어느새 돌아왔는지 "이놈의 자슥이 공부는 안 하고!" 불호령이 떨어진다. 요즘도 옛집만 떠올리면 아버지의 그 뭉툭한 지게 작대기가 생각나고 동시에 엉덩이에 불이 번쩍하는 통증을 느낀다.

뒤뜰과 함께 꼭 살고 싶은 곳은 처마가 긴 집이다. 처마가 길면 비가 와도 뚝담이 젖지 않는다. 뚝담 위에 비료 포대기를 깔아놓고 무릎에 턱을 괴고 앉아 콩죽 끓듯 삐쭉삐쭉 마당에 쏟아지는 비를 물끄러미 바라보는 것은 요즘 말로 '힐링'이다.

경상북도에서 정낭이라고 부르는 변소는 어릴 적 달걀귀신이 무서워 밤중엔 가지도 못하던 곳이지만 지금은 푸근한 기억을 재생해주는 치유의 공간이다. 그 한적한 나만의 공간에 앉으면 머리부터 맑아진다. 정랑 아래서 올라오는 냄새는 어느새 어머니 밥 짓는 냄새와 동격일 정도로 구수해졌다. 옛 장면이 무성영화를 보는 것처럼 새록새록 살아난다. 그 누추한 공간이 그렇게 느껴지는 건, 물 떠난 물고기처럼 우리가 본래 살던 모습에서 그만큼 유리된 채 살아왔다는 증거일 것이다.

서울은 이제 몇몇 동네를 빼고는 어느 못사는 서양 나라의 모습쯤으로 완벽하게 바뀌었다. 그만큼 우리의 주거형태가 우리를 만들어낸 뿌리와 근원으로부터 멀리 떨어져 나왔다는 얘기다. 오늘 문득 옛집이 그리워지는 건 물길을 거슬러 오를 때가 된 연어처럼 회귀본능이 발동했기 때문일까.

05

설, 고향집,
어머니…

타향도 정이 들면

정이 들면 고향이라고

그 누가 말했던가

말을 했던가

바보처럼 바보처럼.

타향살이의 서러움을 달래주던 1970년대 김상진의 노래 〈고향이 좋아〉다. 그 무렵 한국 경제는 수출드라이브 정책에 힘입어 쑥쑥 커갔다. 그 산업의 현장을 메운 것은 시골서 올라온 열예닐곱 언저리의, 요즘 같으면 한창 공부할 청소년들이었다. 야근을 밥 먹듯 하고 일요일까지 특근을 하는 날이 잦았다. 명절에 고향을 안 보내고 일을 시키는 공장도 많았다. 노조는 물론 없었다.

설에 근무를 하면 돈을 더 준다는 소리에, 집 나온 주제에 부모님 뵐 면목이 없어서, 내려갈 여비가 없어서… 고향을 못 가는 사정은 많았다. 그런 사연들로 해서 타관에서 맞는 설은 더 서러웠다. 떡국도 없는 설날 아침, '지금쯤 고향 집 앞마당에선 흰 두루마기의 어른들이 한창 차례를 지내겠지. 어머니는 탕국을 끓여내 오실 테고'

잠시 고향 집 정경을 그리고 있는데 누가 틀었는지 라디오를 타고 나온 김상진의 그 노래가 가슴을 훑는다. 훌쩍거리는 아이들도 있다. 그런 날은 방송국이 일부러 그러는지 "고향이 그리워도 못 가는 신세~", "타향살이 몇 해던가 손꼽아 세어보니~"같은 노래를 연달아 내보내 마음을 울렸다. 어떤 사연으로 나도 잠시 그런 환경에 처한 적이 있었던 터라 아리고 시린 그 장면이 지금까지 지워지지 않고 고스란히 각인돼 있다.

전남 함평군에서 온 어떤 아이는 훗날 "얼룩빼기 황소가 해설피 금빛 게으른 울음을 우는 곳. 그곳이 차마~ 꿈엔들 잊힐리야~"를 구수하게 잘 뽑는 어른으로 성장했다. 충청도 강경 출신 아이는 지금도 "어머님은 된장국 끓여 밥상 위에 올려놓고 고기 잡는 아버지를 밤새워 기다리신다~"를 애창하며 눈가를 적신다.

한국인의 고향이 남다른 것은 아마도 어머니라는 존재 때문일 것이다. 우리의 어머니들은 손에 물 마를 날이 없었다. 문고리가 쩍쩍 달라붙는 혹한의 첫새벽에 물 긷는 일부터 시작해서 불을 때서 밥을 짓고 쇠죽을 끓였다. 얼음을 깬 냇물에 빨래하고 땔나무를 하고 삼베를 짜고 새끼를 꼬느라 늘 손마디가 갈라져 있지만 멘소래담(안티푸라민)은 귀한 약이었다. 그러면서도 자식들 입에 하나라도 더 넣어주려고 노심초사하고, 자식이 아버지한테 매타작이라도 당하면 온몸으로 감싸주는 존재였다. 그 아들딸이 뭔 일만 있으면 "아이고 우리 엄니"하는 것은 섭리다. 그런 고향엘 못 가는데 타향도 정이 들면 고향이라니, 당치도 않은 소리다.

고향은 어머니가 있어서 비로소 고향이다. 아버지가 살아 있어도 어머니를 잃은 사람은 고아다. 어느 날 문득 실성한 사람처럼 차를 몰아 찾은 시골집. 기우뚱하게 서 있는 사립문을 삐걱 밀치고 들어가자 잿빛으로 바랜 격자무늬 방문이 허허롭게 맞는다. 조무래기들이 놀고 숨고 공상했던 뒤안(뒤꼍). 휘이 한 바퀴 돌아보는데, 말아서 걸어둔 멍석의 올이 삭아서 풀어져 있다. 그 속에 숨겨둔 홍시를 꺼내주시던 어머니 손길이 사라진 자리에 우두커니 선, 머리 희끗한 아들에게 말을 거는 건 늙은 감나무뿐이다. 허리를 굽히고 장맛을 보시던 어머니의 형상은 어디 가고 장독대엔 뚜껑 잃은 된장독 두어 개가 뻐끔히 하늘을 향해 입을 벌리고 있다.

어머니 없는 집에서 처음으로 잠을 청해 본다. 뒤척뒤척 생각이 수천 리를 달려 다다른 곳, 그곳은 뒷산 부엉이가 부엉부엉 우는 밤이다. 화롯불에 둘러앉은 조무래기들이 엄마를 졸라 옛이야기를 듣는다. "낙엽이 우수수 떨어질 때 겨울의 기나긴 밤 어머님하고 둘이 앉아~"

명절 때 귀경하는 아들 차가 소실점에 이를 때까지 손차양을 치고 바라보던 늙은 어머니. 그 엄니가 보이지 않는 고향은 고향이 아니다. '불러 봐도 울어 봐도 못 오실 어머님'이 생전에 하시던 말씀 "너거들은 나이가 곰백 살을 묵어도 내 새끼여" 설을 맞이하니 그 목소리 더욱 간절하다.

06

보리밭,
농밀한 허기로의 추억

　담 모퉁이를 돌아서면 노릇노릇 보리밥 눋는 냄새가 시장기를 확 돋우었다. 마늘종이 파랗게 올라오는 4월이면 어머니들은 겨우내 힘겹게 씨름하던 무쇠솥을 두고 장독대 옆 양철 화덕에 동솥을 걸었다. 우직하게 익는 무쇠솥과 달리 가볍고 얇은 동솥은 아차 하면 밥이 타기 일쑤였다.

　할머니는 보리밥일지언정 태우는 것을 질색했다. 식구는 많고 보리쌀 한 톨이라도 아껴야 할 처지라서였다.

　"태울 밥이 어디 있다고 자꾸 태우노!"

　할머니의 잔소리는 서까래 아래 매달린 스피커처럼 늘 같은 레퍼토리였지만 어머니는 그때마다 못 들은 척 살짝 탄내가 나도록 밥을 지었다. "푸르르 날아가는, 맛도 없는 보리밥을 그만큼도 안 태우면 무슨 맛으로 먹능교?" 그게 어머니의 보리밥 철학이었다.

보리밥은 물을 조금만 많이 부어도 찔꺽하니 밀가루풀 냄새가 났다. 보리밥이 구수한 건 순전히 눌어붙은 누룽지의 요술이다. 고봉으로 담은 보리밥 그릇 위에 마지막에 한 주걱 쓰윽 눌러 얹어주는 누룽지. 짜그락짜그락 씹히는 보리밥 누룽지는 풀 반찬이 지겨운 아이들한테 고기반찬이나 다름없었다. 그 보리밥도 4월 들어서면 하루 두 끼, 5월부터 햇보리가 날 때까지 한 끼로 때우는 날이 허다했다. 어서 6월이 와서 알이 백여야 7월에 누렇게 익은 보리를 타작해서 가무퇴퇴한 보리밥이라도 배불리 먹을텐데 "그놈의 윤달은 왜 들고 지랄이야?"

(…)윤사월 해 길다

꾀꼬리 울면

산지기 외딴 집

눈먼 처녀사

문설주에 귀 대고

엿듣고 있다

- 〈윤사월〉 박목월

박목월의 〈윤사월〉이라는 시에서, '윤사월 해 길다'는 대목에 이르면 갑자기 속이 허해진다. 길고도 지루한 보릿고개의 한복판을

이숙자 그림 〈보리밭〉

지나온 유년기에 대한 강렬한 연민이 살아난다. 박정희가 '잘살아보세 우리도 한번 잘살아보세'를 외치고도 한참 뒤까지 보릿고개는 이어졌다. 5,000년 역사의 질긴 굴레였다.

보리가 익을 때까지 여린 송화(松花)를 따먹고 소나무 껍질을 벗겨내고 그 속살을 먹었다. 삘기를 뽑아먹고 칡뿌리를 파먹고 수분이 달짝지근한 목화 꽃을 따먹었다. 그때, 산골짝 어디선가 허망하게 들려오는, 속이 빈 함석통의 허허한 소리 같은 꾀꼬리 소리는 우리 속을 청명하게 비워서 더욱더 배고프게 했다. '저도 먹은 게 없으니 저런 소리가 나는 게지' 우리는 그렇게 생각했다. 그 예쁘다는 꾀꼬리 소리도 내 배가 고프니 허하게만 느껴졌던 것이다.

외딴 집에서 먹을 것은 없고 앞도 안 보이는 가엾은 소녀. 그 아이는 문설주에 귀 대고 무엇을 듣고 있었을까? 아마도 먼 밭에서부터 보리 익어오는 소리, 보리 익힐 구름과 바람을 몰고 오는 소리, 어서 메롱 시룽 탈곡기가 돌아서 구수한 김 오르는 보리밥 한 그릇이 상에 오르는 소식, 그것을 기다리고 있는 것일 게다. 이 시를 필자는 늘 이렇게 제 맘대로 해석한다. 아니 철석같이 그런 뜻일 거라고 믿고 있다.

요즘 아이들은 "어디 가면 보릿고개가 있느냐"고 묻는다. "배고프면 라면 먹으면 되지 왜 굶느냐"는 말도 한다.

'보리밭의 화가' 이숙자 화백이 가나아트센터에서 연 개인전 덕분에 완행열차를 타고 잠시 40년 전으로 거슬러 올라가 봤다. 보리 밭둑 아래 자주색 달개비 꽃이 자란다. 아마도 오전 수업만 하고 돌아오는 반공일(半空日) 오후, 악동 서넛이 깜부기를 얼굴에 칠하고 후다닥 튀어나와 동네 누나를 놀라게 하는 장면도 숨어 있으리라.

살을 맞대고 사는 처자식도 이해를 못 할, 혼자만 간직하고 있는 아픈 추억이 보리밭이랑 사이사이에 스며있다. 그 아픈 상처는 처절한 삶의 현장에서 덧나서 더욱 쓰라린 고통을 주기도 했지만 힘들 때 영혼을 담그는 치유의 웅덩이가 되기도 했다. 그리고 새록새록 새살로 채워져 삶의 자양분이 됐다.

07

인생의 본을 떠준
선생님

홍이는 점심때만 되면 슬그머니 교실을 빠져나갔다. 모두 맛있게 도시락을 먹는 시간에 혼자 멀뚱하게 있는 건 못할 짓이었다. 친구들이 도시락 안 싸오는 자신을 신경 써주는 것도 죽도록 민망했다. 무엇보다 동정 어린 눈길을 받는 것이 고통스러웠다. 홍이가 점심 종만 치면 스프링처럼 튀어 나가는 이유다. 나와서 혼자 철봉에 매달려 휘휘 몇 바퀴 돌다 수도꼭지를 틀어 배가 일어날 때까지 벌컥벌컥 물을 들이켰다. 그러곤 학교 뒤 야산에서 뒤통수에 깍지를 끼고 누워 무심히 흐르는 구름을 쳐다보곤 했다. 억새풀이 산들바람에 얼굴을 간질이는 것이 좋았다. 마음이 편해지면 간밤에 할머니한테 들은 이야기들이 새록새록 생각났다. 가끔은 직접 이야기를 꾸며보기도 했다.

홍이가 6학년이 됐다. 선생님은 배곯는 홍이 사정을 5학년 담임한테 들은 모양이었다. 하지만 표시 나게 동정을 베풀려고 하지 않았다. 홍이 마음에 상처를 주지 않으려는 선생님의 마음을 홍이는 읽었다. 쿨하게 대해주는 선생님이 편하고 좋았다. 어느 날 선생님이 홍이네 가정방문을 오셨다. 짚북데기가 날아다니는 누추한 방에 선생님을 모신 홍이 어머니는 내놓을 게 없어서 안절부절못했다. 돌아갈 때가 되자 선생님은 타고 온 삼천리자전거 짐칸에서 흰 자루를 하나 내렸다. "본가에서 양식을 부쳐주는데 많이 남아서 조금 가지고 왔습니다" 선생님은 조금 겸연쩍어하면서 설명을 덧붙였다. 거의 닷 되쯤 돼 보이는 분량이었다. 홍이 어머니는 "기성회비도 못 내는 처지에 이럴 수는 없습니다"며 손사래를 쳤지만 선생님은 "아이고, 어두워지기 전에 빨리 가봐야겠습니다"란 말을 남기고 도망치듯 자전거 페달을 저어 사라졌다.

2학기도 얼마 안 남은 어느 날. 선생님이 기성회비 안 낸 아이들에게 어서 내라고 독촉을 했다. 선생님 자신도 교무실에서 시달리다 보니 어쩔 수 없이 알리고는 넘어가야 할 처지였다. 야단 비슷하게 치긴 치는데, 목소리가 어물어물 기어들어갔다. 홍이는 선생님이 갑자기 안쓰러워졌다. 선생님을 난처하게 한 자신이 죄를 지은 것같이 미안했다. 그때 홍이는 나중에 커서도 선생질만은 죽어도 안 하겠다고 생각했다. 홍이 아버지도 서당 훈장을 하다 일찍 돌아가셨다.

선생님은 방과 후 글짓기 반에 들어오면 홍이를 늘 칭찬했다. 곡식을 받을 때는 부끄럽고 미안했지만, 글짓기 시간엔 신이 났다. 선생님은 글 지도를 하면서 자주 홍이 머리를 쓰다듬어 주셨다. "표현이 좋네. 이만하면 읍내 글짓기 대회 나가서 군수상도 타겠다" 이런 식이었다. 그때마다 세상이 환해지는 느낌을 홍이는 받았다. 더벅머리 위에 얹히는 선생님의 두텁고 묵직한 손을 쉰이 지난 지금도 홍이는 잊지 못한다.

그런 선생님께 보답하려고 홍이는 솔방울을 따러 가면 꾀 안 부리고 다른 학생보다 더 많이 땄다. 송충이도 더 많이 잡았다. 조개탄 난로 피우는 당번을 일부러 맡아서 했고, 풍금을 옮기는 일에도 가장 먼저 손을 들었다.

홍이는 제 안에서 생각이 무럭무럭 자라는 걸 느꼈다. 어른으로 커가는 과정에 홍이는 몇 번 잘못된 길을 갈 뻔했다. 그때마다 선생님의 그 따뜻한 손과 말씀이 생각났다.

'선생님은 내가 시인이나 소설가가 될 거라고 하셨는데 나는 지금 뭘하고 있는 거야?'

그때 선생님을 못 만났다면 지금 뭘 하고 있을까? 해마다 스승의 날이 되면 홍이는 생각한다. 제 인생의 본을 떠준 선생님을.

절대로 선생질은 안 할 것이라던 결심대로 홍이는 지금 다른 일을 하고 있다. 엉덩이 양쪽에 짜깁기 자국이 선명한 바지를 입고서, 자신의 입에 들어갈 곡식을 제자 집에 부려놓고 가는 선생님처럼 살 용기가 홍이에겐 없었기 때문이다.

08

깨끼 한복의
보리밭 여인

화사한 깨끼 치마저고리를 입고 양산을 받쳐 든 여인이 봄볕 따사로운 5월 보리밭 길을 걸어가고 있다. 내 기억에 가장 강렬한 아름다움으로 남아 있는 여인의 모습이다. 마네의 그림 〈봄〉에 양산을 비스듬히 걸친 여인과 비슷한 이미지다. 기혼인지 미혼인지는 내 안에서 아직 분화가 안 돼 있다. 얼굴도 또렷하게 잡히지 않는다. 먼발치서 본, 어떤 담장 높은 대갓집에 갓 시집온 새댁일 수도 있다. 서늘한 위엄에 날카로운 미모를 지닌 《토지》의 서희를 투영한 여인인지도 모른다. 왜 립스틱 짙게 바른 미니스커트의 도시녀가 아닌지는 나도 모른다.

그 어슴푸레한 한복의 여인이 치맛자락 사각거리며 푸른 보리밭을 지나가는 장면 하나로 나는 수많은 이야기를 짓곤 했다. 마침내 여인이 드넓은 보리밭의 소실점 밖으로 사라지고 나면 내 맘속에는 허망함이 들어와 차고앉았다. 그렇게 가슴속 아득한 어딘가에 갈무리해둔 여인은 이듬해 보리 이삭 연하게 돋는 5월이 오면 어김없이 찾아왔다. 오래된 액자 속을 빠져나오듯, 사뿐사뿐. 얼마 전 전라도 어느 청보리밭에서도 치맛자락 나풀거리며 걷는 여인을, 마치 헛것을 본 듯 떠올렸다. 그날 집으로 돌아온 나는 둘둘 말아 화구통에 넣어둔 큼지막한 보리 그림을 펼쳤다. 눈이 보리밭 이랑을 좇고 있었다. 가장자리 개울가 쭉 뻗은 미루나무 그늘 아래서, 파닥거리는 잎사귀를 올려다보며 봄볕을 피하는 그녀가 다시 어른거렸다.

보리밭이 나에게만 특별한 곳은 아니었다. 하나둘 별이 돋는 저녁이면 낮 동안 정념에 펄펄 끓던 연인들이 몰래 숨어드는 '야한' 장소이기도 했다. 오뉴월 허리 높이로 자라난 보리밭 한복판엔 누가 깔고 있다 갔는지 보리가 한 무더기씩 누워 있기 일쑤였다. 그것은 쑥덕쑥덕 이상한 소문을 만들어냈다. "윗동네 옥이와 상철이가 누웠다 갔다더라" 식의 뒷담화다. 보리밭은 그렇게 서생도 농막의 머슴꾼도 뜨거워졌다 돌아가는 단막극의 무대요, 시집살이 고달픈 새댁이 치마폭 흠뻑 젖도록 울고 가는 힐링 공간이었다.

6월 말, 7월 들어 보릿대가 누르스름하게 변하고 보리 수염이 깔끄러워져, 깨끼의 기분 좋은 사각거림과 비슷한 소리를 낼 즈음 마실 아낙들의 치마는 '몸뻬' 일색으로 바뀐다. 머리에는 흰 수건

을 두른 일복 모드다. 그러면 한동안 내 안에 머물던 한복의 보리
밭 여인을 멀리 떠나보낸다. 가을 지나고 혹독하고 긴 겨울바람에
세상 끄트머리 어디엔가 웅크려 숨어 지낸 여인은 이듬해 오월 다
시 어슴푸레 모습을 드러낸다.

　보리밭 여인이 다시금 생각난 것은 정상회담차 미국에 가 있던
박근혜 대통령의 화사한 한복을 보고 나서다. 흰 저고리에 붉은 고
름을 단, 단아한 모습에서 잔잔한 미소의 육영수 여사를 떠올리기
도 했다. 더불어 보리를 베다 밭두렁에 앉아 막걸리를 마시던 박정
희 대통령의 생전 모습도 떠올랐다. 흙 묻은 손가락으로 휘휘 막걸
릿잔을 저었을 그 장면은 보릿고개의 아픈 기억을 들춰냈다. 박근
혜 대통령이 미국 상하 양원 합동연설에서 언급한 대로 국민소득
67달러에서 2만 5,000달러 가까이 온 것을 세계인들은 기적이라
한다. 하지만 우리 딴엔 온몸으로 부딪고 제 몸을 깎아서 일궈낸
것이다.

　한때 엽전, 짚신과 더불어 멸시와 촌스러움의 상징으로 여겨졌
던 한복. 그 한복 입은 대통령의 근사한 영어 실력과 우아한 외교
를 보면서 온갖 역경을 딛고 예까지 온 대한민국의 자랑스러운 역
사를 생각했다.

　그런데 깨끼 한복의 보리밭 여인은 내게 한 번도 이목구비를 확
연히 드러내지 않았다. 그렇게 세월이 흐르고 또 흘렀다. 그런 어느
날, 박근혜 대통령의 치마저고리 모습에서 비로소 점정(點睛)한 듯

퍼뜩 깨달았다. 그녀는 혹시 내가 어찌해볼 수조차 없었던, 빈한한
성장기에 내 안의 열등의식이 빚어낸 여인상은 아니었을까.

09

그 여름 서울서 온
뽀얀 아이

 여름이 되면 신작로길 양옆으로 늘어선 미루나무 가지에 매미가 까맣게 달라붙어 있었다. 쏴~하고 산등성이를 타고 온 바람이 미루나무에 부딪히면 이파리들끼리 파닥파닥 거대한 합창을 만들어냈다. 그건 매미들 울음소리를 묻어버릴 정도로 컸다. 소년은 귀가 잠시 먹먹해지는 이 틈을 타야 매미를 잘 잡을 수 있다고 생각했다. 도회 아이들이 모기장으로 만든 채를 써도 잘 못 잡던 것을 소년은 맨손으로 잘도 잡았다.

 소년은 물고기도 맨손으로 잡았다. 커다란 돌멩이 아래로 두 손을 집어넣고 양쪽에서 포위하듯이 천천히, 최대한 물살을 죽이면서 범위를 좁혀가다 어느 순간 와락 마주 합친다. 돌 아래서 쉬고 있던 물고기는 피할 겨를도 없이 손아귀에 들어와 파닥거린다.

소년은 '그해' 여름방학을 잊지 못한다. 더벅머리에 마른버짐 핀 얼굴의 소년은 길옆 미루나무 아래 웃통을 벗어놓고 봇도랑에서 물고기를 잡고 있었다. 그때였다.

"얘! 나 매미 한 마리 잡아줄래?"

소년은 화들짝 놀라 고개를 들었다. 얼굴이 쌀뜨물처럼 뽀얀 여자아이가 거기에 서 있었다. 나무 위 매미를 가리키는 팔은 도회지 삼촌네를 갔다가 얼핏 본 마네킹처럼 하얗다. 손가락도 동화책에서 읽은 선녀의 것이 아니라면 어찌 저리도 곱고 하늘하늘할 수 있을까? 생전 처음 보는 나비 모양의 리본은 감히 다가가기 어려울 정도로 그 아이를 고귀하게 보이도록 했다. 나중에 알고 보니 방학 때마다 내려온다는 위뜸 정부자 영감네 손녀딸이었다. 동네 사람들은 그 아이를 '서울 공주'라고 불렀다. 그런 아이의 청을 받은 소년은 입이 얼고 몸이 굳어 대답도 못 한 채 나무에 올랐다.

'실수하면 안 돼' 스스로를 그렇게 타이르면서 소년은 조심조심 매미 한 마리를 잡아서 내려왔다. 손바닥에 받아든 아이는 매미가 파닥거리자 무서웠던지 아악! 소리를 지르며 놓쳐버렸다. 소년은 올라가서 또 한 마리를 잡아왔다. 이번엔 꼼지락거리는 매미의 발이 무서웠던지 또 소리를 지르면서 날려버렸다. 또 한 마리를 잡은 소년은 건네지 않고 배를 간지럼 태워 매미가 울음을 토하게 했다. 그게 신기했던지 아이는 까르르 웃으며 좋아했다. 까만 구두 위로 희고 통통한 발등이 봉긋 솟아올라 있었다. 그 아이의 청이 없었는데도 소년은 물속으로 들어가 물고기 한 마리를 잡아선 검정고무신에 넣고 보여줬다. 수염을 흔들며 꼼지락거리는 퉁가리 등짝을 손가락으로 쿡쿡 찔러보며 아이는 더없이 좋아했다. '아! 집으로 안 가고 계속 이대로 있었으면 얼마나 좋을까…' 그때였다.

"얘 너 거기서 뭐하고 있니?"

그 아이의 엄마였다. 약간 짜증 섞인 목소리지만 어른의 말씨가 그렇게 예쁜 것도 처음 봤다. 소년과 아이는 해가 뉘엿뉘엿 넘어가는 줄도 모르고 그렇게 '호작거리고' 있었던 것이다. 아이의 어머니는 몹쓸 것을 본 사람처럼 소년을 힐끗 한번 흘겨보고는 딸을 낚아채 갔다. 소년은 갑자기 온 세상이 텅 빈 것처럼 허전해졌다.

이튿날 소년은 매미를 겁내 하는 그녀를 위해 보릿짚으로 정성스레 여치집을 만들고 그 안에 매미 두 마리를 넣어서 예의 그 미루나무 아래서 서성거렸다. 그러나 어둡사리가 칠 때까지 그 아이는 나타나지 않았다. 며칠간 뭘 잃어버린 아이처럼 안절부절못하던 소년은 까만 자가용이 그 아이를 태우고 서울로 올라갔다는 얘기를 나중에 들었다. 그러고 보니 개학이 얼마 남지 않았다.

학교에 가서도 소년은 한동안 책상 위에 연필만 굴리고 있었다. 저도 모르는 새 소년은 그렇게 한바탕 몸살을 앓았다. 그리고 이듬해 중학교 교복을 입었을 땐 부쩍 커진 자신을 발견했다.

그 후 40여 년의 세월이 흘렀다. 그 뽀얀 아이는 지금 어디서 무엇을 하고 있을까?

수박화채가 있는 밤

마당 한편에 놓인 평상 위에 피난선처럼 식구들이 빼곡히 올라 앉아 있다. 그 아래에 깔아놓은 멍석에도 빈자리가 없다. 옆에서 모깃불이 타지만 바람이 없어선지 연기가 곧게 올라간다. 평상 위의 꼬맹이들은 여느 때와 달리 할머니의 옛날이야기도 듣는 둥 마는 둥 마음은 콩밭에 가 있다. 물독에 담가놓은 수박 탓이다. 아버지는 낮에 오일장을 다녀오시면서 검은 줄무늬가 선명한 수박 한 통을 사와 물 항아리에 넣어두셨다. 어서 바깥마당 나가신 할아버지가 돌아오셔야 저 다디단 것을 먹을 텐데….

적막을 뚫고 컹컹 개 짖는 소리가 서너 번 나는가 싶더니 이윽고 곰방대를 입에 문 할아버지가 헛기침을 하며 삽짝으로 들어서신다. 어머니는 기다렸다는 듯이 수박을 꺼내 와서는 꼭지를 치고 칼을 넣는다. 쩍 소리가 나고, 치아처럼 가지런한 씨앗이 드러난다. 붉은 속을 숟가락으로 파내서 큼지막한 양푼에 담는다. 그리곤 두레박으로 막 퍼 올린, 이가 시리도록 찬 우물물을 몇 사발 붓고 사카린도 한 봉지 털어 넣는다. 휘휘 저어 반투명 사카린 알갱이가 녹아 단물이 번지면 수박화채가 완성된다. 세상에 그런 환상적인 맛이 또 있을까. 입안은 달달하고 뱃속은 청량하다. 누워서 바라보는 별들조차 행복해 보인다.

할아버지 할머니에 삼촌 고모까지 여남은 되는 대식구라 썰어서 먹으면 한 덩어리론 어림도 없다. 물과 사카린을 넣고 그릇 수를 늘려야 하는 이유다. 깡 시골이라 얼음까지 넣을 형편은 안 될 때 얘기다. 소고기 한 근에다 무와 대파를 많이 썰어 넣고 물을 한 솥 부어 끓여야 대식구가 한 그릇씩 먹을 수 있었던 소고기뭇국처럼 수박화채도 양을 늘려야 했다.

에어컨이니 선풍기니 인공의 것이 없던 그 옛날에도 열대야는 있었다. 할아버지는 태극부채로 느릿느릿 더위를 쫓았다. 할머니와 어머니는 활명수가 그려진 약국부채로는 성에 안 찼던지 뒤안을 들락거리며 등물을 쳤다. 물이 시린가? "으헛! 으헛!" 하고 기겁하는 소리가 들린다. 두런두런, 냇가에 멱 감으러 갔던 여인네들 돌아오는 소리가 담장 밖으로 들린다. 누나들과 젊은 아낙들이 무리를 지어 냇가로 가면 동네 형들이 몰래몰래 뒤를 밟았다. 그리고선 멀찍이 방천 둑 뒤에서 어둠 속에 희미하게 드러나는 알몸을 훔쳐보곤 했다.

밤이 이슥해졌다. 풀벌레도 한숨 쉬는지 조용하다. 아직 새마을 운동이 본격화되기 전이라 가로등도 없는 깜깜한 공간을 철거덕 철거덕 '고삐' 긴 밤 열차가 지나간다. 밖에서 바라보는 밤 열차의 길고 긴 차창은 판타지였다. 마법의 성으로 향하는 해리 포터의 열차쯤 될까. 불이 환하게 켜진 실내에 마주 앉은 사람들. 저들은 대체 이 밤중에 어디로 향하는 것일까? 어린 마음은 끝없는 동경과 호기심으로 소용돌이친다.

열차는 이제 잠자리에 들 시간임을 알려주는 마을의 공용시계이기도 했다. 그 무렵 가장 사치스러운 물품인 모기장으로 들어가는 시간이다. 아이들 많은 집은 군데군데 기워서 이미 누더기가 돼 있다. 방안 네 귀퉁이에 못을 박고 걸어서 제법 팽팽하게 당겨진 사각의 공간에 누우면 꼬맹이들은 황홀해진다. 그렇게 여름날은 갔다.

냉장고에 입을 즐겁게 할 먹거리가 꽉꽉 들어차 있고 버튼만 누르면 시원한 바람이 나오는 에어컨을 집집마다 들여놨지만 오늘날 우리의 여름은 과연 더 시원해졌을까? 할머니 할아버지의 옛이야기 대신 리모컨만 누르면 영상까지 곁들인 이야기들이 쏟아져 나오지만, 우리 삶은 그때보다 더 재미있고 행복해졌을까?

금방 먹고 돌아서면 또 배가 고팠던 그 시절엔, 대한민국이 훗날 먹을 것이 너무 많아 고민하는 나라가 되리라고는 생각지 못했다.

못 먹어서 마른버짐 핀 얼굴의 주인공들이, 불러온 배를 주체하지 못하는 비만의 시대를 살리라고는 생각지 못했다.

  참 아이러니한 것은 그 시절 박정희 공화당 정권에 맞선 야당의 정치구호가 '배고파 못 살겠다 죽기 전에 살길 찾자'였는데, 그로부터 40여 년 세월이 흘러 먹을 게 넘쳐나는 지금도 정치구호는 먹는 타령에서 벗어나지 못하고 있다는 것이다. 대체 우리는 얼마나 더 먹어야 행복한 것일까?

11

사람
한평생이 뭐든가

"1963년에 '국민학교'엘 들어가 보니 9살은 수두룩하고, 10살 먹은 형뻘도 몇 있었지. 한 살 아래 7살짜리도 보이고. 그렇게 위로 두 살 아래로 한 살 차이 나는 아이들이 한 교실에서 공부했단 말이야. 학교에서는 동기생이고 돌아오면 친구의 형이고 뭐 그랬어. 10살에 들어온 애들은 덩치가 소도둑놈처럼 커서 달리기나 씨름을 하면 늘 1등이고 겨울철 난로에 넣을 조개탄 퍼오는 일, 풍금 운반 같이 힘쓰는 일은 도맡아서 했지."

산허리를 따라 띄엄띄엄 집이 늘어선 한촌 출신 56년생 잔나비띠 P씨가 기억하는 초등학교 풍경이다. 오 남매 중 장남인 P는 위로 53년생 누나, 아래로 58년생 남동생과 60년생 여동생, 그리고 63년생 막내 남동생이 있다. P는 초등학교 2학년 때부터 학교 갔다 오면 동생과 함께 죽에 넣을 나물을 캐거나 도토리를 줍거나 쇠꼴을 베었다. 놀 때는 포대기로 갓 돌 지난 막내를 둘러업었다. 들일 나간 부모님은 해가 져야 돌아오니까 5학년 누나가 밥 짓고 빨래를 했다. 누나는 농번기만 되면 자주 학교를 빼먹고 새참을 지어 날랐다. P는 그 누나 뒤를 막걸리 주전자를 들고 쫄래쫄래 따라가곤 했다. 물 들어온 검정고무신에서 삐쭉빼쭉 소리가 날 때마다 종다리 소리와 비슷하다고 생각했다.

P의 아버지는 아이 다섯을 모두 공부시킬 형편은 안 된다고 생각했던지 큰딸이 초등학교를 마치자 붙들어놓고 집안일을 시켰다. P는 중학교에서 공부를 꽤 잘했지만 고등학교 진학을 동생한테 양보했다. 개띠 남동생은 돈이 좀 적게 드는 공고를 보냈다. 쥐띠 여동생은 늘 전교 상위권이었지만 "아들자식도 못 보내는데 딸자식을 어찌 고등학교까지 공부시키느냐"는 부모님 고집에 꿈을 접고 몇 날 며칠 마음병을 앓다 편지 한 통을 남기고 집을 나갔다. 막내는 부모님의 전폭적인 지원 아래 서울 일류 대학 법학과에 붙었다.

"니는 학비 걱정하지 말고 얼렁 사법고시 붙어라. 검사가 돼가지고 우리 집안을 떡하이 일으켜 세워야 된다" 그러나 아버지가 동네방네 자랑하고 다니던 그 막내는 두어 번 시험에 낙방하더니 금융회사에 취직하고 말았다.

P는 농사일이 지겨워 대처에서 식당 종업원으로 전전하다 조그

마한 식당 주인이 됐다. 누나는 평생 소처럼 일만 하다가 몇 해 전 암으로 세상을 떴다. 중견기업 보일러 기사인 셋째는 정년퇴직 후에 뭘 해서 먹고살지 걱정이 태산이다. 악바리 넷째는 집 나간 뒤 서울에서 봉제공장을 다니면서 야간 여상을 나왔다. 그 후 꽤 큰 기업 경리부에서 일하다 착한 신랑을 만나 서울에서 그러구러 살고 있다.

아버지의 '집중과 선택' 전략은 당시로서는 최선이었다. 그 전략에 적극 협조한 형제들 신세를 '쪼그라뜨린' 잘난 막내는 올해 벽두에 명퇴했다. 모은 돈도 없는지 몇 마지기 남은 시골 논을 기웃거리다 형제들과 갈등을 빚었다. 그래도 아버지는 "아이고 불쌍한 우리 막내…"를 달고살더니 얼마 안 남은 논마지기를 또 떼 주려고 했다. 그러자 속이 뒤집어진 형제들이 들고일어났다. "막내가 뭐가 불쌍타요? 죽은 언니가 불쌍허제" 언니 얘길 하지만 실은 막내 때문에 꿈을 펴보지도 못한 넷째가 제 인생 얘기를 하고 있다. "너거들 그러는 거 안 보고 내가 얼렁 가부러야 허는디…" 지난주 어머니 상가에서 아버지가 힘없이 던진 말씀에 다들 숙연해졌다.

사람 한평생이 이렇다. 안아주고 업어주고 닦아주고, 맛있는 거 먼저 먹여주던 동기(同氣)간도 세월이 지나면 이렇다. 생각대로 살아지는 인생이 어디 있던가. 동생들은 옛날 같지 않은 누나 형이 서운하고, 누나 형은 언제까지나 제 잇속만 챙기는 아우와, 동생만 챙기는 부모가 서운하다. 자식들 뒷바라지에 평생 허리 한번 제대로 못 펴고 가신 어머니 삼우제에서 홀아버지 모시는 얘기가 나왔지만 모두 못 들은 것처럼 고개를 돌리고 머리를 긁적이고 딴청을 부렸다. 피를 나눠 한 지붕 아래서 나고 자란 형제 부모라는 게 뭐던가.

12

북한산 자락에서 겪은
한밤의 시간여행

낮 동안은 아직 볕이 따갑다. 그렇다고 창문을 열어놓고 자기에
는 너무 서늘하다. 책장을 넘기다 깜박 잠이 들었던 모양이다. 열
린 창을 타고 넘어온, 쏴 하는 소리에 눈을 떴다. 북한산 자락에 바
짝 붙어 있는 집이라 빗소리가 유난히 크게 들린다. 수직으로 내리
꽂힌 비가 무성한 활엽수 잎과 부딪쳐 합창 소리를 내기 때문이다.
그런데 무슨 까닭인지 '창외삼경우(窓外三更雨) 등전만리심(燈前
萬里心)'이라는 최치원의 시구가 불쑥 떠올랐다. 시곗바늘은 새로
두 시를 넘고 있었다. 이미 삼경을 지난 시각, 잠도 덜 깬 부스스한
머릿속에서 왜 하필 그 시가 생각났을까? 천여 년의 시차를 뛰어
넘어서.

　도심 광화문에서 불과 8㎞ 남짓 떨어져 있을 뿐인데 이곳은 인

적이 완전히 끊겼다. 호젓하다 못해 별천지 같다. 잠이 말끔히 달아나 바깥으로 나왔다. 비는 멎어 있었다. 대신 풀벌레 소리가 하얀 달빛 아래 청아하다. 바쁘다는 핑계로 마음을 닫고 살아선지 숲 가까이 살면서도 듣지 못했던 소리들이다. 찌르륵 찌르륵 찌찌찌 쓰쓰쓰….

갑자기 마음의 동공이 크게 열렸다. 감당 못 하리만치 많은 생각이 밀려왔다. 풀벌레 소리는 순식간에 나를 싣고 먼 과거의 어느 지점에 내려 줬다.

어둑어둑해질 무렵이다. 쭈그러진 양은 주전자를 들고 윗동네로 술 심부름을 가는 꼬마가 보인다. 이윽고 제법 무거워 보이는 술 주전자를 들고 종종걸음으로 돌아온다. 어느새 길은 어둠 속에 까맣게 묻혔다. 걸음이 더욱 빨라진다. 그러자 주전자 주둥이로 출렁출렁 술이 새나온다. 쏟지 않으려고 속도를 늦추고 조심조심 걷는 꼬맹이. 길 오른쪽은 산기슭, 왼쪽은 드넓은 콩밭이다. 콩밭 가운데 여기저기 서 있는 키 큰 수숫대가 도깨비처럼 서걱서걱 일렁인다. 무섬증에 머리가 쭈뼛 선다.

그때다. 풀벌레 소리가 합창처럼 요란하게 들려온다. 마치 무서워하지 말라는 듯이, 집까지 바래다주겠다는 듯이. 그때까지 전혀 들리지 않던 소리가 들린 것이다. 꼬맹이는 풀벌레 소리를 길동무 삼아 제법 콧노래까지 흥얼거리며 사랑채 앞에 당도했다. 방에서 새어 나오는 불빛에 창호의 격자가 환하게 드러나 있다. 문살 사이로 어른들의 말소리가 두런두런 들린다. 댓돌 앞에서 휴, 이마의 식은땀을 닦고선 아뢴다. "아버지 심부름 다녀왔습니다."

수십 년도 더 묵은 기억이 이 야심한 시각 풀벌레들의 하모니를 들으며 선연하게 깨어난 것이다. 풀숲이 내뿜는, 약간 메마른 듯한 가을 냄새까지 그 옛날과 똑같다.

최치원도 창밖 빗소리에 설핏 든 잠이 깼을까. 비가 멎어 방문을 열고 댓돌로 내려선 최치원의 귀에 풀벌레 소리가 요란하게 들렸을 것이다. 12살에 당나라로 유학을 떠난 소년 최치원. 이 시를 쓴 것은 스무 살 전후다. 아직도 여린 가슴의 청년이었다. 그도 필경 신라의 달밤 그 풀벌레 소리를 기억하고 있을 터. 이 시의 첫 구가 '가을바람에 괴로이 읊나니(秋風唯苦吟)'다. 왜 '외로이(孤)'가 아니고 괴로이(苦)였을까? 외로움이 쌓여 향수병이 되고 그것이 깊어져 그때쯤 고통이 되어 있지 않았을까. 그립다고 한달음에 돌아갈 수도 없는 고국. 등잔불 앞에서 홀로 덩그러니 맞는 쓸쓸한 이국의 밤들. 그 사무치고 괴로운 마음이 그날 밤 어버이가 계시는 만 리 길 고향을 향해 달렸을 법하다.

옛날엔 12시간씩 걸리던 고향길을 요즘은 그 절반도 안 걸려서 간다. 없이 살던 때처럼 돈이 없어서, 부모님 뵐 낯이 없어서 못 가는 것도 아니다. 고향에 대한 그리움은 도달하는 물리적 거리의 함수관계만은 아니다. 이미 돌아갈 수 없는 시간, 돌아가도 만날 수 없는 사람들 -치맛자락에서 떡을 꺼내 쥐여 주던 도암댁 아지매,

옛이야기를 구수하게 해주던 연지댁 할매- 그리고 그들과 함께 사라진 풍광에 대한 애틋함이다. 고향은 마음속 깊이 갈무리해 두고, 그리움이 사무칠 때마다 조금씩 꺼내서 음미하는 그 무엇이기도 하다. 그 중심에 어머니가 있다.

13

늘인국,
어머니의 마술

뒤주 바닥을 더걱더걱 긁는 소리가 들리더니 이내 푸념이 들려온다. "아이고 참말로 희한하제. 누가 퍼가는 것도 아니고 지난 장날 팔아온(사온) 납작보리 닷 되가 벌써 다 떨어졌네?"

보나마나 오늘 저녁은 '늘인국'이다. 늘 보리밥을 먹다가 보리쌀이 떨어지면 늘인국, 즉 손국수를 해 먹었다. 어른 손 두 개가 굳게 악수하는 그림이 그려진 미국 원조 밀가루 포대의 아가리가 부스럭부스럭 열린다. 바소쿠리처럼 ㄱ자로 웅크려진 어머니 손으로 에누리 없이 두 움큼을 퍼낸다. 올록볼록 곰보자국 같은 게 나 있는 양은그릇에 넣고 물을 부어 두 손으로 꾹꾹 눌러 반죽을 한다. 어느 정도 점탄성(粘彈性)이 생겼다 싶으면 두리반 위에 올려놓고 홍두깨로 쓱싹쓱싹 밀어서 늘린다. 반죽이 들러붙지 말라고 중간중간 밀가루를, 그것도 아껴가며 흩뿌린다. 조막만 한 밀가루 뭉치로 예닐곱 식구가 둘러앉아 먹는 큰 두리반을 덮을 만치 넓게 펴내는 기술은 어머니만의 마술이었다. 그야말로 식구 수에 맞춰 억지로 양을 '늘린 국수'이었다. 그게 펴지고 얇아지는 동안 기다리는 배들은 더욱 등가죽에 붙었다. 이윽고 배불뚝이 부엌칼로 숭당숭당 썬 국수를 열 손가락으로 툴툴 털면서 김이 술술 오르는 무쇠솥에 넣는다.

말이 국수지 사람이 먹을 수 있는 온갖 나물이 국수 가락보다 훨씬 많았다. 애기호박에, 부추에, 때로는 담장 밑 호박잎도 함께 순장을 당했다. 얍실한 국수 가락이 쭈르륵 흡흡, 입속으로 빨려 들어가면서 헛바람도 함께 불려 들어가 실제 먹는 양보다 훨씬 더 배를 불렸다. 그래도 늘인국은 보리쌀 한 줌 던져 넣고 한 솥 가득 물과 나물로 끓인 풀대죽보다 훨씬 먹기 좋았다.

시간이 흘러 흘러 오늘 그 지겹던 손국수, 물을 부어 식구 수대로 그릇을 늘린 늘인국이 다시 그립다. 하지만 이젠 먹을 수가 없다. 그 마술을 부리는 어머니가 이제는 안 계시기 때문이다.

몇 해 전 여름휴가 때 형제들이 모처럼 시골 마당 감나무 아래 멍석을 깔았다. 우리가 도회로 떠난 뒤 한 번도 쓴 적이 없었는지 먼지를 뽀얗게 뒤집어쓴 것을 지겟작대기로 두들겨 털어내고서다. 제비 한 마리가 반갑다는 듯 마당에 배를 스치다시피 저공비행을 하더니 수직으로 솟아올랐다. 처마는 더러 부서졌고 세월과 함

께 늙은 감나무도 숱이 듬성듬성했다. 늦게 난 조카아이 고추만 한 감이 땡글땡글 달려 있었다. 뚫린 잎사귀 사이로 끝 간 데 없이 푸른 하늘을 바라보는데 갑자기 허기가 밀려왔다. 수십 년 전 그 배고픈 시간과 똑같은 환경에 놓이자 뇌 속 기억들이 착각을 일으킨 것인지도 모른다. '파블로프의 개'도 아니고 무슨 조화람?

결국, 농사일로 팔다리 관절이 불편한 어머니를 보채서 늘인국을 끓이게 했다. 조선간장에 가는 파와 풋고추를 쫑쫑 다져 넣고 갓 짜낸 참기름을 부어 양념장을 만들었다. 우리는 '난닝구' 바람에 입맛을 쪽쪽 다셔가며, 조금이라도 더 떠 넣으려고, 바람 따위는 입속으로 따라 들어오지 못하게 오물오물 씹었다.

그렇게 맛있게 먹고 서울로 돌아온 지 2주일 뒤 어머니가 돌아가셨다는 연락이 왔다. 임종을 못 지킨 불효 자식이 된 것이다. 그날 어머니를 보채 얻어먹은 늘인국이 마지막이 될 줄이야.

사실 그 날 나는 주체할 수 없이 흐르는 눈물을 동생들한테 들키지 않으려고 무진 애를 썼다. 남편 일찍 여읜 뒤, 암담하고 막막한 시간을 시어머니 모시고 사 남매 키워내느라 어머니는 '여자의 시간'을 갖지 못했다. 어린 동생들은 몰랐으나, 나는 '엄마가 빨리 죽으면 어떡하나?' 하고 늘 걱정했다. 저녁상만 차리면 몇 숟가락 들다 말고 속이 더부룩하다며 물러앉곤 했기 때문이다.

한참 뒤에야 나는 알았다. 늘 속이 안 좋다던 어머니가 실은 누구보다 잘 드신다는 것을. 그렇게 자식들에게 한술이라도 더 먹이려고 배고픔을 참으며 물러앉은 어머니의 마음을 그때는 전혀 헤아리지 못했다. 나는 정말 아둔한 아들이었다.

14
동심,
그 티 없이 맑은 세상

　우리 또래가 중학교에 진학할 당시는 입학시험을 쳤다. 200점 만점이었는데 당연한 얘기지만 점수를 잘 받아야 명문 중학교에 갈 수 있었다. 떨어져서 재수하는 학생도 꽤 많았다. 읍 소재지에 재수학원이 있을 리 없기에 낙방하면 6학년 후배와 같이 1년 더 공부했다. 이들을 7학년, 3수 하면 8학년이라고 불렀다.

　나는 미술과 음악으로 애를 먹었다. 미술 시간에 도화지나 크레용을 제대로 준비해 오는 학생은 한 학급 70명 중 절반을 겨우 넘었다. 가세가 기운 탓에 나도 그걸 장만할 형편이 안 되는 아이에 속했다. 미술 시간 내내 다른 아이의 그림 그리기를 지켜보는 건 고역이었다. 심심해서 몸을 긁적이고 이곳저곳 한눈을 팔지만, 시간은 왜 그리도 더디게 가는지. 그때 변소를 푸는지, 열어놓은 창문을 타고 농도 짙은 원초적 냄새가 넘어들어왔다. 무료하고 답답한 내게, 같은 공간에 있으면서도 수천 리 밖에 있는 듯 소외된 내게 그건 구원의 자극이었다. 지금도 해외 출장을 가면 문방구에 들러 질 좋은 도화지, 크레파스, 물감, 붓을 만지작거리곤 한다. 어린 마음에 그런 결핍이 트라우마로 남았는지 모른다.

음악 시간이 되면 덩치 큰 녀석 몇 명이 낑낑거리며 다른 교실의 풍금을 옮겨 왔다. 풍금 한 대 가지고 전교생이 돌려쓰다 보니 우리 학교 풍금은 하루에도 몇 번씩 이 교실 저 교실을 옮겨 다니는 기구한 신세였다. 음악시간엔 당최 음정과 박자를 맞추기가 어려웠다. 유교문화가 엄격한 고장이라 어른들 앞에서 종알종알 말을 하면 버릇없는 아이 소릴 들었다. 하물며 노래를 어디서 부르랴. 그런 탓인지 내 가사는 선생님의 반주보다 항상 저만치 먼저 가거나 뒤처지기 일쑤였다. 그때마다 혼이 났다.

음악과 미술은 시험에 몇 문제 안 나오지만 높은 점수를 받으려면 책을 통째 외우다시피 해야 했다. 12색환, 명도, 배색 같은 것을 배운 기억이 난다. 6학년 음악 교과서에 실린 노래의 계명은 깡그리 외웠다. 시험 문제가 '다음의 마디에 들어갈 음표와 계명을 써넣으시오' 하고 요구하기 때문이다.

동요는 '마법'의 성질이 있다. 그건 아이(童)를 위한 노래(謠)가 아니라 '어른의 기초공사'에 쓰이는 재료다. 어른이 되어서도 맑고 선한 마음을 갖고 바르게 살라는 경서(經書) 같은 것이다. 높은 건

물을 올리려면 콘크리트가 있어야 한다. 콘크리트는 시멘트와 모래를 주재료로 쓰지만 물이 없으면 그냥 가루에 불과하다. 제대로 된 인간으로 성장하려면 이성을 닦고 지식을 쌓아야 하지만 감성이란 접착제가 없으면 인격 형성이 어렵다. 동요를 들으면 날 선 이성이 순하고 명료해진다. 지금도 한잔하고 혼자 걸을 때면 양복 윗도리를 어깨에 걸치고 동요를 부른다.

미루나무 꼭대기에 조각구름이 걸려 있네~
솔바람이 몰고 와서 걸쳐놓고 도망갔어요~

우리들 마음에 빛이 있다면 여름엔~ 여름엔~ 파랄 거예요~

낮에 놀다 두고 온 나뭇잎 배는~ 엄마 곁에 누워도 생각이 나요~

그 시절을 머릿속에 잠깐 그리기만 해도 긴 복도에 낭랑하게 울려 퍼지던 수십 년 전 급우들의 합창 소리를 선명하게 듣는다.아이들의 마음은 흰 사발에 담긴 물과 같다. 붉은 물감을 푸느냐 파란 물감을 푸느냐에 따라 그릇 색이 달라진다. 그래서 미래를 짊어질 아이들 교육을 한 나라의 모든 일 중에서 으뜸으로 친다. 그에 따라 악다구니 쓰는 인간이나, 염치를 알고 도리를 아는 인간으로 자라게 된다.

전교조 교사들이 교실에서 '세월호 교육'을 하겠다고 나섰을 때 문득 떠오른 단상이다. 인륜과 도덕에 어긋나지 않도록 가르침에 있어 교사 스스로 엄중히 경계하고 살펴야 할 것이다.

15

한 송이 국화꽃을…

국화는 천생 가을의 꽃이다. 가을이 제아무리 "왔노라!" 소리쳐도 국화꽃이 피지 않으면 가을은 오지 않은 것이다. 6월의 꽃이 장미라면 가을꽃은 국화다.

국화 향이 은은하다고들 하지만 결코 그렇지만은 않다. 코를 가까이 대면 톡 쏠 정도로 향이 강하다. 그러나 희한하게도 상가(喪家)나 영업집에 여럿 들여놓은 국화 향은 은은하게 퍼져 나와 사람 마음을 다독여준다. 저들끼리 모였을 땐 제 독한 향으로 인하여 상대에게 상처를 주는 짓은 하지 않으려는, 인간보다 나은 배려가 있어서인지도 모르겠다. 아니면 저를 예뻐하는 인간에게 소박당하지 않으려고 방향(芳香)을 자율규제하는지도 모른다. 내 마음대로 그런 해석을 붙여놓고선 한낱 식물일망정 삶의 자세를 배울 데가 있다고 여긴다.

　옛 시인들은 국화를 굽히지 않는 절개의 상징으로 보았다. 하얗게 서리를 맞고도 꼿꼿한 자태를 유지하는 모습에서 그와 같은 메타포가 가능했을 것이다. 이규보는 서리를 견디며 한 해의 끝 무렵까지 피어 있는 국화를 '꽃 중에서 오직 너만이 절개를 지킨다'고 했다. 도연명도 된서리 맞으며 피는 국화꽃을 좋아했다.

　추상(秋霜)을 이고 선 모습을 보고 인고의 꽃이라고 여긴 사람도 있었다. 서정주가 '내 누님같이 생긴 꽃이여'라고 한 것도 그냥 평범한 누님이 아니라, 국화에서 인고와 풍상을 읽었기 때문이 아닌가 싶다. 물론 내 나름의 해석이다. 국화꽃은 드러나게 화려하지 않다. 오히려 수더분해서 마치 마음 씀씀이 넉넉한 누님 같아 보인다. 그런 국화지만 '이제는 돌아와 거울 앞에 선 내 누님'에 방점을 찍고 보면 인생의 간단치 않은 여정이 느껴진다.

　아직 복사꽃 뺨을 한 누님이 마을을 떠나던 날, 누님은 장독대 옆에 아무렇게나 피어 있던 노란 국화 송이를 손바닥으로 감싸듯 살짝 쥐고 흔들어선 제 코에 갖다 대고 흠흠 향기를 맡았다. 자박자박 사립문을 나서는 누님의 얼굴에 결기가 서렸다. 그날 신작로까지 따라 나가겠다던 동생을 손사래 치며 기어이 돌려세우던 누님의 눈가에 이슬이 맺혀 있었다. 그렇게 떠난 누님의 음신(音信)은 끊어질 듯 이어지고 다시 끊어지기를 반복했다. 눈물 자국이 점점이 번진 부모님 전상서를 받아든 아버지는 "네 이년 돌아

오기만 해봐라. 다리몽둥이를 그냥…"이라며 분을 삭이지 못하셨다. 밭은기침을 해대던 아버지는 결국 딸의 귀가를 보지 못하고 고인이 됐다.

그런 누님의 너무 늦은 귀가. 어느새 '여자'가 돼버린 딸을 끌어안고 늙은 어머니는 서럽게 울었다. 도회 생활이 고달팠으리라. 남자도 겪어봤을 테다. 사랑에 속고 세파에 치이며 갖은 풍상을 경험했을 것이다. 간밤에 대청마루 건넌방에서 나직이 들려오던 흐느낌 소리에 동생은 누님의 지난 시간을 헤아려 봤다.

그렇게 긴긴 방황을 거쳐 이제는 돌아와 성찰하듯 거울 앞에 앉은 누님. 머리를 슬쩍 건드려보고 손바닥으로 볼을 한번 쓰다듬어 본다. 복사꽃 붉은 뺨은 어디로 가고 살짝 기미도 꼈다. 삽살개가 마당을 가로질러 닭을 쫓고, 장독대 옆 수챗가에서 뽀드득뽀드득 쌀 씻어 밥을 안치던 그 옛날의 단란했던 시간을 곱씹는 듯 누님 얼굴에 회한이 스친다. 국화 향기 낭자하던 수챗가는 이제 수도꼭지 박힌 시멘트 개수대로 바뀌었다. 흔적도 없이 사라진 노란 국화, 아버지의 부재, 목소리도 덩치도 옛 모습을 더듬을 수 없는 동생. 새삼 시간의 낯섦을 확인하고 서러워한다.

서리 맞은 국화가 지고 나면 한동안 꽃을 보기 어렵다. 눈 속에서 매화가 필 때까지 긴 겨울을 기다려야 한다. 꽃을 보려는 사람의 마음도 긴 동면에 들어간다.

풍류객은 아니지만, 아버지 세대가 즐겼듯이 국화꽃 몇 잎 띄운

술 한 잔이 문득 생각난다. 황국(黃菊) 꿋꿋하게 핀 감나무 아래 평상을 놓고 앉으면 금상첨화이리.

Part 2

사람 사는
풍경

JEONHORIM

ESSAY & COLUMN

01

저마다의
은교

칠십 노인과 열일곱 여고생 간에 사랑이라니. 세상은 단박에 노추(老醜)를 들먹이며 눈을 흘길 것이다. 주인공이 시인이라는 것만 빼면 망측한 변태 노인의 성추행쯤으로 치부될 사안이다. 하지만 노인을 소년으로 바꿔놓으면 황순원의《소나기》가 설핏 연상된다. 소설과 영화로 나온《은교》는 성에 대해, 특히 '남자의 성'에 대해 생각할 거리가 많은 작품이다.

우연한 기회에 여고생 은교를 알게 된 시인 이적요는 아지랑이처럼 피어오르는 연정을 주체하지 못한다. 그러던 어느 날 무성한 소나무 숲으로 둘러싸인 자신의 집에서 작은 '사건'이 벌어진다. 은교가 제 가슴에 있는 헤나(일회용 문신)와 똑같은 것을 시인의 가슴에도 그려주겠다고 한 것이다. 은교는 자신의 무릎에 시인의 머리를 누이고 그의 가슴께 단추 두어 개를 풀었다. 은교가 미세한 그림을 그리느라 머리를 올렸다 내렸다 할 때마다 먼 과거에서 온 듯 향긋한 머리카락이 어깨와 귓불을 건드렸다. 그때마다 아련한 기억의 창고 속을 더듬는다. 때로 열일곱 풋내 나는 젖가슴이 이마와 볼을 가볍게 누르며 스쳐 지나간다. 시인은 그녀의 가슴을 '남해의 태양빛에 잘 익은 오렌지'라고 생각한다. 시인의 입술은 그 오렌지 단물을 베어 물고 싶어 안달한다. 그녀를 덥석 끌어안아 입 맞추고 싶은 심정을 초인적인 의지로 제지하고 있다. 하지만 여고생 은교의 숨결은 한결같았다. 그건 재고할 여지도 없이 노시인을 이미 건명태쯤으로 간주했기 때문일 것이다.

그런데 이걸 어쩌나. 이미 여러 해 전에 폐기된 줄 알았던 그의 남성이 맹렬한 기세로 일어선다. 늙어 쭈그렁 망태기가 된 자신의 거죽을 잊은 채 청춘의 질량과 긴장을 팽팽하게 유지하고 있다. 이 부조화를 어찌할 줄 몰라 하는 시인.

동시에 결코 그녀와 하나가 될 수 없다는, 불가촉천민의 그것과도 닮은 생각이 마음 한편에서 강력히 제어한다. 자연의 성(性)을, 윤리도덕의 아스팔트로 덮어버린 것이다. 따고 들어가기만 하면 되는 천국의 문 앞에서 열쇠를 잃어버린 아이처럼 시인은 안타까워한다. 돌이킬 수 없는 시간을, 푸석푸석 사막화된 육신을 서러워한다.

시인은 말한다. "사랑의 발화와 그 성장, 소멸은 생물학적 나이와 관계가 없다. 사랑은 시간의 눈금 안에 갇히지 않는다. 그것은 본래 미친 감정이다"라고.

시인은 마침내 유서에서 "아! 나는 은교를 사랑했다"고 적고 있다. 육체가 닳고 늙어도 '사랑하는' 마음은 결코 녹슬거나 시들지 않는다. 사랑은 곧 육체에 새겨진 감각이다. 파릇하고 예리한 젊은 날의 그 감각.

사랑이 깃든 육신, 그것은 오래된 청동거울처럼 다소곳하지만 먼지를 닦아내자 명징하게 빛났다. 사랑하는 마음, 그것은 갑 속의 칼처럼 조용하지만, 칼집을 빠져나오자 울음 울며 퍼렇게 작동했다.

시인은 주체하지 못하고 또 말한다. "관능은 생로병사가 없는 모양이다. 가슴이 계속 두근거리는 것은 그 때문이다"라고.

도대체 이 욕정의 샘은 어디서 온 것이란 말인가. 이미 물길이 말라서 인적이 끊겼을 샘 아니던가?

시인 서정주는 일흔 중반에 한 산사의 고승을 만난 자리에서 물었다. "스님, (남자는)언제쯤 성에서 자유로울 수 있습니까?" 스님이 답했다. "나는 여든을 넘었는데도 젊은 여성이 절을 찾아오면 마음이 설렙니다"라고. 영적 지도자인 달라이 라마 또한 여든을 바라보는 나이에 "여성을 보면 유혹을 느낀다"고 말했다.

남자의 불행은 어쩌면 설계도에 있다. 조물주는 어쩌자고 내부 장치들이 부조화인 상태로 남자를 세상에 내놓았을까? 설계된 대로 벌과 나비가 꿀을 따고 날갯짓을 하듯이, 남자는 기능이 다 해

고철이 된 육체를 끌면서도 천형처럼 성을 버리지 못한다. 남자의 불행은 또 그 설계도를 계기판처럼 내보이지 못한다는 데 있다. 설사 내보인다 한들 여성은 그걸 해독하지 못한다. 그래서 남자는 가슴 속에 은교 같은 토끼를 저마다 한 마리씩 키우고 있다.

02

홀로 떠나는
여행

사랑은 나르시시즘에서 시작된다고 한다. 자기를 사랑하는 것이야말로 남을 사랑하는 조건이고 출발점이라는 얘기다. 자신을 사랑한다면, 남을 사랑하고 싶다면, 그리고 가족에 대한 자신의 사랑을 확인하고 싶다면 혼자 여행을 떠나보라고 권하고 싶다. 비록 가족이라고 하더라도 생활에 파묻혀서 부대끼다 보면 사랑이 드러나지 않는다. 아무도 들여다보지 않는 밤에 대궁이 굵어지고 봉오리가 영그는 꽃처럼 사람도 혼자 있을 때 자신과 주변을 들여다보며 성찰의 시간을 갖게 되고 사랑도 여문다.

국도를 타고 충청도 어느 산골 마을을 지날 때였다. 저녁밥을 짓는지 쇠죽을 끓이는지 산 아래 나지막이 엎드린 어느 집에서 연기가 모락모락 피어올랐다. 갑자기 마당 안 풍경이 궁금해졌다. 차를 멀찍이 세워두고, 무엇에 끌리듯이 걸어가 반쯤 열린 사립문 안을 들여다봤다.

담벼락 아래엔 누렁소가 배를 깔고 되새김질을 하고 있었다. 때마침 후두둑 떨어지는 빗방울에 초로의 남편은 멍석을 만다 곡식 자루를 들인다 이리저리 마당을 가로지르고, 부인은 장독 뚜껑을 덮으랴 바지랑대를 내려 빨래를 걷으랴 부산했다. 툇마루엔 밥상이 차려져 있었다. 보아하니 숟갈을 들다 말고 비설거지를 하느라 저리 바쁜 모양이다.

러닝셔츠 차림의 그가 여위고 허술한 등짝을 이쪽으로 향한 채 뭔가를 나르고 있는 그때였다. 퍼뜩 어떤 장면이 스쳤다. 내가 큰 나무처럼 기대었고 그 아래서 뙤약볕과 비를 피하던 존재인 내 아버지의 모습이다. 지켜보기만 해도 힘이 솟던 널따랗고 두터운 등짝. 세상에 못 하는 게 없었던 무소불위의 아버지…. 나도 내 자식들한테 그런 듬직한 아버지로 비춰지고 있을까? 그러고 보니 어느새 어릴 적 산(山)처럼 여겼던 아버지의 나이를 나는 한참 넘어서고 있다.

'뎅그렁' 하는 워낭 소리에 소와 눈이 딱 마주쳤다. 가슴이 철렁할 정도로 맑고 서늘한 눈이다. 금세 터져버릴 것처럼 여린 눈, 그 속으로 빨려들면 우주 저편 어디까지고 휩쓸려 가버릴 것 같이 맑고 순한 눈이다. 흡사 내 아이들 예닐곱 살 적 눈동자다. 아버지에 대한 가없는 믿음과 의지(依支)가 담겨 있던 그 눈들. 불과 10여

년 전까지 그처럼 맑고 투명했던 눈에 대고 요즘 나는 고함을 지르고 때로 험한 말을 뱉는다. 그다지 대수롭지도 않은 일에.

노부부는 어느새 겸상을 하고 앉아 있다. 삶은 호박잎 쌈인지를 남편 입에 넣어주려고 재촉하는 모양이다. 조근조근 얘기를 나누며 수저를 달그락거리는 모습. 그건 내 마음속에 가장 안온하고 화목한 장면으로 남아 있는 영상이다. 오랜 시간 전, 아버지와 어머니가 보여준.

나는 아내한테 저렇게 살가운 남편일까? 쌈을 얻어먹을 만치. 아이들한테는 또 얼마나 의지가 되는 아버지일까? 생각이 거기에 미치자 왠지 지금의 내 삶이 소꿉장난 같다는 생각이 들었다. 어릴 적 부모님의 일거수일투족은 실제 인물이 등장하는 영화였고, 지금의 내 삶은 어쩐지 만화영화 같다는 느낌이다.

땅거미가 제법 짙게 내리깔렸다. 숙소까지는 부지런히 차를 몰아야 한다. 덩그러니 빈 차에 올라 시동을 켰다. 비로소 뒷좌석이 비어 있음을, 내가 혼자임을 깨달았다. 불현듯 서울에 두고 온 가족이 생각났다. 까마득히 잊고 있었던 눈동자들이.

가족이고 뭐고 떡이 된 머릿속을 싹 비울 시간을 갖자고, 얽히고 설킨 세상사를 툭툭 잘라버리고 표표히 떠나자고 했던 나였다. 그렇게 떠난 지 불과 하룻밤도 안 돼서 마치 어떤 주술적인 치유에 의지한 듯 머릿속이 맑아졌다. 아까 그 소의 눈처럼.

차를 달리는데 문득 낮에 본 고찰이 생각났다. 대웅전 뒤 깎아낸

바위 표면에 낀 자욱한 이끼들, 시간의 냄새가 나는 그 이끼들과
가족이 닮았다는 생각이 퍼뜩 들었다.

03

어떤
사랑

어떤 동아리 모임에서 있었던 일이다. 저녁을 먹고 2차로 입가심할 곳을 찾다가 어느 카페에 들어갔다. 테이블 서너 개가 놓인 카페는 한산했다.

"우리 가게에서 최고로 예쁜 아이예요. 어, 앗!"

마흔 중반쯤 될까? 술집 여자로는 보이지 않는 여주인이 말동무 겸 술 따르는 여자아이 하나를 소개하다 괴성을 질렀다. 동시에 여주인과 마주 앉은 C의 표정이 괴이하게 일그러졌다. 마치 등신불의 그것처럼. 띠 동갑 후배인 C와 카페 여주인 사이에 얽힌 이야기는 듣고 보니 TV드라마가 되고도 남을 만했다.

C가 여주인을 만난 건 대학 3학년 때였다. 만나자마자 둘은 불같은 사랑에 완전히 녹아내렸다. 열애가 1년 남짓 이어졌을까? 그

녀가 돌연 결별을 선언했다. 순간 방음실에 들어가 문을 잠근 듯 세상 모든 소리가 차단되고 사물이 누렇게 보였다고 C는 회고했다. 그녀의 마음을 되돌리려는 모든 노력은 강고한 성벽에 부딪혀 떨어지는 화살에 불과했다.

실연의 심연은 깊고 어두웠다. 어떻게 졸업을 하고 취직을 했는지도 몰랐다. 입사 동기들이 대리로 승진하고 자신만 누락됐음을 알았을 때야 정신을 차렸다. 마음을 다잡고 결혼을 했다. 두 번 다시 상처를 입지 않겠다는 방어기제 탓인지 결혼생활이 조금은 무덤덤했다. 그러나 고등학생 딸과 중학생 아들의 공부 뒷바라지에 여념이 없는 지금 C 부부는 행복하다. 물론 그녀의 일은 까마득히 잊고 있었다.

C와 그녀가 사랑에 빠졌을 당시 그녀의 부친은 조그마한 납품공장을 운영하고 있었다. 그러나 도산 직전이었다. 그런 어느 날 물건을 발주하던, 말하자면 갑의 위치에 있던 사장이 그녀의 아버지에게 딸을 며느리로 삼고 싶다고 청혼을 넣었다. 상품판로를 책임져주겠다는 당근과 함께. 밑질 게 없다고 생각한 아버지는 딸의 의중을 물었다. 이미 몸과 마음으로 깊숙이 C를 받아들인 그녀는 아버지의 제안을 거절했다. 그러나 어머니로부터 자초지종을 들은 뒤로 날밤을 하얗게 새우는 날이 많아졌다. 그녀는 결국 낳고 길러준 부모를 택했다. C와의 결별은 살점을 잘라내는 고통이었다.

그녀는 졸업한 이듬해 결혼에 응했다. '어차피 이렇게 된 거, 이 남자를 받아들여야 내가 행복해져' 그녀는 마음을 다잡았다. 남편은 부잣집 외아들이지만 내성적이고 집착이 강했다. 약간은 편집증적 증상도 보였다.

출발이 그래선지 결혼생활은 왠지 모를 의무감이 지배하고 있었다. 아이도 없었다. 그러구러 서른 중반을 지나던 어느 봄날, 지방으로 출장 간 남편이 사고를 당했다는 급보가 날아들었다. 병원에 도착했을 때 남편은 이미 주검으로 변해 있었다. 흐느끼던 그녀가 자신도 모르게 뱉은 말, 그건 그녀 스스로도 소스라치게 놀랄 만한 것이었다. "우리 차라리 잘됐다. 그지? ○○씨."

친정 회사는 결국 망했다. 꼬인 인생을 원망하며 갈피를 못 잡던 그녀는 친구의 물장사를 도와주러 나갔다. 스스로도 조금은 타락하고 싶었는지 모른다. 거기서 장사를 배운 뒤 지금의 카페를 열었고 반년 만에 C를 만난 것이다.

그녀를 다시 만난 뒤 C의 발걸음은 퇴근 후 자연히 그 카페로 향했다. 김유신의 애마처럼. 그리고 그녀의 입에서 마침내 끊어진 뒷이야기가 이어졌다.

죽은 그녀의 남편은 대학 시절 그녀를 보고 한눈에 반했지만 과감하게 들이대지는 못한 채 끙끙 앓고 있었다고 한다. 강한 집착을 가진 그는 돈을 써서 뒷조사를 시켰고, 그 결과 그녀가 자신의 고교동창 C의 애인이라는 걸 알아냈다. 고교 시절 여학생들에게 인기가 많았던 C를 그는 기억하고 있었다.

그걸 의식하는 순간 강한 경쟁심이 불타올랐다. 그녀의 아버지 회사가 부친 회사 하청업체라는 것까지 알아낸 그는 갑의 지위에 있는 아버지를 앞세워 그녀를 가로챘다. 하지만 그렇게 '만들어진 사랑'은 결국 비극으로 끝나고 말았다.

04

어느 50대 부부의
별거記

해외출장 때를 빼곤 부인과 떨어져서 살아본 적이 없는 L씨. 대기업을 퇴직하고 지난 6월 지방 중소기업 임원으로 자리를 옮기면서 총각생활로 돌아갔다. 그때만 해도 "아! 해방이다"며 쾌재를 불렀다. 25년을 같이 살면서 별스레 애틋한 마음도 살가운 정도 느끼지 못했던 그다. 결혼했으니 한집에서 산 것뿐이라고 할까?

부인은 회사 핑계 대며 토, 일요일까지 나가는 남편을 타박했고, 남편은 자신이 가두리 양식장 물고기 신세라며 투덜댔다. 의무에 충실한 부부생활, 무덤덤한 일상이었다. 그러나 따로 산 지 5개월 만에 새록새록 돋아나는 부부의 정에 둘은 놀라워하고 있다.

홀로 내려간 그는 도심에 방 한 칸짜리 오피스텔을 얻었다. 손수 밥을 지어 먹고 빨래도 하면서 다시 대학생활(?)을 즐겼다. 서울의 스트레스 받는 술자리와 달리 지방에서 새로 사귄 사람들과 술도 맛있게 마신다. 그런데 계절 탓인가? 10월 어느 늦은 밤의 일이었다. 인기척 없는 현관문을 밀치고 들어서는데 싸늘한 공기가 몸을 휩쌌다. 순간 확 외로움이 끼쳐왔다. 컴컴한 방에서 우두커니 선 채 생각했다. '내가 지금 여기서 뭘 하는 건가?'

따신 국물 없이 김치와 달걀 프라이만으로 저녁밥을 먹던 날엔 독거노인인 양 서글프고 초라했다. 불현듯 전쟁 치르듯 늘 부산한 서울 집의 아침 출근 모습이 그리워졌다.

그즈음 서울 부인의 마음도 착잡해졌다. 남편의 부재는 반려견과의 응답 없는 대화 시간을 늘렸다. 처음엔 친구들과 어울려 커피도 마시고 등산도 다니면서 남편에게서 해방된 시간을 즐겼다. 폐경을 겪은 터라 남편 없는 밤이 그다지 아쉽지도 않았다. 그런 어느 날 해 질 무렵, 큰 침대에 덩그러니 홀로 누워 있는 자신을 발견했다. 창밖 언덕배기 은행나무는 잎을 거의 다 떨구고 쓸쓸히 서 있었다. '우리가 지금 뭐 하는 거야?' 결혼 후 처음으로 서럽고 처량하다는 생각이 들었다.

부인은 11월 들어 주중 한두 번씩 KTX로 내려간다. 좁은 방에서 남편과 같이 지내는 시간이 단칸방 신혼생활처럼 달콤하단다. 주말에 올라온 남편이 일요일 밤 내려갈 땐 가슴이 휑해진다고 한다.

"여보! 일어나요" 부인은 아침마다 알람처럼 전화를 건다. 잠자리에 들기 전에도 체크하듯 벨이 울린다. 기분 나쁘지 않은 감시

다. 평생 이런 대접을 받아본 적이 없다. 둘이 두어 달 나눈 말의 양이 몇 년 치는 되는 것 같단다. 지난주엔 팔짱을 끼고 소도시 뒷골목을 누비며 소주에 빈대떡을 먹고 커피를 마셨다. 대학 시절 연애감정이 되살아났다.

가끔은 부부도 떨어져 사는 것이 약이 된다. 가장 가까운 사이야말로 인위적인 이격, 유사 이별을 만들 필요가 있어 보인다. 그건 치유와 자정의 시간이다. 사람은 부대끼며 사는 한 마찰이 불가피하다. 그에 의해 삶이 쓸리고 생채기가 난다. 그게 덧나서 고함지를 만큼 아프면 갈등이 된다. 전혀 다른 문화 속에서 성장한 두 인격이 탈 없이 수십 년을 사는 것 자체가 어찌 보면 기적이다.

서로 치이며 사는 동안 각자 삶의 유형과 단점까지 투영되고 내재화되는 게 부부다. 그래서 부부는 좋건 싫건 서로 닮는지도 모른다. 아무리 짚동처럼 무덤덤하게 살았다 한들 20년 한이불을 덮었다면 애정 없이는 불가능한 일이다.

어쩌면 문제의 핵심은 관심의 부재인지 모른다. 관심이 모자란 건 그간의 우리 삶이 물질의 크기를 키우는 데 너무 치중했기 때문일 것이다. 관심은 겨울눈처럼 동시에 여러 곳에 다발적으로 줄 수 있는 것은 아니기 때문이다. 우리에게 사랑이 없는 것은 아니다. 무관심이라는 외투 속에서 사랑은 잠자고 있을 뿐이다. 이 부부의 짧은 이별은 그걸 깨우는 특효약이 됐다. 천생연분이란 없다. 긴 여행을 함께할 배필은 가꾸고 다듬어가는 것이다.

05

아내의
병가

"뭐! 엄마가 쓰러져?"

"아빠, 구급차 불렀어. 빨리 와!"

B씨는 딸의 다급한 전화를 받고 자리에서 벌떡 일어났다. 몸살 한 번 걸리지 않던 아내가 '쓰러지다'니. 갑자기 1년 전 상처(喪妻) 한 친구의 얼굴이 떠올랐다. 쉰을 넘어도 미모를 자랑하던 친구의 아내는 뇌출혈로 쓰러진 뒤 끝내 의식을 회복하지 못하고 불귀의 객이 됐다. 그의 홀아비 생활을 보면서 인생삼불행(人生三不幸) 중 하나가 '중년상처'라는 말을 실감하고 있는 터였다.

자동차 키를 찾아들고서야 B씨는 자신이 지금 달려갈 수 없는 상황임을 깨달았다. 금요일 오후라 두어 시간 안에 끝내서 넘길 일 이 줄줄이 기다리고 있었다. 딸에게 다시 전화를 걸어 자초지종을 물었다. 아직도 출발하지 않은 아빠를 딸은 몹시 서운해하는 눈치였다. 다행히 아내는 쓰러진 게 아니라 '넘어진' 것이었다.

"12번 흉추가 압박골절을 입어 30%가량 찌그러졌어요. 시멘트를 넣어서 뼈를 고정해야 합니다." 잘못하면 꼬부랑 할머니처럼 허리가 휜다고 의사는 MRI 사진을 가리키며 겁을 줬다. 그의 아내는 극심한 고통을 진통제로 견디고 있었다. 그보다 더 괴로운 것은 대소변을 받아내야 하는 처지였다. 그녀는 어쩌면 이대로 영원히 침대에서 누워 지내야 할지도 모른다는 공포에 떨고 있었다.

그러나 급히 시술을 마치고 급한대로 통증이나마 사라져주자 더없이 행복한 표정을 지었다. 오히려 그동안 너무 건강했던 탓(?)에 한 번도 즐기지 못했던 호사를 누리는 듯이 보이기도 했다. 아내는 병원 침대에 누워 여고 시절 파리한 얼굴의 급우를 떠올리는지도 모른다. 체육 시간이면 교실에 홀로 남아 창밖에서 뛰노는 친구들 모습을 쳐다보기도 하고 종종 남자 선생님의 관심을 이끌어내던 한 친구를.

그녀 역시 모처럼 가족들의 관심을 한몸에 받고 있었다. 관심뿐 아니라 단단히 복수까지 하고 있었다. 웬수 같은 아들놈은 3수 끝에 겨우 변두리 대학에 들어가 놓고선 아직도 게임에 빠져 시간을 허비하고 있다. 딸은 유난히 긴 사춘기를 거치며 툭하면 패악을 부려댔다. 남편은 보수적인 지방 출신답게 툭하면 윤리도덕을 내세웠고 무엇보다 아기자기한 맛이 없는 사람이었다. 그 누구도 집안

일을 돕는 일이 없었을뿐더러 왕왕 개념 없는 말들로 허파를 뒤집어 놓기까지 했다.

그런 그들의 깍듯한 시중을 24시간 3교대로 받으며 그녀는 '행복한 금자씨'가 돼 있었다. 일이 풀리려니 참, 손아래 동서에 대한 서운한 감정도 기막힌 반전에 씻은 듯이 풀렸다. 운신을 못 하게 되자 결국 설 차례를 동서 집에서 지내게 된 것이다. 제사 음식 만드는데 손이 좀 많이 가는가? '내가 그간 얼마나 힘들었는지 고생 좀 해봐!'

아니나 다를까. 시집온 뒤 처음으로 연이틀 허리도 못 펴고 고생한 동서가 초죽음이 됐다는 전갈이 왔다. 아내의 웃음에서 깨소금 냄새가 날 지경이었다.

"나 일어나면 외식도 하고 놀러도 다니고 그럴 거야." 아내의 말에 B씨는 뜨끔했다. 한 달에 한 번꼴로 제사가 들었으니 마음 놓고 여행 한 번 못 갔던 마누라였다. B씨는 설 차례 뒤 가족회의를 열어 폭탄선언을 했다.

"올해부터 모든 제사를 한 번으로 통합한다. 명절 차례도 추석은 없애고 설만 지낸다."

결단의 배경엔 아내의 대소변을 받아낼 상황이 또 생기면 회사고 가정이고 풍비박산 날 것이라는 공포가 있었다. 그녀로서는 시집온 지 28년 만에 받는 최고의 선물이었다.

결정 과정에 작은 저항이 있긴 했다. 평소 깐죽거리기로 유명한 작은 시동생이 딴죽을 건 것이다.

"이건 형수의 음모야!"

"네? 엄마가 제사 안 지내려고 허리를 부러뜨렸다고요? 삼촌 혹시 '좌빨'이세요?"

정색하고 대드는 조카의 순진한 대꾸에 온 가족의 폭소가 담장 밖에까지 흘러나왔다.

06

두 아들의
죽음

30대와 50대 남성이 지난해 2월 각각 경기도 구리와 대구에서 목숨을 끊은 사건이 있었다. 공교롭게도 같은 날 두 사람 다 어머니에 얽힌 사연을 갖고 있었다.

35세의 남자는 부모가 이혼한 뒤 중학교 때 집을 나가 객지를 돌아다니다 그날 어머니 묘소 옆 나무에 목을 맸다. 평범한 가정을 꾸리고 싶었으나 뜻대로 되지 않았던 모양이다. 그의 주머니에서 나온 유서를 토대로 경찰은 그리 추정했다. 아직 알 속에서 제대로 부화하지도 않은 채 사회에 나갔으니 어찌 평범한 삶이 가능했겠는가. 한 세대 전과 달리 지금은 명경알처럼 빈틈없어진 사회가 아닌가.

어릴 땐 공부도 곧잘 하고 부모한테도 귀여움을 받는 또랑또랑한 아이였는지도 모른다. 어머니 아버지의 사랑에 의지해 한창 꿈을 키워나갈 나이에 부모의 이혼은 청천벽력이었을 것이다. 마음을 추스르지 못해 집을 나갔지만, 세상이 그리 만만했을 리 없다. 건설현장을 전전했다니 그간의 삶이 어떠했을지는 짐작하고도 남는다.

'어쩌다 내 인생이 이렇게 됐을까. 엄마는 왜 나를 낳아선 이렇게 버렸을까?' 수많은 날을 원망과 회한의 눈물로 보냈을 법하다. 그러나 그날 소주 한 병 사서 어머니 무덤에도 뿌리고 저도 한 잔 마시며 하직을 고하는 그의 가슴속에 어머니에 대한 원망은 없었을 것이다.

"아이고 불쌍한 우리 엄니!"

인생을 제대로 살아보지도 못하고 삶을 마감한 어머니, 자식 된 도리로 한번 모셔보지도 못하고 보낸 어머니에 대한 회한이 더 컸으리라.

"어머니! 과거 일일랑 다 덮어버리고 악착같이 돈 벌어 어머니랑 오손도손 한번 살아보겠습니다."

이렇게 다짐했건만 어머니는 기다려주지 않고 먼저 세상을 떠났는지 모른다. 그 소식은 그의 삶에서 모든 것을 무의미하게 만들었을 것이다. 어머니 무덤 옆에서, 어머니가 지켜보는 가운데, 어머니 계시는 곳으로 가겠다고 결심한 데서 그의 심정이 절절히 읽힌다. 누런 떼장에 얼굴을 비비며 눈물콧물 범벅이 되어 울고불고 몸부림쳤을 마지막 순간을 생각하니 가슴이 많이 아프다. 이름도 얼굴도 모르는 사람이지만.

같은 날 대구에서 쉰셋의 남자가 아파트에서 몸을 던졌다. 어머니를 잘 모시지 못한 죄책감에서였다고 경찰은 전했다. 그는 사법고시에 잇따라 실패한 뒤 쉰이 넘도록 장가도 못 가고 별다른 직업도 없이 어머니와 단둘이 살았다. 돌이켜보면 어머니를 기쁘게 해드린 일이라곤 하나도 없었다. 죽어도 조상 뵐 면목이 없다며 장가들 것을 보채는 어머니를 타박했을 것이다. 며느리 손에 따뜻한 밥한번 얻어먹지 못하고 평생 늙은 아들의 밥을 짓느라 고생한 어머니. 눈물과 한숨 속에 살다간 어머니의 영정을 지키던 아들은 이튿날 자신도 몸을 던져 어머니 뒤를 따랐다. 저승에서나마 착한 아들, 좋은 아들로 살기를 빈다.

어미에게는 어떤 자식도 다 잘났다. 내 아들이 비록 운이 닿지 않아 시험은 놓쳤지만, 그 후에도 왜 삶이 풀리지 않는지 80대 노모는 애간장을 녹였을 것이다. 일가친척의 눈총은 또 어땠을까? 세상 모든 어머니가 그렇듯 참한 색시 얻어서 손주 낳고 오순도순사는 아들을 당신도 간절히 원했을 것이다.

남자는 전쟁터에 나가 싸움을 하고 세상을 상대로 고함을 지르지만 결국은 한 어머니의 아들이다. 어머니에게 뽐내고 싶고 어머니에게 사랑받고 싶다. 아무리 나이를 먹어도 어머니 앞에선 어린아이요 어리광쟁이다.

"나 정말! 우리 엄마만 아니었으면…"

남자들이 객기를 부릴 때도 어떤 일을 참을 때도 '어머니'가 있다. 어머니는 아들을 지키는 주술이고 부적이다. 도덕적 잣대요 버팀목이며 엎어져도 스스로 추스르고 일어서게끔 하는 정신의 지주다.

07

가슴 설레게 하는
사람

연말이 다가오면 이것저것 돌아보고 반추할 일이 많다. 연초에 설계한 대로 살아왔는지. 물욕과 애욕에 초심이 흐려져 마음의 때는 또 얼마나 끼었는지.

사람들은 '그때 그랬어야 했는데…' 하고 미련을 떨치지 못하는 일, 후회스러운 일 한두 가지를 갖고 있다. 그건 좀 손해 보고 털었어야 할 주식이나 아파트일 수 있다. 욱하고 내버린 사표일 수도, 사소한 일로 싸움을 키워 이혼 얘기까지 나오게 된 부부간의 일일 수도 있다.

나는 연말이면 휴대폰 연락처를 정리한다. 하나씩 넘기며 더하고 지우는 작업을 하다 보면 용케 이름은 남아 있는데 얼굴이 안 떠오르는 사람도 있고, 꽤 친한 사이지만 오랫동안 연락을 못 하고 지내는 이도 있다. 확 지워버리고 싶지만 그러지 못하는 사람도 있다.

한 번 만난 사람을 세세히 다 기억할 수 없게 된 뒤로 나는 이름 아래쪽 '노트' 난에 미니 신상카드를 만들어두고 있다. 그곳에 새로운 정보를 넣거나 빼고 어떨 때는 명단 자체를 통째로 지우기도 한다.

연락처를 삭제하고 추가하는 작업은 큰 마음공부가 된다. 이미 저세상 사람이 된 이름을 지울 때는 함께했던 시간을 떠올리고 잠시 숙연해진다. 그런 명단이 해가 갈수록 늘어나는 것에서 알게 된다. 깊어서 유속을 느끼지 못하는 강물처럼 세월 역시 유장하지만, 살처럼 빠르게 지나고 있다는 것을. 바로 몇 달 전까지 함께 밥 먹고 거닐던 망자를 지워야 할 때는 기분이 묘해진다. 나도 언젠가는, 누군가의 폰에선가 지워질 것이다.

더 심란한 것은 살아 있는 사람 이름을 지울 때다. 도대체 어떤 이유로 이 번호를 지우고 있는가? 머리가 자동으로 계산해서 지워라 남겨라 손끝에 명령을 내리지만 왜 삭제하느냐고 정색하고 되물으면 설명이 궁해진다.

사람인 이상 역시 생각만 해도 닭살 돋는 상대가 있다. 그런 사람도 처음엔 그럴 만한 이유가 있어서 흔쾌히 명단에 올랐겠지만, 대개 시간이 지나면서 파경을 맞는다. 물론 어떤 이는 시간이 갈수록 더 쫀득한 인간관계로 발전하기도 한다. 사람 마음이라는 게 참 희한해서 내가 상대를 뱀 가죽 대하듯 하면 그 사람 또한 날 소 보듯 하게 된다. 그쪽 명단에서도 내 이름이 내려질 가능성이 높다는 얘기다.

정리하는 대상에는 생돈을 떼였거나 보증을 서주었다가 집을 날리게 한 사람도 들어 있다. 자신에게 치명적인 손실을 안기고 야반도주해 버린, 그래서 두고두고 고통을 주는 철천지원수의 번호는 절대 못 지운다고 한다. 행여 그 귀신(?)을 찾아낼 단서라도 될까 싶어서 놔둔다는 것이다. 괜한 짓인 줄 알면서도 1년에 몇 번씩 번호를 눌러선 기어이 "지금 거신 전화는 없는 국번이거나…" 하는 메시지를 확인하고서야 끊는다. 미워서 지워야 할 이름, 미우니까 못 지우는 이름이 있고, 좋아서 남겨야 할 이름, 좋으니까 저장하지 못하는 번호가 있다.

친구를 사귐에 있어 나에게 득이 될지 손이 될지를 먼저 따지면 소인배라고 어릴 적부터 귀가 따갑게 들으며 자랐다. 세상 모든 사람이 돈 많은 이, 권력 가진 이, 잘생긴 이만 찾아다니면 세상은 얼마나 팍팍하고 흉측한 모습이 될까. '세 사람이 길을 가면 반드시 거기에 나의 스승이 있다(三人行必有我師焉)'는 말처럼, 부족한 사람에게서도 배울 게 있는 법이다.

《인생이 빛나는 정리의 마법》이라는 책을 쓴 곤도 마리에는 버릴 물건인지 아닌지를 판단하는 근거로 그 물건에 마음이 설레는지를 보라고 조언한다. 나는 누구에겐가 설레는 사람이었던가.

연탄재 함부로 차지 마라

너는 누구에게 한 번이라도 뜨거운 사람이었느냐(…)

- 〈너에게 묻는다〉 안도현

안도현 시인의 시처럼 자신은 뜨겁게 살지 못한 인생이면서 상대방이 뜨겁기를 바라는 것은 염치없다. 모든 사랑이 다 뜨거울 수 없듯이 모든 인생이 어찌 다 설렐 수가 있을까?

08

아버지
수난시대

#1

"KT 들어올 때 안 됐냐?"(고3 아들)

"SK가 저녁 먹고 오라고 했대. 밥하기 귀찮다고."(고1 딸)

아들과 딸이 주고받는 말을 안방에서 우연히 듣게 된 엄마는 딸을 구슬려 KT가 '꼴통'을 뜻한다는 걸 알고는 충격을 받았다. SK는 엄마 이름 머리글자를 앞뒤로 바꿔놓은 것이었다. 애들은 휴대폰에도 아빠와 엄마를 KT와 SK로 입력해놓고 있었다.

쉰둘인 K씨는 늦게 낳은 자식을 무척 예뻐했지만, 귀가시간이 절대 12시를 넘지 못하게 했다. 친구 집에서 자고 오는 일은 더더욱 엄금했다. K씨 가족은 맞벌이다 입시공부다 다들 바빠서 한자리에 모이기가 어려웠다. 어쩌다 마주 앉는 일이 있긴 하지만 성적표로

야단을 치는 때가 많았다. 그래도 그건 아비로서 마땅히 할 일이라고 생각했다. K씨는 "나 자신도 어릴 때 아버지를 '꼰대'라고 부르긴 했지만 거기엔 한 가닥 어른에 대한 존경의 염(念)이 들어 있었다"며 "자식한테 꼴통 소릴 들으니 참담하다"고 털어놨다.

#2

"아빠는 이런 중대한 시기에 우리를 팽개치면 어떡하겠다는 거야? 졸업할 때까진 버텨줘야지. 취직하려면 스펙 더 만들어야 한단 말이야!"

지난해 중견기업 상무를 끝으로 퇴직한 L씨는 대학 4학년 딸의 푸념을 듣고 얼마나 야속하고 서글픈지 자꾸만 눈물이 나더라고 했다. 근 30년을 제 삶은 없고 오로지 처자식을 위해 살았으니 가족들이 풀코스 마라톤 주자처럼 자신을 맞아줄 줄 알았다.

하지만 그건 세상 물정 모르는 소리였고, 다들 제 생각뿐이었다. 돈 쓸데는 여전한데 소득이 딱 끊어지니 우선 가정이 돌아가지 않았다. 아내의 짜증이 조금씩 늘면서 부부 사이도 냉랭해졌다. 제대하고 복학한 아들은 그나마 아버지 처지를 좀 이해하는 듯했지만, 처와 딸은 발에 차이는 애물단지 취급을 했다.

'내가 저 애를 얼마나 예뻐했던가! 그리고 집사람에게는, 비록 내가 자잘한 애정 표시는 못 했지만 또 얼마나 의지를 했던가.'

아내한테 받는 하루 용돈 1만 원으로는 정말 북한산밖에 갈 데

가 없었다. 어느 날 산행 중 비를 만나 되돌아오던 그는 문득 갈 데
가 없는 자신을 발견했다. '어떡한다? 이 대낮에 집에는 못 가고…'

그렇게 두리번거리던 그의 눈에 담벼락 아래 버려져 비를 맞는
고철 덩어리가 들어왔다. 거기서 그는 평생 돈 버는 기계로 살다
버려진 자신의 모습을 봤다. 그때 문득 '아! 사람들이 이래서 자살
을 하는구나!'하는 생각이 들었다고 토로했다.

술병은 잔에다

자기를 계속 따라 주면서

속을 비워간다

빈 병은 아무렇게나 버려져

길거리나

쓰레기장에서 굴러다닌다

바람이 세게 불던 날 밤 나는

문밖에서

아버지가 흐느끼는 소리를 들었다.

나가보니

마루 끝에 쪼그려 앉은

빈 소주병이었다

- 〈소주병〉 공광규

공광규 시인의 〈소주병〉이라는 시다. 가족에게 제가 가진 모든 것을 조금씩 조금씩 덜어내 주고 마침내는 빈껍데기가 되는 아버지. 자식들 앞에서 아내 앞에서, 세상 따윈 조금도 무섭지 않다고 허세를 부리고, 어험, 어험 헛기침을 하며 짐짓 가장의 위엄을 보이는 아버지. 그 존재의 무거움과 서글픔 그리고 마침내 허망함을 알고 나서야 오십 줄의 아비들은 깨닫는다. 뽕나무 회초리로, 때론 지게 작대기로 혼을 내시던 그 옛날 제 아버지의 힘들었을 삶을.

지금 50~60줄 아버지들의 역사적 사명은 산업전사였다. 별 보고 나가 별 보고 들어오는 생활에 처자식과 알콩달콩 단란한 시간을 보냈다 한들 그 길이가 얼마나 될 것이며, 새록새록 정을 쌓았다고 한들 그 깊이가 얼마나 되겠는가.

세상은 그런 사정을 싹둑 자른 채 가정을 팽개친 '중죄인'으로 아버지를 추달하고 있다.

09

7월 땡볕
사람 사는 풍경

뙤약볕 아래 논벼가 가지런히 줄지어 서 있다. 색깔이 검푸른 걸 보니 영양 공급을 잘 받은 모양이다. 꼿꼿하게 등을 세운 줄기들이 바람에 탄력 있게 흔들린다. 그런데 포기 아래쪽을 들여다보니 논에 물이 없다. 그래선지 뿌리가 논바닥을 단단히 움켜잡고 있다. 한 모금의 물이라도 더 빨아들여야겠다는 듯이. 땡볕을 이고 선 모습들이 비장하고 처연하다.

저들에겐 7, 8월에 해야 할 일이 있다. 포기를 키우고 대궁을 튼실하게 해두는 작업이다. 그래야 곧 꽃을 피우고 추수 때 속이 꽉 찬 알곡을 만들어낸다. 갈라진 논바닥은 비상사태다. 그런데도 내색하지 않고 의연하게 서 있는 모습에서 삶의 사표(師表) 같은 것을 느낀다.

우리 인생이라고 뭐가 다를까. 삶이란 윤기를 띨 때도 궁할 때도 있다. 살랑거리는 바람에 뿌리는 촉촉하고 내리쬐는 햇볕에 몸이 토실토실 영글어갈 때가 있는가 하면 생의 기반이 무너지고 주위의 인연이 떨어져 나가 철저히 빈털터리가 될 때도 있다. 그래도 저 벼처럼, 제가 선 땅에서 앙버티며 꿋꿋하게 살아가야 하는 게 인생이다.

종로3가 서울극장 건너편 포장마차 거리에는 전라도에서 올라와 긴 세월 포장마차를 하는 아주머니 한 분이 있다. 나는 여러 해 그곳 단골이다. 묵은지와 함께 말아내는 잔치국수 맛은 특히 겨울에 일품이다. 영하 10℃의 칼바람, 물 묻은 손이 포장에 쩍쩍 달라붙는 추위에도 그녀는 포장마차를 연다. 그렇게 악착같이 살아서 딸을 호주로 유학보냈다. 그 딸이 짝 맞춰 지금은 오순도순 외국에서 잘 산다. 자식들 다 키워도 해 질 무렵이면 어김없이 리어카 포장을 친다.

삼성라이온즈 이승엽 선수는 "한물갔다는 평가를 땀으로 이겨내는 수밖에 없다"고 어느 신문에서 털어났다. 시합 날이면 그는 20대 선수들보다 세 시간가량 더 빨리 운동장에 나온다. 나이를 먹으면 몸을 충분히 풀어야 한다는 이유에서다. 젊디젊은 그가 한 말에 숙연해진다. 나는 젊은 후배들보다 얼마나 더 뛰고 있는가?

성공하는 사람의 공통점은 '남다른 노력'이다. 세상 대부분 일은 노력과 집중력으로 결판난다. 조정래와 박경리의 대하소설을 읽

을 때 나는 그걸 느낀다. 장판에 살점이 눌어붙는 줄도 모르고 면벽정진한 스님의 치열함도 마찬가지다. 연습벌레 추신수도, 발이 흉측하게 변형된 박지성의 오늘도 피나는 노력이 만들어낸 것이다. 그 삶이 기특하고 가상하다고 여겨질 때 하늘이, 아니 우주의 섭리가 보상을 내린다고 나는 생각한다.

세상의 모든 성공은 동격이다. 정치판에서 최고에 오른 대통령이 인간 세상 전 분야의 통합챔피언은 아니다. 세계 복싱챔피언 무하마드 알리와 바둑의 이세돌을 시합 붙일 수 없는 것과 같다. 《해리 포터》의 조앤 롤링, 정명훈, 김연아, 반기문, 수학천재 페렐만, 당대에 1조 기업을 일군 형지어패럴의 최병오, 종로3가의 포장마차 아주머니는 모두 제 분야의 챔피언이라는 점에서 동격이다.

설렁설렁 살아서 되는 삶이란 없다. 다들 내게 주어진 삶을 있는 힘껏 살아간다. 지금 공부를 못하고 취직을 못 해 좌절하는 젊은이들도 훗날 동격의 결실을 위해 제각기 준비해야 한다. 뙤약볕 아래 담금질이 견디기 어렵다고 뛰쳐나가선 기대되는 미래도 없다.

인간 세상만이 가혹한 경쟁에 노출된 것은 아니다. 동물의 세계는 더 하다. 그들은 아차 하면 목숨을 빼앗긴다. 죽는소리하지 않는 삶, 묵묵한 삶은 아름답다.

이승엽이 홈런을 치면 수만 관중이 "이승엽! 이승엽!"을 연호한다. 이승엽은 이때 "온몸이 감전된 것처럼 찌릿찌릿하다"고 했다. 인생 살면서 이런 짜릿한 장면 몇 번은 있어야 하지 않을까.

10

지도를 보면
행복이 펼쳐진다

툭하면 지도책을 꺼내 보는 버릇이 있다. 눈비가 오거나 너무 춥거나 더워서 나가기 뭣할 때엔 지도책 보는 것이 큰 낙이다. 어제오늘 생긴 버릇이 아니라 20년이 넘었다. 전국 지도는 10만분의 1, 서울 지도는 1만분의 1, 수도권은 3만분의 1과 5만분의 1을 갖고 있다.

지도는 소설보다 재밌다. 요즘은 과거와 달리 개정판 지도가 잘 안 나온다. 특히 수도권은 자고 나면 아파트단지가 생기고 새 길, 새 터널이 뚫리고 다리가 놓이기 때문에 몇 개월 새 확확 달라진다. 그런데 왜 개정판이 잘 안 나올까? 이유를 알아보니 역시 디지털지도 때문이다. 내비게이션이 족집게처럼 원하는 장소엘 데려다 주는 데다, 축소 확대가 자유롭고 수시로 업데이트되는 전자지도가 편리하기 때문에 지도가 안 팔린단다.

화면 위에 떴다가 사라지는 전자지도는 영 감칠맛이 안 난다. 지도 사이즈가 휴대폰 크기에 제약을 받는 것도 불편하다. 지도는 보고 있으면 소설처럼 상상력이 작동해야 맛이다. 종이지도를 보면 그림이 떠오른다. 눈으로 지도상의 골목골목을 누비며 거리 풍경을 그려보고, 등고선이 있는 제법 가파른 언덕길을 올라가 보기도 한다. 어떨 땐 정말 숨까지 차는 느낌이 든다.

지도를 보다가 마음이 동하면 카메라를 메고 답사를 나간다. 가까우면 자전거를 타고 멀면 차를 몬다. 먼 곳이라도 유유히 돌아보고 싶을 땐 자동차 트렁크에 접이식 자전거를 싣고 간다. 차를 적당히 세워두고 페달을 저어 천천히 돌아보는 것도 재밌다. 그러다 '아! 살고 싶은 동네다' 싶으면 가까운 부동산중개업소에 들어가 이것저것 취재를 하면서 물정을 깨치기도 한다. 천생 촌사람이라 좌우나 뒤에 산이 있고 주변에 내가 흐르면 가슴이 설렌다. 휴가 때도 국도를 탄다. 목표 없이 달리다 풍광이 좋은 곳마다 쉬어 가는데, 개중에는 '나중에 한번 살아봐야지' 하고 생각한 데도 여럿 있다. 현실의 삶이 너무 팍팍해 어딘가 귀의하고 싶다는 마음의 표현인지도 모른다.

갑자기 꽂혀서 둘러보러 나갔다가 실망한 곳도 많다. 지도로 보면 산 밑에 개울이 있고 아담한 동네가 있을 것 같지만, 막상 가보면 비닐하우스가 빼곡히 들어차 상상을 깨는 곳도 있다. 어떤 곳은 정말 동네가 예쁜데 대지(垈地)로 인정받으려고 그랬는지 여기저기 물류창고와 가건물이 들어차 있거나 벌통이 놓여 있는 볼썽사나운 곳도 있다. 남한산성 자락과 용인의 어느 마을도 그렇게 실망한 동네 중 하나다. 서울을 중심으로 보면 돈이 몰리는 동·남·서쪽보다 북쪽에 수천 년 동안 농경민족이었던 우리의 오랜 원형과 닮은, 순수한 땅이 더 많다. 요즘은 파주 문산도 많이 달라져 동네가 순하지만은 않다. 거기서 더 위쪽, 연천·전곡 쪽으로 깊숙이 들어가면 여름 원두막에서 참외를 깎아 먹을 수 있는 곳이 아직 남아 있다.

오랫동안 지도를 보다 보니 희한한 예지력(?)도 생겼다. '이쯤엔 터널이 뚫렸으면 좋겠다, 여긴 다리가 놓였으면 편리하겠다, 여긴 새 길을 내거나 도로를 확장해야 할 것 같다.'고 생각한 곳중에서 거짓말처럼 나중에 그렇게 된 곳이 많다. 땅 살 형편이 됐으면 돈도 벌었을 것이다.

산에 터널을 뚫으면 정기가 빠져나간다는 말 따위는 안 믿는다. 정말 그렇다면 한국은 경부고속도로 뚫고 망했어야 한다. 선진국들은 명산이든 해저든 뚫어서 오히려 국운을 틔운다. 자신의 정치적 입장을 관철하려는 과잉 환경론자들 말도 절대 안 믿는다. 대부분 토건업을 죄악시하는 허튼 좌파와 맥이 닿은 사람들의 수작이다. 도롱뇽 생태계가 망가지느니 어쩌니 난리를 피우고 국가 돈만 낭비케 한 어떤 여승의 생떼도 대국민 사기극처럼 끝났다.

지도 제작업체에 한 가지 부탁할 게 있다면 지도책에 세계지도와 대한민국 전도(全圖)를 꼭 넣어달라는 것이다. 우주가 낭만인 것처럼 지도 또한 낭만이다. 실현될 것 같지 않은 우주로의 낭만 여행이 현실이 되고 있듯 통일과 국세(國勢)의 확장도 낭만을 넘어 현실이 되는 날이 꼭 온다고 믿는다.

11

분배,
그 마법의 영역

　얼마 전 부친상을 당한 K씨 집안에 들어온 부좃돈은 1억 원 남짓이었다. 오 남매 이름으로 들어온 돈을 대충 계산해봤더니 큰형 1,000만 원, 둘째 형 4,000만 원, K씨 2,000만 원, 여동생(사위)이 3,000만 원이었다. 장례비용을 털고 남은 돈은 5,500만 원. 오 남매가 균등하게 나누면 1,100만 원씩 돌아갔다. 삼우제를 마친 밤, 술이 몇 순배 돌았으나 아무도 어떻게 나누자는 말을 하지 않았다. 빨리 정리하고 눈을 좀 붙여야 서울로 부산으로 떠날 터. 오래전 홀로 된 누나가 먼저 운을 뗐다. "나한테는 들어온 돈도 없고, 달라는 소리 안 할 테니 너희 넷이 똑같이 나누면 어떠냐?"

　매제는 관심도 없는 듯 일찌감치 옆방에서 곯아떨어졌고 대신 참석한 여동생만 겨우 고개를 끄덕였다. 짧은 침묵이 흘렀다. 그

때, 미국 박사인 둘째 형이 넌지시 제동을 걸었다. "아직 회사에 한참 더 다녀야 하고 받은 만큼 앞으로도 꼬박꼬박 돌려줘야 하는데…모두 빚이니, 공돈처럼 나누면 안 되지유"

그의 결론은 조의금 총액을 100으로 보고 들어온 비율대로 나눠 갖자는 것이었다. 그렇게 계산하면 1억 중 4,000만 원이 들어온 둘째 형은 40%인 2,200만 원(5,500만원×40%)을 가져갈 수 있었다. 큰형은 550만 원, K씨는 1,100만 원, 여동생은 1,650만 원이었다.

큰형수가 농담 반 조용히 끼어들었다. "역시 공부 많이 하신 서방님 계산이 빠르시네요?" 병 수발이랑 뭐랑 아버지를 가장 많이 모신 환갑의 큰형이 말을 받았다. "너가 그래도 미국까정 공부가고 우리 집에서 혜택을 그중 많이 받았는데 까짓 부의금 기분 좋게 누나까지 넣어서 5등분 해도 되지 않겠냐?" 혀가 약간 꼬부라진 큰형의 말에 힘이 들어가 있었다. "형님! 겉만 번드르르하지 우리 사는 거 힘들어요. 그리고 아버지한테 받은 돈 공부하는 데 다 들어갔지 모아놓은 건 아니어요. 박사라고 월급 특별하게 더 받는 것도 아니고요" 남편 역성들듯 둘째 형수가 말을 받았다. "그리고 아주버님 저희 미국 갈 때 집 팔고 갔는데 귀국하니 집값이 폭등해서 이제 겨우 전세 면했어요. 그때 아이들 과외를 제대로 못 시켜 좋은 대학도 못 보내고…"

말이 채 끝나기도 전에 큰형수가 낚아챘다. "동서! 혼자서 제사 지내 봤어? 어머님 대소변 받아내 봤어? 우리 애들은 일류대학 갔냐고?" '인내표' 큰형수의 음성이 한 옥타브 올라가 있었다. 둘째 형수가 멋쩍게 말했다. "아이구, 형님 죄송합니다. 저도 장남 며느리였으면 할 수 없었겠지요" 그 말이 확 불을 질렀다. "우리가 장남이면? 더 타 나온 재산 있어? 재미나게 산 건 자네들인데 왜 우리만 돈 내고 몸 축내고 희생하며 살아야 혀?"

충청도 중시조 종갓집 맏며느리로 시집와서 한 해 여덟 번씩 제사를 지내고 집안 대소사를 챙기느라 자신의 인생은 세월에 날려 버린 첫째 형수에게서 30년 묵은 감정과 섭섭함, 설움이 한꺼번에 터져 나왔다. K씨 형제들은 아버지의 헌신으로 모두 그렇저렁 고등교육을 받았다. 혼인한 뒤에도 작은 평수나마 집도 한 칸씩 받았다. 그러나 큰형은 동생들 공부다 뭐다 늘 손해를 감내했다. 그러면서도 장남이란 길마를 진 채 찍소리 못하고 궂은일을 도맡았다.

새벽 4시까지, 동생들이 듣도 보도 못했던 집안의 비사(秘史)들이 큰형님 내외와 누나 입을 통해 쏟아져 나왔다. 동생들도 간간이 말을 받았다. 여동생은 신랑 깰까 창피해 하며 진땀을 뺐다.

아침 밥상을 받았으나 다들 입맛이 까칠했다. 부좃돈은 아무도 손을 못 댄 채 뿔뿔이 일상으로 돌아갔다. 어떻게 처리하잔 말도 없었다.

더 큰돈, 10억이면 분배가 쉬웠을까? 천만에. 구성원 모두를 만족하게 하는 분배의 해법은 어디에도 없어 보인다. 우리 사회 각계에서 벌어지는 분배 논쟁 또한 마찬가지다.

12

화려한 도시의 이방인

마치 불 꺼진 터널 속 같은 밤길이 이어졌다. 사위는 검은 장막을 친 듯 칠흑의 어둠이다. 자동차가 굽은 도로를 돌 때만 어둠이 환하게 갈라졌다. 헤드라이트가 허공을 가르고 지나가기 때문이다. 국도라서 마주치는 차도 거의 없었다. 산허리를 질러 학교를 오가던 옛날 생각이 났다. 그런 어둠에 익숙한 나와는 달리 처와 아이들은 바깥의 어둠에 압도당했는지 조용해져 있다.

그렇게 얼마를 달렸을까? 무거운 침묵을 깬 것은 멀리서 나타난 조명 불빛이었다. "아, 간판이다!" 큰아이가 소리쳤다. 그건 서울이 가까워졌다는 신호였다. 갑자기 차 안이 활기를 띠었다. 불빛을 반기며 앉은 자세를 고치고 말수가 많아졌다. 애들이 아직 어렸을 때 기억 한 토막이지만 시골 갔다 서울로 올라올 때면 문득문득 떠오르는 장면이다.

불빛과 함께 자란 서울사람과 달리 촌사람인 내게 도시의 불빛은 이중성을 지닌다. 밤은 깜깜해야 정신적 육체적 안정을 얻는다고 여기는 내게 24시간 내내 환하게 불을 밝힌 불가마 한증막, 모텔, 노래주점 간판들은 피곤하다. 그것들과 드잡이하듯 밤새 켜져 있는 붉은 십자가들도 정신을 사납게 만든다. 교회가 많을수록 사회가 정화되는 게 정상이지만 우리 사회는 십자가 수에 비례해 혼탁해지는 것을 부인하지 못한다. 그런 터라 이래저래 도시의 밤은 유쾌하지 않다.

그래도 사람들은 부나방처럼 빛을 찾아 도시로 몰린다. 땅도 자본도 없는 사람에게 도시는 비교적 손쉽게 생계를 이어가는 공간을 제공한다. 처음 상경한 사람에게 서울의 밤은 얼마간 황홀하다. 휘황찬란한 네온사인 불빛에 홀려 거리를 늦게까지 쏘다니느라 잠 못 이루는 밤도 있다.

그러나 날이 밝아 전기가 끊기면 흉물스런 본래의 모습을 보게 된다. 허물 벗은 매미처럼 간판에 허옇게 달라붙은 수은 가스관을 보면서 느낀다. 밤새 저것의 현란한 몸짓에 속아 얼마나 많은 돈과 시간과 에너지가 뿌려졌던가.

도시에 눌어붙어 사는 동안 점차 뭔가를 빼앗긴다는 느낌을 받는 것도 부인할 수 없다. 무엇보다 도시는 '휴식'을 뺏는다. 밤을 낮으로 연장한 24시간을 살면서 잠잘 시간을 줄여 돈을 모으지만

그 돈은 제 피와 살의 대가다. 도시는 어쩌면 거대한 구조의 거머리다.

하지만 인간은 영리해서 뭣에든 적응한다. 도시생활도 마찬가지여서 마침내 대낮처럼 환한 밤이 '정상'이라고 받아들인다. 밤길을 올라올 때도 멀리 서울의 불빛이 보이면 비로소 안도한다. 어느새 도시의 포로가 된 것이다. 피폐해진 서울생활에 지쳐 시골타령을 하지만 막상 내려가도 이젠 일주일을 못 버틴다. 무료하고, 중독이라도 된 듯 불빛을 그리워하는 모습을 보인다. 제 몸 깊숙한 곳까지 불빛에 침투당해 온전히 쉴 공간을 빼앗겨버린 반딧불이처럼, 이제 유유자적하는 삶은 불가능해졌다.

도시에 사는 사람은 아이러니하게도 저를 홀로 있도록 놔둘 수 없어서 고독을 경험한다. 인간은 혼자 있을 때 제 영혼을 들여다보고 어루만지며 치유의 시간을 갖는다.

이미 옛 시절로 돌아가 살기에는 너무 와버린 세상. 탈출하려고 해도 목줄 매인 짐승처럼 벗어나기 어렵다. 이제 나는 도시를 미워하면서도 부나방처럼 배회하며 떠나지 못하는 이중간첩, 아니 이방인이 돼버렸다. 김광균의 시가 생각난다.

차단-한 등불이 하나 비인 하늘에 걸리어 있다

내 호올로 어딜 가라는 슬픈 신호냐(…)

- 〈와사등〉 김광균

13
부부간의
의리

"우리 집사람이 저러고 있는 지 3년도 넘었어. 그래도 내가 홀대하지 못하는 이유가 있지."

올해 예순여섯인 K씨가 소주잔을 기울이면서 한 말이다. 그의 집은 행세깨나 하는 가문이었다. 해방과 6·25를 거치면서 가세가 좀 기울긴 했지만, 여전히 지방 명문가였다. K씨는 서울로 유학 와서 대학을 졸업하고 무역회사에 다니던 중 지금의 아내와 중매로 결혼했다. 스물넷의 아내는 학업을 마치고 은행원으로 근무하고 있었다. 아내의 부모님은 좋은 혼처 자리가 났다며 떼밀듯이 딸을 결혼시켰다. 신혼여행에서 돌아오자마자 K씨는 서울 하숙집으로 복귀하고 아내는 시댁이 있는 시골로 내려갔다. 가문의 법도와 위세에 눌려 감히 간다, 못 간다 말할 엄두도 못 낸 채.

그때까지 단 하루도 같이 살아본 적이 없는 시댁 식구 여덟(시부모와 시누이 다섯, 시동생 하나)을 건사하는 고단한 삶이 시작됐다. 그녀는 종갓집 맏며느리로서 엄격한 시집살이를 강요당했다. 농사일과 길쌈은 물론 얼음을 깨고 빨래를 했다. 덩그러니 큰 집은 밤이 되면 괴괴하고 무서웠다. 어둠과 적막 속에 홀로 남겨진 그녀는 네온사인 환한 서울의 밤거리를 그리워했다. 처음엔 일주일에 한 번씩 내려오던 남편도 고도성장기 조국의 수출역군이 되어 나중엔 한 달에 한 번 오기도 어려워졌다.

그러던 어느 날 시아버지가 쓰러졌다. 아내는 대소변을 받아 내며 3년을 병구완했다. 법도대로 삼년상을 치르고 나자 이번엔 시어머니가 자리보전을 했다. 또다시 3년을 수발했다. 그녀의 청춘은 속절없이 흘러갔다. 시어머니 상까지 치르고 부부가 합류했을 때는 여자 나이 서른다섯을 지나고 있었다. "꽃다운 청춘은 흔적도 없고 햇볕에 거무스름하게 그을린 시골 아낙 하나가 낯설어진 서울의 어느 모퉁이를 서성이고 있더라"고 아내가 자신을 묘사했을 때 K씨도 함께 울었노라고 했다.

"가문의 법도가 다 뭔가? 우리는 쓸데없는 이데올로기(유교)에 청춘과 시간 그리고 부부의 사랑까지 제물로 갖다 바쳤네."

그 긴 세월, 낯선 땅에서 고아 아닌 고아로 산 그의 아내가 몇 년 전 쓰러졌다. 붉디붉은 청춘을 고옥(古屋)에 갇혀 삭혀버린 그녀. 아이들 시집 장가보낸 뒤로는 인생이 허망하다며 숱한 날밤을 괴

로워했던 그녀였다. 그러다 젊은 시절 못 했던 걸 하겠다며 문학
강좌를 나간다, 꽃꽂이를 배운다, 동창들과 해외여행을 간다, 조금
은 인생을 즐기나 싶었는데 저리되고 만 것이다.

그 아내를 남편은 지금 지극정성으로 병구완하고 있다. 갈 때마
다 아내가 좋아하는 이야깃거리를 준비한다. 옛날 사진도 가져가
고, 떨어져 살던 시절 주고받은 편지도 읽어준다. 하염없이 흐르는
아내의 눈물에 K씨 가슴도 녹아내린다.

"자식들 출가했으니 이제 맘껏 여행도 다니고 재미있게 살아보
자고 했는데 이렇게 됐으니…" 그의 말에 미안함과 애틋함이 진하
게 묻어났다. 요즘 그는 친구들과의 왁자한 모임을 자제한다. 진짜
로 인생을 즐겨야 할 아내가 저러고 있는데 혼자 웃고 떠드는 건
죄를 짓는 것이라는 생각에서다. 그걸 아내에 대한 의리라고 그는
말했다.

아내에 대한 '의리'라…. 말은 맞는지 몰라도 어쩐지 씁쓸하다.
왜 아내에 대한 '사랑'이 아닌가? 두 사람은 피 끓던 시절 알콩달콩
사랑을 나눌 기회조차 얻지 못했다. 어쩌면 시퍼렇게 살아 있는 원
초적 사랑이 아예 저축되어 있지 않은지도 모른다. 남녀는 처음엔
사랑으로 산다. 사랑이 식으면 정으로 산다. 운우(雲雨)가 고갈돼
고목처럼 무덤덤해지면 그땐 의리로 산다. 가문과 부모에게 청춘
을 바친 아내에 대한 의리라지만 부부에겐 의리보다 사랑이 낫다.
그 말을 듣는 내 가슴도 아프고 시렸다.

14

납량특집
본인장례식

'아니! 저 영정 속 인물은 내가 아닌가? 그럼 내가 죽었단 말인가?'

박 회장은 소스라치게 놀랐다. 그러고 보니 자신은 지금 대학병원 장례식장 천장에 떠 있는 게 아닌가. 평소 몸이 천근만근 무거웠는데 지금은 풍선처럼 가볍다. 분명 육체는 없는데 몸의 감각은 생시 같고 생각하는 것도 멀쩡하다.

아뿔싸! 내가 죽었다면 이 일을 어쩐다? 회사 지배구조 바꾸느라 뒤집어놓은 지분관계가 여간 복잡하지 않은데. 잘못하면 아귀 같은 인간들한테 회사 다 뜯어 먹히고 말 텐데….

중견기업 오너인 박 회장은 생시같이 안타까워하며 천장에서 내려와 자신의 영정이 있는 곳으로 다가갔다. 영정 속 얼굴은 수많은 국화 송이에 둘러싸여 환하게 웃고 있다. 마누라가 흐느껴 울고 있다. 티격태격 살긴 했지만 날 진심으로 사랑했던 모양이구려. 자태가 참 곱기도 하지. 하긴 나보다 여덟 살 아래이니 마흔아홉 아닌가. 우리 아들딸도 슬픔에 잠겨 있구나. 허이구, 문상객이 많이도 왔네 그래. 내가 인생을 헛산 건 아닌 모양이구나!

저기 납품업체 사장들이 다 모여 있구만. 어이 안녕들 하신가? 고맙네. 회사일 바쁠 텐데 이렇게들 와주시고…. 그들 사이에 끼어들었지만 아무도 박 회장 존재를 알아주지 않는다.

"그 참 암이란 게 무서운 병이구먼. 수술 경과도 좋다더니 어째 저리 갑자기 가 버리나 그래?"

"누가 아니래. 돈이 아무리 많으면 뭐하는가. 저렇게 죽으면 개죽음이나 다름없지."

"아, 유병언이 욕할 거 하나도 없어. 저 잘살겠다고 주위 사람 그렇게 피멍 들게 하더니만…. 납품가격을 좀 독하게 후려쳤나? 결국 그 최 사장인가 하는 사람 자살했잖어?"

박 회장은 더는 듣고 있을 수가 없어서 자리를 떴다.

아니 저 저 쳐 죽일 놈! 제 버릇 개 못 준다더니, 상갓집에서까지 남의 마누라를 탐해! 박 회장 부인의 미모에 끌려 젊어서부터 군침을 흘리던 업계 라이벌 천 사장이다. 테이블로 인사 온 박 회장 부인을 색정 어린 눈으로 바라보며 은근슬쩍 구슬리고 있다.

아니 저 여편네도 그렇지. 그 말 같잖은 말을 다 듣고 있나 그래!

남편의 그런 마음을 아는지 모르는지 박회장 부인은 간간히 미소까지 보이며 나긋나긋 응대하고 있다.

화환이 끝도 없이 들어오는구나! 그런데 저기 꽃 배달 온 저자는 최 상무 아닌가? 7, 8년 전 그만둔 그…. 아 참, 그렇지 실적 나쁘다고 내가 쫓아냈었지. 고생해선지 많이도 늙었구나. 여보게, 늦었지만 미안하이.

조문을 마친 회사 직원들이 우르르 한 무더기 빠져나가고 있다. 개중 하나가 쓴소리를 뱉어낸다. "회장님 말이야. 매출이 조금만 나쁘면 사람 자르고 임금 깎고 그러더니 제 명에 못 살고 가부렸네. 하늘도 치부책에 다 적어놓는다잖아. 그 돈 다 어디다 쓰려고…. 좀 베풀고 살았어야제."

밤이 깊었는데도 상가는 사람들로 북적이고 있다. 앞으로도 관계 유지를 잘해야 먹고살 이른바 눈도장 문상객이다.

저쪽 구석에 앉은 정 아무개는 멀리 강원도에서 불원천리 찾아왔구나. 고맙기도 하지. 아차차! 그게 아니야. 저치가 강원도 내 땅 10만 평을 갖고 있잖은가. 그래, 차명으로. 에구, 그 땅 남 좋은 일 시키고 말았네. 아이쿠! 저기, 청담동 새끼마담하고 그 밑에 아이들도 왔네! 어이 자네들 왔는가?

그러나 그들 여인네도 전혀 박 회장이 온 낌새를 알아채지 못한다. "가게 하나 열어줄 듯 줄 듯, 뜸을 그렇게도 들여쌓더니 염병할. 그동안 할 짓 못 할 짓 다해 줬구만, 이렇게 갈 거면서…" 새끼

마담의 험담에 박 회장은 또 자리를 떴다. 저치에게는 정말 미안하게 됐구나. 퇴원하면 가게 하나 낼 만한 돈 마련해줄 참이었는데 이렇게 됐네. 쯧쯧쯧.

가만있자. 아이구, 저긴 논현동 김 마담이잖아! 내가 참 많이도 팔아줬지. 그런데 저 여자? 그래. 저 여자 이름으로 사둔 자사주가 수십억 원어치는 될 텐데. 이걸 어쩐다. 십중팔구 꿀꺽할 여잔데.

조문객 테이블 여기저기를 돌아다니던 박 회장은 가족들 있는 곳으로 돌아왔다. 차마 더 들을 수가 없고 더 봐 줄 수가 없어서다. 자기 딴엔 열심히 산다고 살았건만 오늘 자신이 이런 대접을 받을 줄은 꿈에도 몰랐다.

"너희들은 아직 어려서 물정을 모를 테니 장례 끝나면 회사는 내가 상속해서 회장으로 취임하마."

"엄마, 그건 안 돼요. 엄마는 아빠를 진짜 사랑하지도 않았잖아요. 그리고 장남인 내가 물려받는 게 대외적으로 더 낫다고요."

"엄마, 오빠 둘만 그러지 말고 이참에 저한테도 법대로 지분 나눠주세요."

어느새 시간은 새벽 네 시를 넘어가고 있다. 문상객이 다 떠난 텅 빈 영안실. 처자식이 박 회장의 유산을 두고 다투고 있다. 그 소리를 뒤로하고 박 회장은 쓸쓸히 돌아섰다.

수의(壽衣)에 주머니가 없는 이유를 알겠구나. 다 놓고 갈 걸 뭐 한다고, 누구를 위해 내가 그리도 독하게 살았던고!

15

몸살

　살다보면 누구나 몸살을 앓겠지만 이게 여간 고약하지가 않다. 무슨 중병도 아닌 것이 사람을 옴짝달싹 못하게 한다. 으슬으슬 춥기 시작해서 만신이 쑤시고 아프다가 열나고 무력감까지 생겨 급기야 자리보전을 한 뒤에야 수습이 된다. 이런 증상이 나타나면 한국인은 대개 '아이쿠, 몸살 났구나!' 하고 단박에 자가진단을 내린다.

　이 몸살을 낯선 문화에선 설명하기가 여간 어려운 게 아니다. 도쿄에 살 때 얘기다. 일본 의사 앞에서 한참 증세를 설명했더니 "아, 오츠카레(お疲れ)군요"라고 간단히 끝내버렸다. 한 마디로 피로가 쌓여서 그렇다는 얘기다. 그게 뭐 비슷한 뜻일 수는 있다. 하지만 영 개운치 않았다. 몸살도 누적된 피로가 원인일 수는 있겠지만 증세를 설명하는 말의 농도나 포괄성 측면에서 아귀가 딱 맞아떨어지지가 않았다.

한국 의사 같았으면 어땠을까? "이거 식후 30분에 한 첩씩 드시고 땀 푹 내세요"라고 처방했지 않을까. 더 중요한 건 의사한테 그 말을 듣고 약봉지를 받아든 순간 '몸살, 넌 이제 죽었어'하며 크게 안심한다는 데 있다.

한국에서 생활하는 일본인들도 몸이 아플 때 그들 나름대로 고충이 있을 것이다. "몸살이네요"라는 말 한마디만 들으면 끝날 일을 변죽만 올리다 밑 안 닦고 끝난 것 같은 나의 사례처럼. 어떤 현상을 적확하게 표현하는 국어가 있다는 게 때론 행복한 일이다.

벌써 10년도 넘은 얘기지만 도쿄특파원 시절 이런 일을 당한 뒤 처음으로 나는 '몸살'이라는 말이 왜 생겼을까를 생각해봤다. 짐작건대 선조들은 '몸에 살(煞)이 돋친 상황'으로 이해하지 않았을까? 눈에 보이지 않을 정도로 가느다란 살이 마치 자전거 바퀴살처럼 몸 안 곳곳으로 뻗쳐 있거나 서릿발처럼 돋아서 몸을 찔러대는 상황 말이다. 독기를 품은 살이든, 사악한 기운의 살이든.

살은 왜 돋칠까? 의사들은 대개 몸을 혹사해서 그렇다고 한다. 일본 의사 말마따나 피로가 쌓여서 그런 것일 게다. 그러나 별다른 육체적 혹사가 없었는데도 마른하늘에 벼락 치듯 몸이 펄펄 끓으며 몸살을 앓는 수가 있다. 심인성, 즉 마음이 원인임을 얘기하고 싶은 것이다. 자동차로 말하면 차체를 움직이는 엔진이 제 능력을 초과하는 수준까지 마력을 내려고 무리하게 용을 쓰다 마침내 퍼져버리는 것과 비슷하지 않을까.

　그런데 독하지 않은 사람이 몸살 나는 걸 나는 별로 본 적이 없다. 불도저처럼 밀어붙이는 타입, 애살 많은 사람, 남한테 지고 못배기는 사람, 자기 자신에게 엄격한 사람…. 이런 사람들이 주로 몸살에 걸린다. 그들은 한번 마음먹으면 끝없이 스스로를 닦달한다. 그렇게 제 성질에 못 이겨 쌓인 스트레스와 독한 살이 몸 안에 뻗쳐 준동하는 것, 그게 몸살일 것이다. 느긋한 사람, 물에 물탄 듯 미지근한 사람들이야 '오늘 못하면 내일 하면 되지 뭐. 그도 저도 안되면 안 하면 그뿐이지' 하는 태도를 보이기 때문에 몸살 따위 걸릴 리가 없다고 생각한다.

　맺힌 살은 풀어주어야 하지만 현대인은 그걸 완전히 풀 기회조차 얻지 못한다. 옛날엔 구들장이 달아오를 정도로 불을 때고 무거운 솜이불을 겹겹이 덮어쓴 뒤 사나흘 끙끙 앓았다. 그런 뒤 휘청거리며 이불에서 나오면 몸에서 살이 빠져나간 것처럼 가뿐함을 느꼈다.

　일부러 몸살에 걸릴 필요는 없지만, 기왕에 몸이 그런 신호를 보냈다면 좀 퍼져 있는 게 좋지 않을까 싶다. 몸살이란 역시 앓아야 몸 안에 쌓인 독을 털어내어 심신을 추스를 수 있다고 생각한다. 그것도 일종의 자정작용이다. 열이 과도하게 오른다거나 해서 어느 정도 약물의 도움을 받는 건 불가피하겠지만, 아예 강한 약으로 틀어막아 버리는 건 방법이 아니라고 본다. 몸이 지속되는 스트레스를 감당하지 못해 지르는 아우성을 시멘트로 덮어버리는 격이기 때문이다. 과학적인 근거가 있든 없든 나는 그렇게 스스로를 처치한다. 그렇게 내 나름의 방법을 쓰고 나면 마음과 몸이 가뿐하고 한결 정화됐다는 기분이 든다.

16

황금들녘에서 돌아본
우리 삶

고개를 들어보니 어느새 황금들녘이다. 지하철 전동차처럼 집과 직장을 왔다 갔다 하는 생활에서 잠시 벗어나, 주말에 교외를 찾았다. 북한과 맞닿은 철원평야는 이미 금빛으로 물들었다. 체제니 사상이니 하는 꺼풀을 벗어던지고 순수한 마음으로 지척의 북녘 동포들을 생각했다. 바깥세상은 천지개벽하는데 북녘땅은 여전히 먹을거리가 궁하다. 어른들 하는 짓거리를 보면 굶어도 싸다 싶지만, 어린것들이야 무슨 죄가 있을까. 가끔 텔레비전에 비치는 마른버짐 핀 아이들 얼굴은 필시 못 먹어서 그런 것일 게다. 충분히 못 자란 듯, 키 작은 모습들이 안쓰러운 건 그 속에서 60~70년대 우리 자신을 발견하기 때문이다.

쌀이 맛있기로 유명한 철원은 아침저녁 날씨가 서울 이남보다 더 차다. 그래선지 벌써 벼를 베어낸 빈 논이 많다. 하기야 이미 햅쌀이 식탁에 올랐으니.

소싯적 생각을 하며 논이랑 사이를 걸어봤다. 잔바람에 일렁일렁 이삭이 흔들린다. 벼와 함께 뜨거운 여름을 나고 벼와 함께 누렇게 늙은 메뚜기 한 마리가 마치 금실 좋은 부부라도 되는 양 이삭에 꼭 달라붙어 있다.

그 옛날에도 이맘때면 아이들 마음이 괜스레 설레었다. 여름 내내 큰물이 날까, 논바닥이 탈까 노심초사하던 어른들 마음도 벼 벨 날짜를 잡아놓으면 넉넉해졌다. 어머니 목소리엔 윤기가 묻어 있고 아버지는 막걸리에 얼굴이 불콰해지는 날이 잦았다. "요분에 나락 내다 팔면 책보자기는 고만 하직해라. 니한테 멋진 책가방 하나 사 주꾸마" 입에서 홍시 냄새를 풍기며 하시는 아버지 말씀에 아이는 가슴이 마구 뛴다. 오일장이 서는 날까지 발이 공중에 떠 있는 기분으로 지낸다.

가을이 좋은 건 먹을 게 많아서다. 나락을 베고 나면 논바닥을 찔러서 우렁이를 캤다. 덩달아 콩이 익고 조가 익고 수수가 익는다. 뒷산 밤송이는 쩍쩍 벌어져 알밤을 토해놓고 단감은 더욱 달다. 참을 지어 나르는 아낙들 발걸음도, 무거운 광주리를 이고 술 주전자까지 들었지만 날래기만 하다.

이즈음 잊을 수 없는 먹거리가 찐쌀이다. 노릇노릇하고 말랑말랑하게 쪄진 그놈을 학교 갈 때 양쪽 호주머니에 불룩하니 담아선

신작로 길을 토닥토닥 걸으며 한 움큼씩 입안에 털어 넣고 씹는 맛이라니. 지금도 생각하면 입안에 침이 고인다.

타작을 끝내면 노란 햇짚으로 지붕을 새로 인다. 새 지붕만으로도 집안 분위기는 싹 바뀐다. 1년간 묵은 때가 그렇게 씻겨나간다. 마음의 묵은 때, 묵은 감정, 설움과 고생까지도 잿빛 옛 지붕과 함께 날아간다.

그렇게 겨울 준비가 대충 끝나면 묘사 떡 먹는 철이 돌아온다. 어린 시절은 주로 먹는 것으로 기억된다. 노란 콩 으깬 것을 고물로 얹은 시루떡, 파란 콩 빻은 걸 가는 채에 쳐서 고물로 묻힌 인절미. 어른이 된 지금도 떡집 앞을 그냥 못 지나치고 기웃거리는 것은 순전히 그 맛의 기억 때문이다. 추억은 눈으로 입으로 귀로 기억되지만 가장 강렬한 건 후각이다. 김이 술술 오를 때의 시루떡 냄새, 빨간 소고깃국이 끓는 냄새…그것들을 찾아서 서울 시내를 많이도 헤집고 다녔지만, 아직 그 냄새와 맛을 찾지 못했다. 이미 지나가 버린 시간처럼 아마도 영원히 찾지 못할 것이다.

벼가 묵직하게 익어 고개를 떨군 논 한가운데서 삶을 생각한다. 앞만 보고 달려온 숨 가빴던 삶을. 가끔은 멀어져 간 시간도 돌아보며 살 일이다. 앞에 남은 시간이 어느새 많이 짧아져 있다.

17

한 해가 가고
온다는 것

눈을 뜨니까 해가 바뀌어 있었다. 하루 새 1년이 후딱 가버린 것이다. 12월 31일과 1월 1일. 그 짧은 시간에, 시간의 매듭과 상징(띠)의 교체가 민첩하게 이뤄져 있었다.

살다 보면 사물이 새삼 낯설게 느껴질 때가 있다. 나비가 자신인지 자신이 나비인지 헷갈렸다는 장자의 우화처럼. 좀 우스꽝스럽지만 나는 낯설고 호젓한 길을 걷다가 문득 '내가 지금 저승에 와 있는 건 아닐까?' 하고 생각을 할 때가 있다. 이승을 하직한 사람은 저승 입구에서 망각의 샘물을 마신다고 하지 않는가. 내가 그 물을 이미 마셨다면 지금 발을 딛고 있는 이 땅, 이 시간이 이젠 이승의 삶이요, 내 가족이 사는 인간 세상은 저승이 아닌가? 그러다 안 되겠다 싶어 머리를 흔들어 현실로 돌아오곤 하지만.

다시 머리를 흔들어본다. 대체 12월 31일 23시 59분을 흐르는 시간과 그 1분 후의 시간은 뭐가 다른 것일까? 시간을 칸막이하면 뭐가 달라지는 걸까? 한 해의 첫날이니 마지막 날이니 이름을 붙이지만, 그 시간의 밀도와 희소가치가 서로 다른 걸까. 이런 물음을 대하면 시간을 가두어서라도 더디고 마디게 가도록 하려는 인간의 안타까운 심정을 엿볼 수 있다.

확실한 것은 나이를 한 살씩 더 먹어갈수록 시간의 가치가 폭발적으로 커진다는 점. 젊었을 땐 선배와 어른들의 '시간보배론(Time is gold)'이 산사의 불경처럼 아득했다. 하지만 가처분 시간이 쑥쑥 줄어드는 걸 알아차린 다음부턴 초조해진다. 뭐든 매달리면 달아난다. 돈을 좇으면 돈이 달아난다던가. 내가 시간을 아껴야겠다고 마음먹는 그 순간, 시간은 초스피드로 내달려 마침내 나를 시간부족에 빠뜨린다. 시험시간에 알쏭달쏭한 문제를 만나 나중에 풀겠다고 남겨놓지만 결국 시간에 쫓겨 못 풀고 마는 것과 비슷한 일이 사람 한평생에도 비일비재하다.

스티븐 코비는 항아리를 가득 채우는 순서로 큰 돌을 먼저 넣고 다음에 굵은 자갈, 그다음에 모래를 넣으라고 조언한다. "그래 맞아!" 하며 무릎을 치지만 실행하는 사람은 드물다. 한참 살아보고 난 뒤, 남은 시간이 손 뼘으로 잴 만큼 짧아져서야 "그래 그렇지! 큰 돌, 유학부터 갔어야 해" 하고 후회한다.

작년 12월 마지막 날, 한 해를 마무리한답시고 제법 늦도록 회사에 남아서 이것저것 정리하고 생각도 했다. 홀로 차분히 생각하면 뭔가 뾰족한 답이 나올 줄 알았다. 빵빵하게 불러 터진 허영을 찔러 터뜨려주고, 굳은살이 박이도록 일상화된 일상에 일침을 가해줄 줄 알았다. 하지만 정리하러 들어간 생각이 '정리할 것들'과 섞여 하수 슬러지처럼 빙빙 돌며 허우적대고 있었다. 라이언 일병을 구하러 간 병사들이 포로가 됐다고나 할까.

그 국면에서 퍼뜩 깨달은 것이 있다면 시간의 소중함이다. 판타지 영화에서나 있을 법한 얘기지만 어떤 거역할 수 없는 힘으로 내 생각이 우주공간의 미아처럼 빙빙 돌아다닌다면? 시시포스 신화의 그 환장할 짓에 버금가는 형벌 아닌가.

뭔 일인지 옛 장면 한 토막이 끼어들었다. "고만 놀고 들어와서 공부해라" 어머니 말씀이다. 더 놀고 싶은 꼬맹이가 "공부 다 했다 ~"고 대꾸한다. "야 이놈아! 공부를 우째 다 하노? 평생을 해도 다 못 하는기 공분데…"

일은 얼마나 하면 다 할까? 일도 똑같다. 끝도 없고 매듭도 없이 밀려든다. 시간은 더하다. 자동화 생산라인처럼 잠깐 손을 멈추면 새로운 시간이 쓰나미처럼 밀려와 아직 쓰지 않은 시간을 덮어버린다. 거기에 생각이 미치자 나는 서류철과 스크랩 뭉치들을 던지고 일어섰다. 그러곤 총총 집으로 향했다. 깔린 시간, 흘려보낸 시간은 하는 수 없고 새로이 닥쳐오는 시간만이라도 물 샐 틈 없이 맞이해야겠기에.

Part 3

우리는
어디로
가고
있는가

01

우리,
크게 한번 떠나자

봤을까?

날 알아봤을까?

- 〈옛날 애인〉 유안진

유안진 시인의 〈옛날 애인〉이라는, 단 두 줄짜리 시다. 갓 스물 처녀 적 애인을 30년 세월의 어느 모퉁이에서 스쳤다. 행여 눈이 마주칠까 황급히 고개를 돌린다. 그러면서도 '아! 저 사람이 날 봤을까?' 가슴은 고동친다. 벌써 생각은 일직선으로 날아가 있다. 그 옛날 그 공원의 벤치로. 어떻게 손이라도 한번 잡아보려고 어색하게 애쓰던 그의 몸짓과 숨소리가 지금 옆에 있는 듯 생생하다. 봤다면 날 알아보긴 했을까? 손이 얼굴로 올라간다. 여고를 막 졸업한 그때 그 싱그러운 얼굴은 어디로 가고 짜글짜글한 눈가, 결코 보여주고 싶지 않다. 그이가 알아봤으면 낭패다! 못 알아봤다면 서운하다. 알고서 지나쳤다면 서글프다.

그를 떠나보낸 건 가을이었다. 그날 이후 가을은 그녀에게 '아픔'으로 들어앉았다. 이별이 얼마나 아팠길래, 노영심은 "아! 이별이 그리 쉬운가(…) 그리움만 쌓이네~"라고 노래했다. 최백호는 "가을엔 떠나지 말아요, 차라리 하얀 겨울에 떠나요"라고 했었지. 그래. 이별, '떠남을 당하는 것'이란 가을이건 겨울이건 많이 아파!

이별은 떼어냄이다. 그렇게 단절된 두 개의 단면을 봉인하는 마감이기도 하다. 그건 어느 일방의 또는 쌍방이 준비가 덜 된 상태에서 끝을 맺는다는 속성을 지닌다. 마감의 강제성, 폭력성은 필연적으로 마음의 중허리가 잘리는 고통과 상처를 준다. 이산의 아픔, 디아스포라도 그렇다. 대한제국 마지막 황태자 영친왕에게 부여된 낯선 이별도 그런 것일 게다. 겨우 열한 살에 가늠해볼 수조차 없는 큰 힘, 일본제국의 실력자 이토 히로부미에 의해 삶이 찢겨진 그. 현해탄 건너 도쿄 아카사카 일왕 궁궐 발치에서 낯선 여자와 접붙여진 삶. 그렇게 한평생 '이별 상태'로 떠 있다 생을 마감했다.

마감은 완력으로 수습하고 봉합함으로써 하나의 상황, 한 시대를 종결짓지만, 그 닫힌 안쪽에서 새로운 힘을 잉태하기도 한다. 큰 생각이 자라고 여물고 숙성한다. 눈에 넣어도 아프지 않을 어린 자식을 매정하게 도회지로 유학 보내는 어머니의 배웅. 넘치는 사랑이 있으므로 시골 역사(驛舍)에서 그처럼 뜨겁고도 차가운 이별이 가능하다. 평화롭고 따스한 일상을 흔드는 떠남의 충격은 어린 마음에 트라우마가 된다. 동시에 인생의 자양분을 끌어올릴 대궁을 넓히고 튼실하게 한다. 짧고 격렬한 시간 동안 이만한 나라를 일군 한국인들의 트라우마는 그렇게 연속성을 자르고 잇고 바꿔붙이는 과정에 형성된 상흔들이다. 그래서 이별은 아팠지만 노스탤지어로 남아 있다. 우리가 늘 돌아가고픈, 꿈꾸는, 재현해 보고 싶은 현장이다.

우리도 크게 한번 떠나보자. 인생의 중심이 아닌 것들을 털어내고, 칠칠치 못한 내 삶의 방식, 헛것을 갈바람에 날려버리자.

대한민국이라는 나라도 이즈음 한 번쯤 큰 이별을 경험해야 한다. 미지근한 물에 데쳐지는 개구리 같은 상황이 계속돼선 안 된다. 그냥 와글와글 떠들다 멋도 모르고 삶아지는 현실을 받아들일 순 없다. 눈물 콧물 범벅이 된 혼란의 시기를 우리는 지나고 있다. 이 아픔을 겪고 나면 앞으로 나아가고 도약해야 한다. 지긋지긋한 이념, 곡수 없는 싸움 다 날려버리고 크게 이별하고 떠나자.

02

욕망의 추상화,
욕망의 살균

섹스를 사이버로 하다니!

쇼핑이나 금융거래 같은 세상사의 절반은 사이버상에서 이뤄진다고 하지만 어떻게 섹스까지 사이버에서 해결할 수가 있는가.

그런데 사이버 섹스 장면이 들어간 영화가 이미 20년 전에 있었다. 1993년 개봉된 SF영화 〈데몰리션 맨〉에서다. 남녀 주연배우가 멀찍이 떨어진 채 헤드셋처럼 생긴 장치를 머리에 쓰고 사이버로 쾌감을 느끼는, 웃기는 섹스다. 때는 2032년. 인간 세상은 범죄와 질병 때문에 직접 육체가 접촉하는 성행위를 금하고 있다. 이 장면에서 나는 "아! 세상이 얼마나 따분해지려고 저러는가?"하고 탄식했다. 그나마 섹스 도중 주인공 실베스터 스탤론이 "재미없다"며 장치를 집어 던진 게 얼마나 다행이었는지 모른다.

이 영화가 유독 기억에 남는 것은 인간이 몸과 마음을 제멋대로 시험하고 학대하다 다다르게 되는 사회적 진화의 끝이 어디쯤일지 궁금해서였다. 사이버 섹스는 생명체 가운데 유일하게 '정신'을 소유한 인간이, '정신을 제대로 사용하지 못한' 죄로 받는 벌인지도 모른다. 인간은 알량한 머리(정신)를 믿고 금기의 영역인 생명체 창조를 시도했다. 그뿐만 아니라 아담과 이브의 자손들이 사는 세상이 아닌 또 하나의 세계(사이버 세계)를 만들었다. 그런 일탈을 괘씸하게 여긴 하늘에 의해, 인간은 제 육체로 누리는 쾌락의 절정, 섹스까지 사이버로 하게 되는 벌을 받게 될지도 모른다. 낙원에서 쫓겨나 죽을 때까지 고통스럽게 일을 해야 하는 아담과 이브처럼.

강상중의 《도쿄 산책자》를 읽다가 이 영화가 퍼뜩 생각났다. 그는 이 책에서 도쿄증권거래소를 둘러본 소감을 썼다. 요약하면 이렇다. "증권맨을 비롯해 사기꾼 같은 어중이떠중이들이 모여들어 잡다한 욕망과 열기가 소용돌이치던 곳. 그러나 주식거래가 온라인으로 바뀌면서 수신호로 '샀다, 팔렸다'를 외치던 그곳은 유리벽 속에서 주가 숫자만 적막하게 흐르는 곳으로 변했다."

바로 엊그제까지 인간 삶의 여러 장면 중 가장 긴박했던 현장이 박물관 유리 저편에 진열된 유물처럼 묘사돼 있다. 수백 년 수천 년 된 유물과, 불과 10여 년 전의 우리 모습이 동시대였던 것처럼 유물 대접을 받고 있다니.

인간의 몸이 부딪치며 거래하던 시장에서 디지털로 변화된 시장을 두고 강상중은 '자본주의의 추상화'라고 했다. 덧붙여 "증권 거래소는 무기질 공간으로 변모하고 번쩍였던 욕망은 보기 좋게 살균되고 있다"고 했다.

자본주의의 추상화라…. 그건 필시 인간생활의 추상화가 가져 온 변화 중 하나일 것이다. 그렇다면 사이버 섹스도 먼 훗날 추상 화된 형태로 나타날 수 있겠다는 데 생각이 미쳤다. 육체와 육체의 교접이 아닌, 사이버로 느끼는 교합 말이다. 그러려면 욕망은 또 얼마나 살균돼야 할까? 그럼 인터넷을 타고 오는 성인 동영상도 간접으로 보고 느끼라는 사이버 섹스의 전조 같은 것일까? 어쩌면 성생활을 봉쇄당한(파트너가 없건 불능이건) 사람들한테 이미 섹 스의 추상화가 진행되고 있는지도 모른다.

더불어 인간사회도 도덕의 힘을 빌려 성의 욕구를 일정 부분 사이버화 하도록 압력을 가하고 있다. 집창촌을 없애고 성매매를 단속하면서 '성(性) 시장'이 동영상 형태로 추상화되고 있는 것도 그렇게 볼 수 있다. 강상중이 본 증권거래소처럼.

그러나 인간의 성적 욕구는 그런 추상화에 저항이라도 하듯 수그러들기는커녕 맹렬히 뻗쳐오르고 있다. 사정(射精) 없는, 오르가슴을 생략 당한 채 머리로만 느끼는 가상의 섹스를 거부하겠다는 듯이. 적체된 울화를 발산할 오르가슴을 수갑 채우듯 감금하자 응축된 부(負)의 욕망이 가스처럼 폭발력을 지닌 채 터져 나오고 있다. 그런 욕망 일부는 임계점을 지나 성폭력 같은 거칠고 추잡한 형태로 나타나 사회를 어지럽히고 있다.

그런 날이 오지 않기를 바라지만, 시간이 많이 흐른 훗날 인간의 성은 영화에서처럼 퇴화할지도 모른다. 2200년 4월 어느 날 인간생활의 변천사를 다룬 신문 특집에 이런 기사가 실릴 수도 있다. "약 200년 전만 해도 인간들은 불결한 섹스를 하고 있었다. 그들은 오늘날처럼 선진화된 성생활을 하는 미래가 절대로 오지 않을 것이라고 생각했다. 한 치 앞도 못 보는 인간의 우매함이라니…"

강상중의 말처럼 '욕망이 살균 당한' 무미건조한 미래는 착착 다가오고 있는지도 모른다.

03

덜 독한
사회로

수주(樹州) 변영로의 《명정40년》이라는 책을 읽으면 오늘날엔 도저히 흉내도 낼 수 없는 주당의 여유와 낭만이 부러워진다. 책 속에는 술과 문학과 인생이 어우러진 명정(酩酊, 술에 흠씬 취함) 이야기가 가감 없이 펼쳐진다. 그중 압권은 공초 오상순을 비롯한 술친구 몇몇이 대취해서 소나기가 쏟아지는 대낮에 알몸으로 소를 타고 서울 명륜동에 나타나는 장면이다. 지금 같으면 '바바리 맨'으로 몰려 곧바로 경찰서에 넘겨졌을 것이다. 낭만도 시대가 용인하지 않으면 도색(桃色)이 되고 마는 것이다.

한국의 술 문화는 조선시대 선비들이 명산대천에 자리를 깔고 앉아 술 한 잔에 시 한 수를 읊는 고품격에서부터 현대 하품(下品)의 대명사로 통하는 '북창동'까지 스펙트럼이 넓다. 운치 있기로 치

면 달빛 교교한 밤, 포석정 흐르는 물에 잔을 띄우고 벗들과 담소를
나누는 것이 최고였을 듯싶다. 멋스럽고 유유자적했던 우리 술 문
화는 고도성장기로 들어서면서 좀 거칠어진다. 암시장에서나 구할
수 있었던 위스키(양주) 수입이 풀리자 그 비싼 걸로 폭탄주를 만
들어 먹기 시작한 것이다. 이후 폭탄주는 고도성장기 한국인 특유
의 빨리빨리 문화와 접붙여져 파죽지세로 세력을 확장한다.

　문화심리학자인 김정운 교수는 "술이란 도란도란 얘기를 하면
서 세계관이나 정서를 공유하려고 마시는 것인데 폭탄주는 문제
해결로부터 도망치는 퇴행적 현상"이라고 비판한 바 있다. "술이
안 취하면 자신의 내면이 드러날까 봐 눈을 마주치지 않다가 눈이
흐릿해져서야 마음을 터놓는 것은 자폐증상"이라고도 했다. 공감
이 가는 측면도 있지만 도매금으로 퇴행이나 자폐증으로 넘기는
데는 동의하기 어렵다. 회사 직원끼리든 접대 자리든 폭탄주가 서
먹서먹함을 단숨에 깨고 분위기를 확 풀어주는 긍정적인 효과는
있다. 자근자근 얘기로만 해서는 안 되고 술로 풀어야 할 문제들도
인간 세상엔 분명 존재한다.

　어찌 보면 총알택시의 전성기와 비슷한 궤도를 그려온 폭탄주
가 몇 년 전부터 크게 변화하고 있다. 알잔에 위스키를 가득 부어
맥주잔에 넣은 뒤 빈 공간을 맥주로 채우는 이른바 텐텐(10-10)
폭탄주 수위가 점차 내려가더니 급기야 위스키 폭탄주가 아예 퇴
장하다시피 했다. 대신 순하게 섞어 마시는 소주폭탄주가 대세를

이루고 있다. 이 때문에 폭탄주 제조에 쓰이는 위스키 판매가 크게 줄었다. 위스키 중에서도 스트레이트나 온더록스로 분위기를 타면서 마시는 프리미엄 위스키 판매만 꾸준하다. 술 팔리는 모양새만 놓고 보면 술 문화가 좀 단정해진 느낌이 든다.

소주도 도수 내리기 경쟁이 붙어 '소주의 정석'으로 여겨지던 25도가 지금은 청주 수준인 16도 언저리로 내려왔다. 어떤 이는 룸살롱에 가서도 양주값을 치르고 소주폭탄주를 만들어 먹고 나온다고 한다. 이는 한국인들 삶에 괄목할 만한 변화가 찾아온 것으로 해석할 수 있다. 사회가 그만큼 덜 독해져 가고 있다고 봐도 될 것이다.

술 문화의 양태를 보면 소주 폭탄도 그리 오래가지는 못할 것 같다. 남녀 공히 이를 '뱃살의 원흉'으로 규정한다는 점이 그렇다. 도수가 약한 데다 마시기 좋게 배합되어 있어 취하지 않고 홀짝홀짝 많이 마시게 된다는 것이다. 또 하나, 소주가 15도쯤 내려오면 굳이 타서 마실 필요 없이 와인이나 청주처럼 깔끔하게 잔으로 마시게 될 것이라는 전망도 있다.

그나저나 폭탄주 주력 소비층들이 하나같이 사는 게 재미없다고들 투덜거린다. 50대는 "그리 뼈 빠지게 일하며 독하게 살아왔건만 인생에 남은 게 뭐냐"고 허탈해 한다. 그들의 삶은 골인 지점만 보고 뛰는 100m 달리기와 흡사했다. 그러다 종점이 어렴풋이 보이는 지점에 와서야 "아뿔싸!" 하고 뒤늦은 후회를 한다. 천천히 걸었으면 보였을 풍광들은 이미 다 스쳐 지나가 버렸다. 인생이라는 게 한 번 가면 다시 못 온다는 것을 이들처럼 절실히 느끼는 세대도 없을 것이다. 삶 속에 자아의 부재를 방치한 데 대한 회한이다.

40대는 "50대 선배들 보니 10여 년 후 내 미래가 손바닥 들여다보듯 뻔한데 아무런 대책도 세울 수 없는 현실이 갑갑하다"고 말한다. 앞으로 아이들 대학 보내고 자신들의 노후도 준비해야 하지만 수입이 늘지도 않을뿐더러 거주할 공간 하나 완전히 내 것으로 마련하지 못했다고 푸념한다. 30대는 "4050은 그나마 집이라도 있지만 우린 집도 뭣도 포기한 세대"라며 불안해한다.

어느 사회심리학 책을 읽어보니 국민소득이 1만 달러를 넘어서면 소득이 추가로 증가해도 행복의 체감도 증가는 미미하다고 씌어 있었다. 2만 달러라고 해서 행복이 1만 달러의 두 배가 되는 것은 아니라는 얘기다. 물론 우리는 앞으로도 더 성장해야 한다. 하지만 삶의 속도를 조금 조정할 필요가 있다. 경험으로 보면 '고속사회=독한 사회'였다. 너무 빠르게 치달으면 사회도 덩달아 독해지고 그에 따른 소음도 커진다. 못 보고 놓치는 것도 많아져서 인생의 의미를 곱씹을 여유도 없어진다. 반갑게도 술마시는 양태를 보면 '저속사회=덜 독한 사회'로 서서히 이행하는 모습이다.

04

행복의
조건

114에 전화를 걸면 대뜸 "사랑합니다. 고객님" 하고 예쁜 목소리가 응대한다. 전화번호 하나 물으려고 한 것밖에 없는데 얼굴도 모르는 여자한테서 사랑한다는 말을 들으면 기분이 썩 좋아진다.

'사랑'은 이처럼 묘약이고 영약이다. 사랑한다는 말에 진짜 사랑이 안 들어 있더라도 엔도르핀을 돌게 하는 마력이 있다. 주체할수 없이 강렬한 사랑의 감정을 느낄 때 우리 몸에선 엔도르핀보다 4,000배나 강한 다이돌핀이라는 호르몬이 나와 통증을 제어하고 면역력을 끌어올린다고 한다. 사랑하면 예뻐질 뿐 아니라 고통도 줄어든다는 것이 과학으로 증명된 것이다.

맛있는 음식을 탐하듯 인간은 멋진 파트너와의 육체적 쾌락을 상상하는, 자연계의 유일한 동물이다. 얼마 전 미국 성인 남녀를 대상으로 "인생의 가장 후회스러운 장면이 무엇입니까?"하고 물었더니 "놓쳐버린 로맨스"라고 응답했다고 한다. 못 먹고 놓쳐버린 음식에는 큰 미련을 갖지 않으면서 유독 지나간 로맨스에는 연연하는 것을 보면 사랑은 아무리 많이 해도 허기지는 그 무엇인 모양이다.

멜로드라마의 대사 같지만, 인간이 행복해지는 데에는 사랑만 갖고선 부족하다. 행복에도 일종의 공통분모가 있어서, 이 조건을 구성하는 요소 가운데 일정 부분인 경제적 기반이 필요하다. 베이비붐 세대인 50대 남자의 자살률이 급증하는 건 행복의 필수 영양소인 이 부분이 비어 있기 때문일 것이다.

행복의 크기는 왕왕 세속적인 성공과 함께한다. 1970년대까지만 해도 시골 어머니들은 아들을 대학 보내면서 "얼른 졸업해서 공무원 시험 꼭 붙어라"고 축원했다. 어머니의 눈에 비친 공무원은 검은색 관용 지프를 타고 다니며 뭐든 할 수 있는 존재였다. 일제강점기를 거치면서 면서기의 무지막지한 끗발도 봐온 터였다. 한마디로 공무원은 권력과 돈과 명예의 화신이었던 것이다.

미국 정치가 벤저민 프랭클린은 행복의 조건으로 '의식주의 구비'를 맨 먼저 꼽았다. 하지만 동시에 그는 "만족하지 않은 자, 행복하지 않다"고 했다. 욕망의 분모를 매일매일 키워가는 사람에게는 분자에 어떤 금은보화를 올려놓더라도 늘 모자라는 진분수이기 마련이다. 그런 사람에게 행복이란 바람 빠진 풍선처럼 홀쭉하다. 타인과의 비교, 시기심 그리고 욕망의 도깨비불을 제어하지 못하는 한 행복은 잡을 수 없는 파랑새라는 얘기다.

KBS 〈생로병사의 비밀〉은 한국인들이 더 행복해지기 위해 더 많이 벌고 더 많이 일하고 더 많이 먹는다고 분석했다. 이렇게 '더 많이'라는 무한탐욕의 삼색실로 꼬아가는 행복은 종내 육체와 정신을 파탄에 이르게 할 수밖에 없다. 권력과 함께 엄청난 부를 축적한 리디아의 왕 크로이소스가 "살아 있는 자, 그 누구도 행복하지 않다"고 한 말을 곱씹을 만하다.

유럽 천문대는 생명체가 존재할 가능성이 있는 슈퍼지구 16개를 발견했다고 2012년 발표했다. 이는 엄청난 로망이 펼쳐질 것이란 기대를 갖게 한다. 그런데 이것이 지구에서 36광년이나 떨어져 있다고 한다. 1광년은 빛이 1년 동안 가는 거리다. 굳이 계산하면 9조 6,400억km다. 이 무지막지하고 광대무변한 우주에서 인간 세상이란 한낱 티끌이다. 중국 시인 백거이의 시구처럼 달팽이 뿔 위에서 무엇을 두고 다투겠는가(蝸牛角上爭何事).

나는 꽃이에요

잎은 나비에게 주고

꿀은 솔방벌에게 주고

향기는 바람에게 보냈어요

그래도 난 잃은 건 하나도 없어요

더 많은 열매로 태어날 거예요

가을이 오면.

- 〈가을이 오면〉 김용택

김용택 시인이 노래했듯이 제가 진 것을 아낌없이 서로 나누는 사회, 그것이 결국 구성원 모두에게 플러스 섬이 되는 사회, 그것이 가장 행복한 사회 아닐까?

05

5월 사과 꽃이
스산해 보이는 건

5월 초면 사과 꽃이 하얗게 과수원을 덮었다. 달빛을 흡수한 사과밭은 흰 광목을 둘러친 듯 은은한 빛을 뿜었다. 이맘때쯤 영천 지방 어디를 가나 사과꽃 향기가 처녀 총각의 적삼 속을 살랑거리며 날아다녔다. 지난겨울에 가지를 쳐내고, 꽃이 피기 전에 한차례 꽃눈을 솎아낸 뒤 피어난, 선택된 꽃들이다. 살구꽃 복사꽃이 분칠한 도회 여자처럼 화려하다면 사과꽃은 대놓고 멋 부리지 못하는 시골 아낙처럼 화사함이 절제돼 있다. 햇볕에 그을리고 시집살이에 치여 겉은 촌티가 나도 속은 정념 분분한 여인인 것처럼.

사과는 4, 5월에 벌과 나비의 뻔질난 수분(受粉)후 구슬만한 열매가 맺힐 때쯤 또 한 번 솎아준다. 그래야 가을에 충실한 열매가 달린다. 국내 사과 품종은 1970년대만 해도 국광과 홍옥이 대부분을 차지했다. 늦가을에 따는 국광이 억센 팔과 굵은 장딴지를 가진 마흔 살 장년이라면 홍옥은 갓 서른의 입술 붉고 머리칼 칠흑 같은 여자였다. 홍옥은 그 무르익은 붉은색으로 인해서 야하고 흥건한 여인처럼 보이기도 했다. 자지러질 듯한 맛, 풍부한 수분, 노릇노릇한 육질에 새까만 씨앗의 대비는 선명한 외설이었다.

어정칠월 동동팔월. 따가운 햇살을 받고 비를 머금어 속살을 찌운 홍옥은 국광보다 먼저 추석 언저리부터 빨갛게 익는다. 아직도 여름 기운을 다 씻어내지 못한 푸른 이파리 뒤에서 살짝살짝 얼굴을 내미는 홍옥은 시골동네를 온통 불그레하게 만들었다. 국광은 육질이 단단해서 한입 베어 물면 암팡지게 쩍 떨어져 나온다.

국광과 홍옥이 메이저라면 여름께 익는 이와이, 여름 끝물이나 초가을에 나오는 아오리, 겉이 푸르되 조금 까무잡잡한 인도, 니시키, 노란 껍질의 고르땡(골든), 꼭지 부분이 주먹의 정권(正拳)처럼 울퉁불퉁 솟아오른 스타킹은 마이너 품종으로 꼽힌다.

국내서 재배되는 사과는 이처럼 대개 외래종이었다. 그렇지만 그 많은 사과 중에서 한 해 끝자락을 넘기고 이듬해 2월 눈보라가 휘몰아칠 때까지 사과나무 꼭대기를 지키는 건 국광이었다. 겨우내 날짐승이 배곯을까 봐 까치밥이란 이름으로 대여섯 개씩 매달아 둔 것들이다. 그 까치밥 맛이 참으로 기가 막혔다. 칼바람에 터지고 눈보라에 씻기며 땡땡 얼었다 풀리기를 수없이 거듭한 끝에 사과 육질의 경지를 넘어선 그 꼬들꼬들한 맛은, 황태덕장에서 산

바람 바닷바람 맞으며 얼고 녹기를 반복하다 마침내 명태 육질의 경계를 넘어선 황태의 내공에 비견될 만했다.

사과는 바나나가 들어오고 오렌지와 자몽이 들어올 때까지 우리 국민의 압도적인 사랑을 받았다. 산지로는 대구 경북지방이 국내 생산량의 60% 이상을 차지했다. 여기에 충청도와 경남을 합하면 85%를 넘는다. 내 고향 영천은 경북에서도 사과의 본고장으로 꼽혔다. 그러나 경북은 지구온난화와 함께 점차 사과 주산지에서 멀어지기 시작했다. 충청의 북쪽 끝과 강원으로 북진을 거듭하더니 휴전선 인근 연천군과 파주시까지 올라가 있다. 불과 2년 전 콩밭이었던 곳이 기온이 오르면서 지금은 사과 재배 적합 지역으로 판정받았다. 품종도 부사가 천하 통일을 했다.

국내 사과는 그 이름에서 알 수 있듯이 대부분 일본 사람이 개량한 품종이다. 우리 기술로 우리 입에 맞는 품종을 만들고 개량해야겠지만 현실은 녹록지 않다. 과일뿐만 아니라 우리의 주식과 즐겨 먹는 채소류의 국적도 위협받고 있다. 무엇보다 IMF 금융위기 때 국내 3대 종묘회사(흥농, 중앙, 서울)가 다국적기업 몬산토와 신젠타에 팔려버린 게 컸다. 그 바람에 저 유명한 청양고추 종자도 몬산토 차지가 돼버렸다. 종자의 식민지화다. 5,000만 국민의 입이 식민지로 전락했다고 해야 할지 모르겠다. 국내 과수와 화훼가 죄다 그런 처지라고 하니 안타깝다.

먹거리는 추억과 버무려져 있다. 세상에 아무리 맛있는 음식도 어머니 손맛만 못하듯, 어릴 적 고향의 먹거리는 세상 어디에도 없는 삶의 애환과 이야기를 담고 있다. 저를 키워준 먹거리는 로열티를 내야 맛볼 수 있고, 까치밥 추억은 퇴색했으니 5월 사과 꽃이 만발해도 가슴 한구석은 스산해지는 이유다.

06

치매의
공포

　치매의 무서움을 정말 실감나게 그린 영화가 〈블랙〉이다. 듣지도 보지도 못하는 8살 여자아이 미셸에게 가정교사인 사하이 선생은 집념과 끈기로 세상과 소통하는 법을 가르친다. 그러던 어느 날 미셸을 저잣거리 벤치에 앉혀놓고 아이스크림을 사러 간 사하이는 그만 아무것도 기억하지 못하게(Black Out) 된다. 두 손에 아이스크림을 들고 자신이 누구인지 거기가 어디인지도 모른 채 멍하니 서 있는 모습, 그런 줄도 모르고 눈이 빠지게 기다리다 선생님을 찾아 헤매는 미셸을 보면서 안타까워했던 기억이 있다.

　현대인이 가장 무서워하는 병이 아마도 치매 아닐까 싶다. 내가 아는 어떤 이는 예순다섯의 나이답지 않게 동안이다. 하지만 건망증의 경계를 넘어선 듯, 증상이 여간 심각하지 않다. 점심 약속을 잊는 건 다반사고 심지어 골프 약속도 잊어버린다. 그런 자신을 잘 알기에 일상의 모든 것을 그는 꼬박꼬박 기록해둔다. 그러나 펜을 든 순간에 잠깐 딴생각이 끼어들거나 다른 일에 정신이 팔려 적을 기회를 놓치면 그 일은 영영 기억에서 사라진다.

쉰다섯의 또 다른 이는 며칠 전 여러 개의 예금통장을 세 개로 통합했다. 비밀번호를 다 외우기도 힘든데 휴대폰에 저장하면 위험하다고 해서 그랬다고 한다. 심지어 그는 어떤 통장의 존재를 1년 남짓 잊고 있다가 최근에야 꽤 많은 잔액이 든 것을 찾기도 했다.

이들이 털어놓는 불안은 하나같이 어느 한순간 갑자기 기억의 스위치가 꺼지는 현상, 즉 치매에 걸리면 어쩌나 하는 것이다. 사람은 기록 외에도 여러 가지를 머릿속에 넣어두고 있다. 암묵지라 불리는 이것은 돈이 오가거나 세금계산서 형태로 남긴 '거래'는 아니지만, 그와 유사한 마음속의 채무나 채권, 무언의 약속, 자식 또는 부하 직원에게 언젠가는 전수해야 할 관계망 같은 무형의 자산들이다. 상대에 따라서는 불교에서 말하는 불립문자 같은 것이라고 할까, 서로 쳐다보기만 해도 마치 스캔으로 뜬 듯 여러 가지가 주르륵 떠오르고, 저절로 무언가가 형성되어 버리는 것도 있다.

그런 모든 것이 치매에 걸리는 순간 백지처럼 포맷된다는 사실이 무서운 것이다. 이들 중 상당수는 MRI 검사를 받아도 '사진으로는 깨끗하고 멀쩡하다'는 진단을 받는다. 그러나 정작 본인들은 그럴 리 없다고 고개를 흔든다. 뇌 속에서 뭔가가 진행되고 있지만 잡아내지 못하는지도 모른다.

인간의 뇌가 갑자기 부실해진 걸까? 사실 우리는 너무 많은 정보를 입력한다. 인류가 오늘날의 뇌 성능을 갖기까지 진화하는 데는 수백만 년이 걸렸다. 30년 전으로 거슬러 가보자. 1980년대 초중반엔 아직 디지털 기기를 사용하지 않았다. 먹지로 타이핑하고 텔렉스로 해외통신을 하던 때다. 손으로 차트를 써서 걸어놓고 지휘봉으로 한 장씩 넘기며 보고하고 A4 용지에 손 글씨로 기안하고 결재를 받았다. 정보의 양이라는 게 그처럼 뻔하니 충분히 읽어서 머릿속에 넣을 수 있는 분량이었다.

그런데 요즘은 어떤가? 자료를 사진 찍듯 찍어서 흩뿌리는 식의 정보 세례를 받는다. 시간적 물리적으로 다 집어넣을 수가 없다는 얘기다. 만나는 사람 수도 비교가 안 된다. 1980년대는 농경사회를 막 벗어나던 때였으니 1년에 만나는 사람 수래야 뻔했다. 결국, 좁은 기억의 입구를 미처 통과하지 못한 정보를 우리는 입력된 것으로 판단하기 때문에 미스매치가 생기는 것 아닐까?

얼마 전 통계를 보니 65세 이상 노인 10명 중 1명이 치매를 앓고 있다고 한다. 특히 짝없는 노인의 발병률이 세 배나 높았다. 먼저 가버린 한쪽으로 인해 뻥 뚫린 정서의 벽이 치매 진행을 빠르게 하는 것이리라. 시한폭탄처럼 착착 다가오는 치매를 어쩌겠는가? 그나마 늦추는 방법이 있다면 부부가 서로 사랑하며 끝까지 함께 사는 것이다.

07

지포라이터 콤플렉스

올해는 그다지 춥지 않을 것 같다던 기상대의 예상과는 달리 강추위가 여러 번 닥쳤다. 당초 '올해는 추울 것이다'라고 예보를 했다면 각오라도 했을 터인데 마음 놓고 있다가 닥치는 추위라서 그런지 유독 더 춥게 느껴진다. 하지만 그 추위가 제아무리 매섭기로서니 입성 허술했던 한 시대 전만 할까. 그 때는 여름 끝물에 냇물에서 첨벙첨벙 멱 감는 걸로 그해 목욕은 대충 끝이었다. 한겨울엔 쇠죽 퍼낸 솥에 물 몇 바가지 붓고 데워서 고양이 세수를 하는 게 전부였다. 문고리가 짝짝 달라붙는 추위라 한데서 오래 머무를 수도 없었다.

애들은 풀어놓으면 절로 큰다지만 그 옛날 겨울은 참 난감했다. 솜을 놓아 따뜻한 핫바지를 해서 입히는 집은 그나마 살림이 괜찮은 집이었고 내복 살 돈조차 없는 집이 많았다. 내복이 없으면 바지를 여러 겹 껴입고 다녔다. 솜 넣고 누벼 울퉁불퉁한 핫바지 위에 동네 형들 교복이라도 하나 얻어서 껴입으면 그나마 다행이었다. 제대한 삼촌 군복을 물들이고 줄여서 껴입는 친구도 있었다. 그래도 아침밥이라도 든든하게 챙겨 먹은 아이는 입에서 허연 김이 술술 나와 덜 추워 보였다. 약하고 희미한 입김이 나오면 '아, 저 애는 오늘 아침밥을 굶었구나' 하고 동병상련의 마음을 가졌다. 정말 뜨신 밥이 안 들어가면 입김이 덜 나오는지는 모르지만, 어린 것들은 친구의 처지를 그렇게 서로 헤아리고 측은지심을 가졌다.

오래 신어 바닥이 얇아진 검정고무신을 신고 이른 아침 자갈 깔린 신작로를 1시간여 걸어서 가는 등굣길은 아이들에게 더할 수 없는 고통이었다. 굵은 돌자갈을 밟으면 발이 시리고 아팠다. 바람은 또 왜 그리 센지 몸을 45°쯤 앞으로 숙여야 뚫고 전진할 수가 있었다. 도중에 바람 잦은 곳에서 불을 지펴 발을 쬐기도 했다. 가끔은 장날 어머니가 사주신 '나이롱' 양말 뒤꿈치를 동그랗게 태워먹어 혼이 나곤 했다. 성냥 품질이 조악했을 뿐 아니라 '지랄 맞은' 바람이 사방에서 휙휙 불어오는 통에 불붙이기가 여간 힘들지 않았다. 그때 누군가의 포켓에서 "짜잔!" 하고 등장한 미제 지포 라이터. 필시 아버지나 삼촌 거였겠지만 아무리 센 바람에도 꺼진 듯 누웠다가 다시 푸른 불길로 되살아나는 요술을 부렸다. 그와 더불어 당시에 또 하나 구세주로 비쳐진 물건은 끝이 기역자로 꺾인 국방색 '플래시(손전등)'였다. 발치만 겨우 비추는 초롱불이 그 당시 한국의 실력이라면 마법처럼 강렬한 불줄기로 저만치 나아 갈 길을 밝히는 플래시는 감히 쳐다보기도 눈부신 아메리카, 선진 국의 모습이었다. 지포라이터와 플래시 그리고 칼날을 접어 넣는 잭나이프까지 더한 세 가지 '신기(神器)'는 우리의 열등한 처지를 극복하도록 일깨운 상징물이었다. 이들 물품은 후일 한국이 제조 선진국으로 거듭나는 데 '긍정의 트라우마'로 작용했다. 결코 미워 할 수 없는 그 열등감은 우리를 깨워 앞으로 나아가게 하는 인도 자였다. 그 강렬한 엑스터시로 각인된 선망은 우리가 난관에 부닥 칠 때마다 지포라이터 불꽃처럼 다시 일어나도록 하는 원동력이 됐다.

우리는 선진국의 앞선 문물은 물론이고 성취 불가능해 보이는 것조차도, 1968년 반포된 국민교육헌장의 한 구절처럼 '우리의 나 아갈 바를 밝히는' 삶의 지표로 삼았다. 그리고 똘똘 뭉쳐 매진한 결과 이만한 나라를 일궜다. 오늘날 삼성·LG·현대자동차 같은 글 로벌 제조기업을 키워낸 것은 우리의 그런 콤플렉스와 식민지 경 험의 통한(痛恨), 5,000년 역사의 오기와 눈물의 범벅이었다. 그 건 2차 대전의 폐허에서 재기한 독일 일본보다 더 극적이고 짧고 강렬한 것으로 평가받는다.

고난의 운명을 지고

역사의 능선을 타고

이 밤도 허위적거리며

가야만 하는 겨레가 있다.

고지가

바로 저긴데

예서 말 수는 없다(…)

- 〈고지가 바로 저긴데〉 이은상

　　노산 이은상이 안타까워했듯이, 고지가 바로 저긴데 예서 말 수는 없다. 아직 남북은 갈라져 있고 소득은 선진국에 못 미친다. 지정학적인 위치는 우리에게 '고난의 운명을' 지우고 있다. 옹색한 우리 운명을 바꾸어 활개를 펼 때까지 다시 뛰어 '역사의 능선을 타고' 넘어야 한다. 한국은 아직 미생의 단계에 있다.

08

맑고 향기롭게
살기

법정스님의 다비식이 치러지던 2010년 3월 13일 나는 서울 성북동 길상사를 찾았다. 순천 송광사까지는 내려갈 형편이 안 되었기에 스님이 생전에 설법하던 곳에서나마 고별하고 싶어서였다.

길상사는 서울 시내에서도 풍광이 좋은 곳에 자리 잡고 있었다. 일주문을 들어서니 이른 시각임에도 많은 추모객이 와 있었다. 법당과 요사체에 이르는 곳곳엔 '묵언'이라는 글씨가 붙어 있었다. 절을 찾은 객들의 언행이 평소와 다르다고 느꼈음인지 재잘대던 새들조차 소리를 죽여 경내는 숙연한 분위기를 자아내고 있었다. 분향을 마치고 절 뒤편 벤치에 앉아 스님이 산속 오두막에서 썼다는 책《오두막 편지》를 다시 꺼내 들었다.

스님은 이 책에서 "아무것도 없는 빈방에 있으면 전체적인 자기, 온전한 자기를 찾는다"고 했다. 그리고 "무언가 모자라고 아쉬운 여백의 미가 있어야 우리 삶의 숨통이 트인다"고 했다. 온갖 문명의 이기(利器)로 들어차야 풍족하고 충만한 삶이라고 여기는 우리에게 일침을 가하는 말이었다.

스님은 가셨지만, 그 향내는 은은하게 남은 사람들 가슴에 여운을 드리우고 있다. 말로는 성(城)이라도 쌓을 것 같지만, 실행은 좀처럼 하지 못하는 사바에서 스님은 대중이 도저히 따라 하기 힘든 생각과 말씀을 몸소 실천하며 중생을 계도했다. 그 중심에 무소유 정신이 있다. 하지만 69억 인간이 자본주의 굴레를 벗어나 무소유를 실천하며 살아갈 재간은 없다. 스님처럼 완전한 '버림'을 이행하며 사는 건 불가능하다는 얘기다. 무소유 정신을 실천하는 데 새로운 해석이 필요한 이유다. 그것은 모든 해악의 근원인 욕망을 정화하고 소유를 절제하는 것이라고 할 수 있다. 이를 실천해 제가 가진 것을 이웃과 나누는 것이 스님의 정신을 본받는 것이라고 본다.

스님은 늘 사회가 좀 더 푸근해져야 한다고 산속 오두막에서 홀로 살며 말했다. 그가 푸근하지 않다고 여긴 근거는 나눔에 인색하고 남의 처지를 헤아리지 않는 세태에 있다. '이 추운 날 아침 저 사람들이 따뜻한 밥은 먹었을까? 간밤에 불은 때고 잤을까?' 이렇게 남의 처지를 헤아려보는 훈훈한 마음이 우리 사회에서 어느 때부턴가 없어졌다. 오히려 제 가진 것을 은근히 드러내 자랑하고,

남이 갖지 못한 것을 깔보거나 업신여기지는 않았던가. 그런 생각 짧은 행동이 온 사회를 욕망의 도가니로 몰아넣고 과잉 소유욕을 부추기는 데 일조해왔다.

부(富)는 있으나 지각이 없고, 권력과 지위는 있으나 헤아림이 부족한 사람들. 그런 상류층의 말과 행동이 주는 상처는 급기야 사회 심층에 이질감과 혐오감을 자라게 했고 나아가 불특정 다수를 향한 증오심으로 발전했다. 지금 우리 사회는 삭막해진 정도가 아니라 불길하고 섬뜩해졌다. 가족 구성원이 그날 일을 마치고 육신 멀쩡하게 귀가하는 것이 고맙고 반가울 지경으로 삶의 터전이 망가져 있다.

며칠 전까지 제 그림자를 끌던 한 인간의 육신이 저렇게 허망하게 한 줌의 재로 변하는 과정을 보면서 나는 새삼 빈손으로 왔다 가는 생의 허무를 실감했다. 아등바등 산다고 해도 우주의 섭리로 보면 촌음(寸陰)이다. 많이 가진 사람들은 생각해볼 일이다. 하고 많은 중생 중에 왜 자신이 그렇게 많은 부를 소유하게 됐는지를. 스님 말씀처럼 그건 '하늘이 잠시 제게 맡긴 재산 관리자의 임무일 뿐'이다.

법정 스님은 곧잘 "누구한테 주려거든 살아 있을 때 주어라. 소유주가 죽으면 그 물건도 죽어서 소용이 없다"고 말했다. 법구경은 "입에 말이 적고 뱃속에 밥이 적어야 한다"고 가르쳤다. 이 두 가르침은 필시 베풀기에 인색하고 배려가 모자란 세태를 두고 한

말일 것이다.

　스님이 가신 뒤 나도 한동안 내 삶의 이모저모를 돌아보며 반성을 했다. 그리고 '소유의 절제'를 다짐했다. 하지만 생각은 간단해 보여도 지난한 일이었다. 이날까지 일종의 요요현상을 되풀이하는 것을 보면 그렇다. 소유를 줄이는 데 일시 성공하지만, 다시 왕성하게 살아난 욕망에 굴복해 업의 살을 더 찌우니 말이다. 인간의 탐욕을 베어내고 소유에의 집착을 끊어줄 스님의 아바타를 우리 사회가 더 많이 필요로 하는 이유다.

09

우리는 어디에
정신을 팔고 있는가

친구들한테 지속적으로 폭행을 당하던 고등학생 하나가 2012년 6월 2일 대구에서 자살하는 사건이 있었다. 당시 1학년이던 이 학생이 아파트에서 투신하기 7시간 전, 엘리베이터에 혼자 쪼그리고 앉아 눈물을 훔치는 장면이 CCTV에 잡혔다. 어느 TV 방송이 비춰준 이 영상을 보고 가슴이 미어졌던 기억이 지금도 생생하다. 그 아이는, 잠시 후엔 자신이 이 세상에서 없어진다는 현실을 앞에 두고 얼마나 서럽고 외로웠을 것이며, 그런 자신의 처지를 몰라주는 세상이 또 얼마나 야속했을까.

"오늘 밤 또 맞으러 나가야 하나?"

그 대책도 없고 막막한 폭력의 고통 앞에서, 그리고 이제 사랑하는 부모형제와 영원히 이별을 고해야 할 시간이라는 슬픔 앞에서 그 아이는 두 시간 남짓 아파트 옥상에서 서성거렸다고 한다.

그토록 절박한 순간에 이르도록 엄마 아빠는 왜 그리도 깜깜했을까. 선생님은 어째서 그리도 제자의 고통에 둔감했으며, 함께 웃고 떠들며 우정을 쌓아온 급우들은 뭘 했단 말인가. 교정에도 학교 밖에도 사람이 사람에 치이고 사람에 밀려 떠내려가는 사람의 홍수를 이루고 있지만 정작 그 아이는 인간의 그림자 하나 보이지 않는 허허벌판 광야에서 쓸쓸히 삶을 마감했다.

그런 방식의 죽음이 왜 끊임없이 반복되는가. 우리의 가정은 어느 때부턴가 1차 인성교육기관의 사명을 수행하지 못하고 있다. 엄마 아빠는 먹고살기 바빠 아이들을 돌보지 못하게 됐다. 맞벌이 가정 아이들은 보육원과 유치원을 거쳐 초중고로 직행한다. 그러는 사이에 가정교육, 밥상머리 교육은 사라졌다. 때로는 오냐오냐 용돈으로 때우는 일도 다반사다. 부모와 스킨십을 갖고 살갑게 보내야 할 시간을 돈으로 갈음하거나 아예 방치하는 기형적 가정교육도 한몫한 것이다. 우리 아이들의 폭력성이 두드러지고 일탈이 급증한 건 그와 궤를 같이한다고 해도 과언이 아니다. 그러한 묵시적 유기(遺棄)가 급증하면서 급기야 제 어미아비를 살해하는 '카인의 패륜'이 돼 돌아오고 있다.

가정에 이어 2차 집단인 학교의 붕괴도 그렇다. 부모의 방목(放牧)으로 인성의 마사지를 제대로 받지 못한 아이들은 가시가 삐쭉삐쭉 돋친 상태로 학교라는, '허락된' 공간으로 들어가 폭력과 수

탈의 거점을 만든다. 집단 괴롭힘을 즐기는 마조히즘, 그것을 구경하고 즐기는 관음증적 인간성이 학교 안에서도 사교(邪敎)처럼 확산돼 왔다. 어찌 보면 학교는 사회를 정확이 있는 그대로 비추는 거울이었다.

그런 빈틈을 뚫고 일부 이념 교사들은 아직 정신적으로 덜 영근 아이들에게 미처 소화하기 어려운 '인권'을 부추기고 그들을 이념 놀이의 도구로 삼고 있다. 이명박 정권 때 쇠고기 촛불시위 현장에 고등학생을 꼬드겨 나가게한 교사도 있었다. 자신들 이념 확장에 제자를 끌어들인 행위는 용서받지 못할뿐더러 스승으로 불릴 자격도 없다. 상궤를 벗어난 교육과 교사의 사명감 부재는 아이러니하게도 교사에 대한 폭력으로 앙갚음되고 있다.

가정과 학교뿐만이 아니다. 사회 구성원들은 각자 자신이 선 자리를 더 무겁게 받아들여야 한다. 신뢰의 주춧돌이어야 할 법조계에선 판검사가 이니시어티브 싸움을 벌이느라 법 적용이 임의적이고 형량 또한 오락가락한다. 무능하고 부패한 경찰은 시민의 지팡이 노릇을 하라고 했더니 시민을 욕보이고 지팡이를 몽둥이로 사용할 때가 많다. 국회의원은 당파싸움 이념싸움에, 공무원은 밥그릇 지키기에, 군인은 국가정보를 팔아먹고 무기거래에서 제 호주머니 채우기에 몰두하는 모럴 해저드를 보이고 있다. 이러는 사이에 사회의 흔들리지 않는 잣대, 기준점이 사라졌다. 처벌의 수위와 대상이 모호하고 범죄가 되기도 하고 안 되기도 하고, 뭐가 옳은지 그른지 모르는 가치 판단의 대혼란을 초래했다. 마지막 보루여야 할 종교 또한 영혼에 안식을 주지 못하고 있다. 종교인은 때로 사탄의 얼굴을 하고 나타나 사람들로 하여금 지향점을 잃게 하고 있다.

그래도, 제 아들로 인해 사람이 죽었으면 부모가 아이 손을 잡아 끌고 경찰서를 찾아가서 직접 처벌을 구해야 하는 게 인간의 도리다. 가해자 학생의 부모는 생활기록부가 아들의 인생에 흠결을 남길까 전전긍긍했다고 하니 필시 바늘도둑을 소도둑으로 만들 사람들이다.

한국 사회를 이대로 방치하면 부실시공한 철도의 침목처럼 나라 기강이 들썩이고 들떠서 마침내 궤도를 이탈하는 대형사고에 이르고 말지 모른다. 이미 곧게 펴기에는 너무 늦었다는 생각도 든다. 가능하다면 나라를 통째로 리셋해버리고 싶다.

박사 값 추락의 속사정

박사 값이 크게 떨어졌다. 한때 박사님은 귀한 몸이었다. 일반의 존경을 받았을 뿐만 아니라 기업들도 임원으로 모셔갔다. 그러다 부장, 차장으로 슬금슬금 직급이 내려오더니 얼마 전 삼성그룹 어느 계열사는 미국 박사한테 대리직급을 줬다. 박사 인플레이션은 일차적으로 수요공급의 원리가 적용된 것으로 보인다. 차고 넘친 다는 얘기다.

박사 값이 떨어진 두 번째 이유는 품질이다. 정말 머리 좋고 공부 잘해서 박사를 딴 사람, 어떤 분야를 들입다 파서 전문가가 된 박사도 물론 많다. 하지만 이런저런 이유로 '박사나 할까'도 만만 찮은 세(勢)를 형성하고 있다. 이런 허술한 박사들이 대기업이나 일류대학의 칼 같은 검증을 통과하고 들어가기는 어려울 것이다.

하지만 그보다 느슨한 곳, 누이 좋고 매부 좋다는 식의 내밀한 거래가 통하는 곳들에선 짜깁기, 베끼기로 치장한 함량 미달 학위가 여전히 활보하고 있다. 뉘가 많으면 쌀값이 떨어지는 법.

기업 처지에서 볼 때 박사는 전공 지식이 비박(非博)보다 깊고 해당 분야의 트렌드를 꿰고 있어 나름대로 쓸모가 있다. 그러나 통계적으로 최고경영자까지 올라가는 사람은 대졸 출신이 많다. 박사의 수가 학사보다 훨씬 적다는 점을 감안해도 과한 대우를 해준 측면이 있었다는 얘기다. 박근혜 정부에도 박사 출신 장·차관급이 여럿 있다. 인사청문회에서 재산이 많네, 위장전입이네 따지는 것보다 그만한 내공과 자질을 갖췄는지, 학위가 부실하지는 않은지 따지는 야당 의원들이 몇 보였는데 그게 훨씬 잘한 일이었다.

사람들은 실력도 안 되면서, 특정 학문에 소명의식도 없으면서 왜 그리 박사학위에 연연할까? 박사는 창업에 비하면 돈을 덜 들이고 명예를 얻거나 출세의 기반을 만들 수 있다. 운이 좋으면 높은 자리도 얻어걸린다. 권력의 줄을 잡는 사다리로 쓸 수 있다는 얘기다.

우리 양반문화의 영향도 클 것이다. 먹을 것 없어도 뒷짐 지고 "에헴" 하는 체면, 쓰러져가는 집안이라도 '입춘대길(立春大吉)' '건양다경(建陽多慶)'을 붙일 번듯한 대문, 즉 간판을 중시하는 성향도 한몫할 것이다. 재작년에 방한한 미국 소설가 윌리엄 폴 영이 "한국인은 체면을 중시해서 진정성이 가려질 때가 많은 것 같다"

고 말해서 가슴이 뜨끔했던 적이 있다.

'간판'은 그런 속성, 즉 잘 보이도록 치장할 수밖에 없는 운명을 타고났기 때문에 실질과 일치하지 않는 경우가 왕왕 있다. 잘 보이게 꾸민다는 것은 보고 싶지 않은 것, 눈에 거슬리는 것, 남이 싫어하는 것을 감추거나 생략하는 것을 뜻한다. 나아가 간판 너머를 깊숙이 들여다보려는 관찰자의 눈을 흐리게 하고 차단해서 사실을 왜곡하는 '악의 속성'도 갖고 있다.

우리 사회는 곧잘 '실질을 숭상한다'는 말을 앞세우지만, 실제는 그렇지 않은 경우가 많다. 일본은 학위가 없어도 사계의 전문가, 권위자를 인정해준다. 그건 일종의 도제식 숙성과정을 선호하는 사회풍습과도 맞물려 있다. 초밥을 배우든 검법을 배우든 도제식으로 하나하나 가르쳐 한 단계를 넘어야 다음 단계로 나아가는 사회 말이다. 그런 곳에선 스승이 인정하면 그뿐이지 "저 생도가 진짜인지 확인할 증서(학위)를 주시오"라고 요구하는 일은 없다.

그래선지 일본의 대학엔 박사학위 없는 교수가 많다. 도쿄 특파원으로 있는 동안 산업디자인학과 학부 출신이 자동차 회사에서 20여 년간 클레이 모델을 깎고 디자인하다 교수로 임용되는 걸 목격하기도 했다. 20년 이상 신문사나 방송사에서 일하던 기자가 대학 교수로 가는 사례도 흔하다. 어떤 분야에서 20년을 팠다면 6~7년 집중적으로 공부해서 학위를 딴 사람의 실력에 못지않다고 보는 것이다. 인재는 이론과 현장의 경험을 씨줄 날줄로 엮은 커리큘럼으로 육성해야 한다는 생각이 그들 머릿속엔 박혀 있기 때문이다.

가짜 학위는 자기 자신을 모멸하는 행위다. 자기 검열이 엄격하지 못하다는 증거이기도 하다. "나는 창의성이 부족합니다"하고 실토하는 행위다. 따라서 스스로 부끄러워해야 한다. 대체 그딴 학위를 왜 따려고 하는 건지.

11

베이비붐 세대의
쓸쓸한 퇴장

내로라하는 대기업에 다니던 지인이 얼마 전 퇴직을 했다. 대학 졸업 후 29년을 다닌 회사다. 중간정산해서 빼먹고 남은 퇴직금과 명퇴금으로 받은 돈을 모두 아파트 대출금 상환에 썼다. 그에게 남은 재산은 그 아파트가 전부다.

회사를 나온 뒤 북한산이랑 올레길이랑 전국 명승지를 만끽하고 다녔다. 평생 별 보고 나가 별 보고 들어온 제 인생을 보상이라도 받겠다는 듯이. 그렇게 몇 달 놀다 보니 갑자기 불안해졌다. 문득 '대학 3학년짜리 딸 졸업은 시켜야겠다'는 생각이 들었다. 여기저기 이력서를 넣고 비정규직 일자리도 여럿 찾아다녔다. 대학에서 경영학을 전공하고 기업에 들어가선 총무와 영업·채권관리 일을 돌아가며 한 이력이 있으니 어렵지 않게 한 자리 얻어걸릴 수 있으리라 생각했다. 하지만 그건 오산이었다. 끝내 아무도 연락을 주지 않았다. 쉰을 넘긴 사람은 이 땅에서 아무짝에도 쓸모없다는 것을 깨닫는 데 채 몇 달이 걸리지 않았다.

생활비가 궁해서 아파트를 팔려고 내놨지만, 거래가 꽁꽁 묶여서 팔리지 않았다. 평생 남편만 바라보던, 쉰을 넘은 마누라는 급기야 변두리 모자 공장에 시급 4,000원짜리 아르바이트를 나갔다. 국민연금은 62세를 넘어야 나온다고 하니 하는 수 없이 다시 아파트를 담보로 잡아 생활비를 대출받았다. 군에 가 있는 아들이 장가들면 전세금이라도 쥐여줘야 하고 딸 시집갈 때 혼수다 뭐다 해서 최소한 수천만 원은 들어갈 것이다. 아파트는 그때 쓰려고 남겨준 것이다. '이렇게 헐어 써도 되는 건가? 그나마도 팔고 나면 우리 부부는 뭘 먹고 살지?' 그는 덜컥 겁이 나기 시작했다.

그나마 그는 목 좋은 곳에 그만한 아파트라도 한 채 있다. 잽싸게 아파트를 사고팔아 그보다 재산을 더 불린 사람도 있지만 대부분 베이비붐 세대는 그와 비슷하거나 그 이하의 처지다.

국민소득 100달러 시대에 태어나 2만 달러 시대를 연 대한민국 성장의 역군인 베이비붐 세대들이 대책도 없이 퇴장당하고 있지만, 정부도 당사자도 속수무책이다. 그들은 전쟁의 폐허에서 태어나 보리죽 나물죽으로 허기를 채우기 일쑤였고, 끼니를 거를 때도 잦았다. 많게는 70명씩 들어가는 콩나물 교실에서 공부했다. 그것도 모자라 오전반 오후반으로 나눠서 등교했다. 운동장이나 야산에서 수업하다 소나기가 쏟아지면 책이랑 공책이랑 급하게 집어들고 우르르 교실로 복도로 뛰어들기도 했다.

시골 부모님 등골 뺀 돈으로 대학을 나오고 취직을 했지만 월급받아 넉넉히 용돈 한 번 드려보지 못했다. 새끼들 키우고 제 앞가림하느라 부모님까지 돌아볼 여유가 없었다. 그것이 늘 마음의 짐이 됐지만 풍수지탄이라고 했던가. 아버지와 어머니는 앞서거니 뒤서거니 세상을 뜨고 있다.

이들 베이비붐 세대에겐 노후를 준비할 겨를이 없었다. 십중팔구 맨손으로 올라와 단칸방 월세부터 시작했다. 제 몸 돌보지 않고 기계처럼 일해 아이들 공부시키고 방 세 칸짜리 아파트 하나 장만한 게 전부다. 그렇게 앞만 보고 달리는 새 대한민국은 소득 3만 달러를 바라보는 나라가 됐다.

누구에겐지 모르지만, 그들은 요즘 많이 서운하다. 비슷한 또래의 공무원, 군인, 교사들의 은퇴 후 연금액과 자신들의 생활 수준을 비교해보면 부아가 치민다. 이 세대는 '국가'라는 단어에 특별한 감정을 갖고 있다. 그들은 이제 자신들이 맹목적인 사랑을 퍼부었던 국가가 대체 무엇이며, 왜 있는 것이며, 자기가 사랑한 만큼 사랑을 돌려받는 공정한 존재인지를 생각하기 시작했다. 그리고 가끔은 화도 낸다. 충청도도 아니고 전라도 경상도도, 486도 아닌, 바로 이들이 머지않아 한국의 선거판을 뒤집을 강력한 캐스팅보트로 등장할지 모른다.

12

빈
의자

통지(?)도 없이 갑자기 내린 눈에 산 아래 동네가 꼼짝 못 하고 적막에 쌓여 있다. '산에는 새 한 마리 날지 않고 길이란 길에 사람 자취 끊겼네(千山鳥飛絕 萬逕人踪滅)'라고 노래한 당나라 시인 유종원의 시구가 생각난다. 그러고 보니 시끄럽게 울어대던 까치도 모습을 감췄다. 을씨년스러워 보이는 둥지만 덩그러니 비워둔 채 어디로 간 걸까. 갑자기 닥친 추위를 막으려고 둥지에 두를 나뭇가지를 물고 올지도 모른다.

까치는 새로운 집을 탐하지 않는다. 해가 바뀌어도 가지를 덧대어 살던 집을 수리해서 산다. 집이 있는데 또 집을 사서 집값을 올리고, 집으로 집을 짓는 탐욕을 까치는 부리지 않는다. 재산을 불리려 수집하듯 집을 사 모으다 끝내는 팔지도 살지도 못해 속 태우는 사람들. 그들의 아둔함을 까치는 비웃고 있는지도 모른다.

그래서일까? 까치집을 보면 마음이 평화로워진다. 나란한 이웃 나무에 또 한 채의 까치집이 보인다. 어버이 까치가 자녀들과 함께 집을 지어 분가시킨 것일까? 새로 이사 온 이웃일까? 새들도 늘 자식을 옆에 두고 마음 졸이면서 살까? 인간의 시각으로 보면 세상은 걱정 투성이다.

지금은 앙상한 가지만 드러낸 저 나무들. 한창 푸를 때는 사람들이 삼삼오오 그 아래서 이야기꽃을 피웠을 것이다. 땡볕을 막아준다고 고마워하며 올려다봤을 것이다.

빈 의자는 세상 민심의 상징이다. 내가 잘살고 잘나갈 때는 휴대폰에 메시지도 많이 오고 전화벨도 울리지만, 갓끈 떨어지면 상갓집 견공 신세가 된다. 그게 세상 민심이다. 비어 있는 의자는 그래서 더 쓸쓸해 보인다.

허리가 휘도록 일해서 자식들 도시로 공부 보낸 부모님들. 그 희생 어린 뒷바라지 덕분에 졸업하고 시집장가 가고 아들딸 낳아 자리 잡은 그들. 그렇게 등골 빼인 부모님에게 자식의 도리를 다하고 있을까. 날마다 보는 빈 의자가 오늘 더욱 쓸쓸해 보이는 건 알맹이 쏙 빼서 자식들 주고 정작 당신은 허물 벗은 매미처럼 허허한 노후를 보내는 부모님 모습이 어른거려서다.

의자는 의당 거기에 앉을 만한 위인이 올라가 있을 때 어울린다. 사사로운 자리도, 기업도, 정부도 마찬가지다. 설익고 준비 안 된

사람이 앉으면 의자로 상징되는 조직이 망가진다. 부실해진다. 국가라면 퇴보한다. 문제는 앉혀보기 전에는 사람의 함량을 알 수 없다는 점. 그렇기에 사람을 보는 혜안이, 선택(선거)이 더욱 요구되는 시대다.

13

초대받지 않은 손님,
장수(長壽)

집집마다 샤워시설이 갖춰져 있지만 동네 목욕탕은 여전히 매력 있는 공간이다. 김이 무럭무럭 피어오르는 탕 안에 몸을 담그고 있으면 천 원짜리 몇 장에 이만한 행복을 얻을 데가 또 있을까 싶다. 노소를 따지지 않고 삼대가 같은 목적으로 어우러질 수 있는 곳, 미친 듯이 팽팽 돌아가는 바깥세상은 아랑곳없이 모든 게 정지된 시골역사(驛舍) 같은 곳. 모처럼 들른 목욕탕은 사람 냄새를 풍기고 있었다.

그렇게 몸과 마음이 푹해져 있는데 "저, 저 뭐 저런 놈이!" 하고 하마터면 욕이 나올 뻔한 장면과 맞닥뜨렸다. 탕 안에서 목만 내놓고 있는 여든쯤 된 늙은 아버지에게 사십 대로 보이는 건장한 아들이 이제 나가자고 손짓을 하는데, 그 손짓이라는 게 손바닥을 위로 향한 채 손가락 네 개만 까딱까딱 움직이는 동작이다. 동네 꼬마한 테 하듯이.

자세히 보니 늙은 아버지는 귀가 잘 안 들리는 듯했다. 아들이 손동작과 함께 제법 큰 소리를 지르는데도 잘 못 알아먹는 눈치다. 아들 손에 잡혀 주춤주춤 나가는 거동을 보니 풍을 맞았는지 한쪽 다리와 한쪽 팔을 못 쓴다. 오해는 풀렸지만 뒷맛이 영 개운치가 않았다. 그 아들은 늙은 아비를 자주 목욕탕에 모시고 오는 듯했지 만 아들의 언행에 짜증이 묻어 있는 것 또한 부인할 수 없었다. 자 식들에게 구박을 받긴 해도 어쨌건 살아서 세상 구경이라도 하는 걸 축복이라고 여겨야 하나…?

문득 치매 걸린 시어머니를 모시고 사는 지인의 부인이 생각났 다. 의사와 결혼한 그녀는 한때 친구들의 부러움을 한몸에 받았다. 하지만 여든을 훌쩍 넘긴 시어머니의 악다구니를 수년째 견디며 살다 보니 사람 사는 꼴이 말이 아니라고 푸념한다. 치매도 그냥 기억만 없어지는 건 양반 축에 속한다. 그 시어머니는 하루에 밥상 을 대여섯 번 차리게 하고, 차마 입에 담지도 못할 욕설과 음담을 늘어놓는다고 한다. 마흔과 쉰 살의 경계를 그렇게 넘으면서 그녀 에게 폐경이 왔다. 지나고 보니 그 아까운 시간을 '암흑' 속에서 보 낸 게 더없이 분하고 원통하단다.

찰싹! 소리에 생각이 끊겼다. 돌아보니 예닐곱 살 난 아들 몸을 씻기는 젊은 아비가 꾀부리며 달아나려는 녀석의 엉덩이를 찰싹

찰싹 때리며 잡아 앉히고 있다. 그렇다. 조금 전 자식에게 이끌려 나간 그 할아버지도 젊었을 땐 저처럼 쥐면 터질세라 불면 날아갈세라 애지중지 자식을 키웠을 것이다. 그렇게 사랑의 도가니 속에서 자란 아들이지만 제 아비한테 돌려줄 애정은 마른 잎사귀처럼 파삭파삭하다. 부모의 은공은 기억에서 사라진 지 오래고 지금은 반신불수 아버지가 못내 귀찮고 짜증 날 뿐이다.

어디 가나 인간 백세시대, 장수를 예찬한다. 하지만 정말 100세까지 살아도 되는 것일까? 3년 병수발에 효자 없다고, 제 핏줄도 저러한데 100세를 살면 과연 누가 환영을 해줄까? 요즘 세태에 돈 없는 노년의 삶은 짐승의 삶이나 진배없다. 늙어선 돈이 곧 인간의 존엄성인 셈이다.

그 존엄성을 국가가 얼마간이라도 지켜 주겠노라고 기초노령연금을 올렸다. 이것이 결정되는 과정에 돈을 쓸 주체와 돈을 댈 사람들이 티격태격 공방을 벌이기도 했다. 계산 빠른 학자들은 재정이 파탄 날 것이라고 했고, 젊은이들은 생산성이 제로인, 멈춘 기계에 수리비를 대는 건 낭비라고 했다. 노인들은 이 나라가, 너희가 대체 누구 덕에 이만치라도 살게 됐느냐고 언성을 높였다. 어느새 장수는 축복이 아니고, 아무도 반기지 않는 애물단지가 돼가고 있는 것이다.

누구에게나 늙음과 죽음은 닥친다. 아직 빛깔이 푸른 수박은 후일 빨갛게 익어 단맛을 내는 자신을 그려볼 수 없고, 한번 익어버린 수박은 푸르던 시절을 기억하지 못한다. 구박한 자들 또한 머잖아 구박받을 것이요, 그런 착오가 반복될 줄 알면서도 따지지 않을 수 없는 것이 또한 현실이다. 백세시대 예찬은 이제 경구로 바뀌어야 할 것 같다. "장수를 빌지 말고 '멋진 죽음(웰다잉)'를 소원하라"고.

14

독백하는 삶

"아아, 이 더러운 육체여! 차라리 녹아서 이슬이 되어라. 하느님은 왜 자살을 금하는 율법을 정하셨는가! 아, 지루하고 멋없고 살 가치도 없는 세상이여!"

덴마크 왕자 햄릿이 뱉어낸 독백이다. 독일 유학 중 갑작스러운 부왕의 서거 소식을 접하고 돌아왔지만 얼마 지나지 않아 어머니마저 부왕을 죽인 숙부와 결혼하는 걸 보고 이렇게 중얼거린다.

무대 위에서만 독백을 하는 것은 아니다. 우리는 살아가면서 수도 없이 독백을 한다. 그것이 잘 설계된 시나리오대로 뱉어진 말이라면 좋겠으나 세상일이 뜻대로 되지 않을 때, 희로애락의 어느 고비에서 우리는 혼잣말을 한다. 그것은 과부하가 걸린 내면의 어떤 일에 대한 일종의 자기정화일 수 있다.

독백은 대개 부끄러운 내용을 담고 있다. 한번 그런 장면이 떠오르기 시작하면 어느 케케묵은 과거의 일까지 주마등처럼, 때론 아지랑이처럼 모락모락 피어올라 사람을 궁지로 몰아넣는다. 소설가 최인호 씨는 "낯 뜨거운 과거의 장면이 떠오르거나 기억조차 하기 싫은 비굴하고 옹졸한 나 자신의 치부를 떠올릴 때 자신도 모르게 '아이고 미친놈' '망할 자식' 하고 욕설을 중얼거린다."고 《최인호의 인생》이라는 책에서 썼다.

누군들 부끄러운 일이 없겠는가? 그렇게도 제 삶을 겁박하고 닦달하면서 예까지 끌고 왔건만 여전히 똑같은 실수를 반복하고 있는 자신을 보면 정말 한심스럽다. 최인호 씨는 자신에 대한 욕설을 '내가 또 하나의 나를 향해 던지는 일종의 야유'라고 규정했다.

나는 독백을 삶의 되새김질이요 복기라고 생각한다. 그걸 통해 인간은 반성의 기회를 갖는다. 그런 독백을, 알고 보니 최인호 씨나 나만 하는 게 아니었다. 또래들이랄까? 적잖은 베이비붐 세대들이 '혼잣말 증후군'을 앓고 있었다. 그건 그들의 아노미 현상을 그대로 보여주는 것이다. "앞만 보고 달려온 내가 대체 뭘 잘못했단 말인가?" 그들에겐 정말 울 시간도 엄살을 부릴 시간도 없었다. 자식에 대해 애틋한 사랑을 가슴속에 담고 있지만, 사랑해줄 시간도 없었고 방법도 몰랐다. 그저 국가의 시대적 부름에 죽어라 일했을 뿐이다. 그렇게 식구들이 살아갈 바탕만 제공하면 남편과 아버지의 역할을 다하는 것이겠거니 모든 게 면책되겠거니 생각했다.

그러나 제 일신을 돌보지 않고 평생을 일구덩이에 박혀 산 결과가 집에서도 사회에서도 '팽(烹)'으로 돌아왔다. 허무가 그들 삶을 지배할 수밖에 없는 이유다. 송호근 교수는《그들은 소리 내 울지 않는다》라는 저서에서 "열심히 살아서 서울에 집을 장만하고 가족들과 더불어 잔잔한 행복을 맛볼 즈음인 50대 초중반 어느 날 '너는 누구냐?'는 허무와 만나 극심한 심리적 혼란을 겪었다"고 토로했다.

독백이든 중얼거림이든 대개는 자책하는 경우일 때가 많다. 세상일이 뜻대로 되면 대개 싱글벙글 웃는 표정을 지을 것이다. 더 신나는 일이 생기면 "얏호!"라고 쾌재를 부를 것이다. 독백은 상대를 소리 내어 힐난할 순 없지만 참고 넘기기 어려울 때나 저 자신을 꾸짖을 때 많이 나온다. 남에게든 자신에게든 꾸짖는다는 건 제가 설정해둔 '기준'에 미달했거나 오버했다는 얘기다. 내 경우 행위나 말이 기준에 못 미쳤을 때 자책을 한다. 독백의 형태로. 정말 크게 잘못 했으면 중얼중얼 독백이 아니라 큰 소리로 말한다. "에잇, 바보야!"라고. "야, 뭐하는 거냐!"라고 할 때도 있다.

독백은 '발전'을 전제로 한다. 인생의 멘토가 늘 저를 따라다니며 잘못을 지적해주고 바른길로 이끌어줄 수는 없기 때문에 반드시 필요한 여과장치가 독백이다. 한마디로 발전하는 인간만이 독백하고 혼자서 중얼거린다.

15

카르페 디엠!

노천 테이블 위에서 고기가 지글지글 익고 있다. 남자 넷이 둘러 앉아 입으로 고기를 나르면서 연거푸 소주잔을 부딪친다. 때로는 손바닥을 마주쳐 하이파이브를 하기도 한다. 넥타이를 풀어서 호주 머니에 찌르고 와이셔츠 소매를 팔꿈치까지 걷어 올린 채. 무슨 말 인가를 한마디 하더니 합창하듯 박장대소를 한다. 손바닥으로 무릎 을 치고 발을 구르며 깔깔거린다. 유쾌하고 감칠맛 나는 남자의 웃 음소리다. 뭐가 저리도 재미날까? 나도 그 유쾌한 삶의 한 장면에 끼어들고 싶었다. 퇴근길 서울 어느 골목에서 마주친 광경이다.

얼마 전부터 사진을 배운 나는 '인생의 한 장면'을 찍는다면 뭐 가 좋을지 가끔 생각한다. 저무는 들녘에서 추수하는 부부, 굴렁쇠 굴리는 꼬맹이, 면접관 앞에 선 취업 준비생, 아궁이 불에 저녁밥을 짓는 할머니….

삶의 순간순간을 진지하게 엮어 가는 모습이랄까, 그런 류의 장면을 생각하던 내게 그 골목길 풍경은 탁, 하고 정수리를 쳤다. 초주검이 되도록(burn out) 일한 뒤에 마음껏 먹고 즐기기. 그 또한 훌륭한 삶의 한 컷이다. 삼라만상이 '깨달음'의 거울을 들고 있지만 아둔한 중생이 그걸 보고도 알아채지 못했을 따름이다.

서울 부암동 주민센터 옆 고갯길을 오르면 소설가 현진건의 집터가 있다. 나는 일 년에 몇 번씩 이곳을 찾는다. 어쩌다 저녁 무렵에 이 빈터를 보게 되는 날은 쓸쓸하기 그지없다. 거나하게 취한 현진건이 비틀거리며 걸어 들어왔을 마당엔 잡초가 무성하다. 주인의 자취가 담겨 있던 기와집마저 수년 전 헐린 뒤로는 더욱 휑해졌다. 거기서 더 올라가면 안평대군 집터가 있다. 인근엔 큰 바위와, 나이를 알 수 없는 아름드리나무가 인간사를 지켜보고 있다. 산천은 의구한데 인걸은 간데없느니….

운수 좋게 돈을 많이 번 남편이 맛있는 음식을 사왔지만 못 먹고 생을 마감한 빈처나, 동생(안평)을 죽이고 하늘을 찌르는 권세를 누렸건만 기껏 쉰하나에 생을 마감한 수양이나…. 아등바등 살아도 때가 되면 간다. 이 마루턱에 서면 새삼 생의 무상을 느끼게 된다.

카르페 디엠(Carpe diem)! 거칠게 해석하면 '현재를 즐겨라!'쯤 된다. 우리는 삶을 즐기고 있는가? 현실을 돌아보면 그렇지 못하다. 오직 미래를 위해 일하고 내일을 위해 저축한다. 오늘을 무한

정 유보하며 사는 우리다.

그게 좋은 삶일까? 정답은 5,000만 개일 수 있다. 한때는 제 삶을 차갑게 비판하다가 어느 때부턴가는 현실을 받아들이고 무섭게 질주하기도 한다. 어쩌면 그 시간이 자기숙성의 시간이다. 평생 제 삶에 칼을 겨눈 사람은 익을 틈, 삶의 두께가 생길 틈이 없다. 이런저런 궤적을 돌아보면서 문득 '나는 내 삶을 즐기는가?' 하고 묻게 된다.

궁극적으로 인간에겐 '오늘'뿐이다. 축지법을 쓰는 도인이라도 내일을 살 수는 없다. 오늘 또 오늘. 그렇게 무한히 계속되는 오늘을 살다가 '어느 오늘' 삶을 마감하는 게 인생이다. 재산을 움켜잡은 손아귀도 생명이 다하면 스르르 풀린다. 서시(西施)의 예쁜 눈동자도 땅속에 묻히면 움푹 패고 그 속에 흙이 들어찬다.

현재를 즐기지 못하는 건 놓지 못해서다. 뒤늦게야 그걸 깨닫는다. 탐욕과 과한 목표를 놓을 줄 알아야 한다는 걸. 그러나 실행에 옮기는 것이 절대 녹록지 않다. 그래서 현실과 티격태격 실랑이를 한다.

사람들이 왜 명상에 몰릴까? 놓아버리고 포기하고 정리하기 위해서다. 그러나 대개는 1분도 못 버티고 잡념에 사로잡힌다. 차마 놓지 못하는 것이 많아서다. 우리는 여전히 너무 많은 것을 움켜쥐고 있다.

현재의 삶을 즐기지 못하는 건 외골수 때문이기도 하다. 거기서 벗어나려고 나는 조금씩 외도의 길을 걷고 있다. 좋아하는 것, 고집하는 것, 맛있는 것, 옳다고 믿는 것에서 조금씩 멀어지려 하고 있다. 그렇게 각도를 틀어 내 생각과 달랐던 것, 낯선 곳을 들여다봄으로써 즐기지 못하도록 세팅된 레시피를 희석하고 있다.

Part **4**

기업,
나라의
살림밑천

01

기업, 망하려거든
오만해라

"삼성전자는 어떻게 생각하십니까?"

2001년 3월 도쿄 소니 본사에서 이데이 노부유키 당시 회장을 인터뷰하고 나오면서 슬쩍 이런 질문을 던졌다.

"삼성전자?"

대답 대신 그는 '뭔 시답잖은 질문인가'하는 표정을 지어보였다. 돌이켜보면 당시 삼성은 곧 수면 위로 머리를 드러낼 잠룡(潛龍)이었지만 그의 안중에는 없었다.

그로부터 4년 뒤인 2005년 소니는 글로벌 브랜드파워 순위에서 28위로 추락하며 삼성(20위)에게 추월당했다. 이어서 2006년에는 간판상품인 TV에서도 세계시장점유율 1위 자리를 삼성에 내주는 수모를 당했다. 곧이어 매출 규모마저 삼성에 한참 뒤지게 된다. 지나고 보니 내가 이데이 회장을 만난 그때가 소니의 정점이었던 듯 싶다.

장면이 바뀌어 2010년 1월 초. 라스베이거스 가전 쇼를 참관한 이건희 삼성 회장은 중국이 우리를 추격하려면 시간이 좀 걸리고, 소니나 파나소닉 같은 일본 기업도 신경은 쓰지만 무섭지 않다는 취지의 발언을 했다. 그의 자신감이 든든하다는 생각이 들기 전에 먼저 머리를 스친 것은 '삼성도 웬만큼 올라왔구나'하는 느낌이었다.

그 무렵 애플의 아이폰이 국내에서 세력을 떨치기 시작했다. 아이폰은 그때까지 골목대장이었던 삼성 휴대폰을 우습게 보며 고객의 마음을 훔쳐냈다. 천하무적의 하드웨어 기업인 삼성도 전혀 차원이 다른 싸움 방식에 속수무책이었다. 소니가 손바닥만한 트랜지스터 라디오와 '워크맨'으로 세계인의 마음을 사로잡는 동안 해당 기술의 종주국인 미국이 눈만 껌벅일 수밖에 없었듯이. 삼성이 TV와 반도체와 디스플레이로 소니, 마쓰시타, 도시바 같은 일본기업을 농락하는 동안 그들이 넋 놓고 바라만 봤듯이.

소니는 일본의 자존심이자 긍지였고 혁신과 창조경영의 교과서였다. 그러나 성공에 성공을 거듭하면서 창업정신이 쇠퇴하고 그 자리에 방심과 오만이 들어찼다. 세계 최고봉을 이룩한 하드웨어가 핵심역량이었지만 방만하게 소프트웨어에 경영자원을 쏟아 붓다 에너지를 낭비하기도 했다. 그것이 잘못된 방향이라는 문제 제기가 사내에서 잇달았지만 번번이 묵살 당했다. 그러다 세계의 산업 트

렌드가 바뀌고 MS·야후·구글 같은 거대 소프트웨어 기업이 부상하면서 경쟁력을 잃었다. 위기는 리더를 포함한 조직 구성원의 모럴이 무너지고 긴장이 끊어진 지점에 정확히 찾아온 것이었다.

지난 수년간 도요타가 걸어온 행보도 소니와 비슷한 데가 있다. 도요타는 세계 제조업의 전범이 된 '간판(Just In Time)방식'을 고안해낸 이후 너무 오랫동안 세계인의 칭송을 받아왔다. 근년에는 세계 자동차업계 1위라는 훈장까지 받았다. 그런 우등생의 방심과 피로가 누적된 탓인지 2010년 미국에서 대량 리콜사태가 벌어졌다. 차량 결함 사고가 나기 수개월 전부터 사내에서 경고가 나왔지만 뭉개버렸다고 한다. 그 때문에 이미지 추락은 물론 천문학적인 돈을 날렸다. 세계 자동차판매 1위 자리도 간당간당 지키고 있다.

GM과 포드는 한때 아무도 쓰러뜨릴 수 없는 제국이었다. GM과 포드에 좋은 것은 미국에도 좋았다. 포드는 근대적인 생산방식의 혁명을 이루었고, GM은 그 포드를 누르고 세계 1위가 된 기업이다. 하지만 일본 기업이 오일쇼크 이후 기름을 적게 먹는 소형차에 역량을 집중했을 때도 그들은 "니들이 미국, 미국인에 대해 뭘 알아"라며 콧방귀를 뀌었다. 두 공룡 역시 오만했던 대가를 톡톡히 치렀다.

경쟁에서 역전극은 이처럼 정점에 이른 기업의 방심과 오만이 득세할 때 이뤄진다. 경쟁자는 그러나 그 짧은 틈새를 놓치지 않고 공략해서 무너뜨린다.

남의 나라 걱정을 할 것도 없다. 이건희 회장이 아직 멀었다고 낮춰봤던 중국은 부지런히 칼을 갈아 이제 우리 턱밑까지 바짝 추격해왔다. 일본의 재반격도 무섭다. 일본은 겉으로는 한국에 밀린 듯이 보여도 IT와 전자 분야 원천특허가 우리와 비교도 안 될 정도로 많은 나라다. 따라서 경쟁력의 원천인 뿌리는 무시한 채 푸르른 잎만 보고 우리가 일본을 제쳤다고 큰소리치는 것은 위험하다. 사람이든 기업이든 잘나갈 때는 보이지 않는다.

'내려갈 때 보았네/올라갈 때 못 본 그 꽃'이라는 고은의 시구는 새삼 세상 이치의 오묘함을 깨닫게 한다.

02

실패하는
경영자 유형

1980년 당시 시가총액 100위 안에 들어 있던 한국기업 가운데 30년이 지난 2010년까지 100위 안에 남아 있는 기업은 27개에 불과한 것으로 대한상공회의소 조사 결과 밝혀졌다. 같은 조사에서 2000~2010년 사이에만도 41개 기업이 100대 기업에서 떨어져 나갔다. 한국시장이 그만큼 역동적이고 변화무쌍하다는 얘기다. 이는 동시에 기업 경영자들의 스트레스가 그만큼 심했다는 걸 보여준다.

그 30년 동안 주력업종의 부침도 극심했다. 1980년 당시 5대 주력산업은 건설·섬유·식품·금융·제약이었으나 2010년에는 금융·전자 및 통신·건설·조선·자동차로 바뀌었다.

100위권에서 탈락한 기업들의 공통점은 수출비중, 산업성장률,

시장점유율이 모두 낮다는 점이다. 좁은 한국시장을 감안할 때 해외시장에서 어필하는 기업, 그 시대 소비자의 마음을 사로잡는 기업, 주어진 여건 안에서 어떻게든 시장점유율을 높게 가져가는 기업이라야 살아남는다는 교훈을 준다.

좀 더 미시적으로 보면 100위권에서 탈락한 기업은 리먼브라더스처럼 이전의 성공에 취해 자만심이 컸던 기업, 코닥처럼 변화를 외면하고 현실에 안주한 곳들이다. 코닥은 1990년대 등장한 디지털 영상의 가능성을 잘못 읽어 회사가 치명적인 타격을 입은 곳이다. 보유한 경영자원에 비해 과도한 욕심을 부렸다가 당한 케이스도 있다. 대표적인 예가 무리하게 사업다각화를 추진했다가 IMF 금융위기 때 무너진 쌍용, 진로 같은 기업이다. 탈락한 기업들 면면을 보면 해당 산업의 쇠퇴에 따른 것이 아니라 내부적인 문제점을 극복하지 못한 경우가 많았다. 결국 경영자의 경영능력으로 귀결되는 문제라는 얘기다.

장수기업을 연구한 미국 케빈 케네디는 기업 수명이 단축되는 것은 최고경영진의 의사결정 능력과 조직문화적 시스템의 문제라고 했다. 여기서 말하는 '조직문화'에는 나쁜 노사문화도 있고, 신상필벌이 없는 문화도 있지만, 가장 나쁜 것은 '가만히 있으면 현상유지라도 할 텐데 왜 굳이 나서서 문제를 만드는가?' 하는 복지부동의 문화다. 《세계 명문기업들의 흥망성쇠》라는 책은 '기업가냐 아니냐의 차이는 위기를 보는 관점'이라고 파악했다. 기회를 위기로 읽어서 움츠리고, 거꾸로 위기를 기회로 보고 달려들어 경영 자원을 낭비하면 회사를 망친다.

변화를 잘못 읽은 대표적인 사례가 2000년 전후 일본기업들의 패착이다. 일본은 전형적인 바텀업(bottom-up) 의사결정 구조를 가지고 있다. 2000년 언저리에 삼성전자가 천문학적인 돈을 들여 반도체·LCD 투자를 확대할 때, 일본은 우왕좌왕 시간을 끌다 실기를 거듭했다. 결국 최고경영자의 결단력 부족, 의사결정의 지체가 주력제품의 시장주도권을 경쟁국에 넘기는 패배를 초래했다.

이처럼 '실패하는 경영자'의 공통적인 성향은 무엇일까. 니혼게이자이신문은 '아는 건 많지만 실행능력이 부족한 리더'라고 꼬집었다. 그런 리더는 의사결정이 잘못될 것을 지나치게 두려워한 나머지 너무 많은 변수를 고려하다 기회를 놓치고 만다는 것이다. 현장을 세세하게 알지 못하는 리더도 위험한 사람으로 지적됐다. 큰 결정은 잘 내리지만 세부 진행상황을 팽개쳐 놓거나, 디테일에 밝지 않은 경영자는 위험하다는 것. 이런 유형은 대개 공부가 부족하다. 뿐만 아니라 '경영자란 큰 것만 챙기면 되지 자잘한 것까지 알 필요가 있나'하는 잘못된 생각을 하고 있다.

03

죽은 공명이
산 중달을…

물이 깊으면 검푸르다. 그걸 보고 있으면 섬뜩할 때가 있다.
2011년 10월 6일 타계한 스티브 잡스의 말도 검푸르러 무서울 때
가 있었다. 그의 말은 날이 퍼렇게 서 있어서 작두 위를 걷는 듯한
내공을 느끼게 했다. 그중 하나가 디자인에 관한 생각이다.

"사람들은 디자인이라고 하면 '어떻게 보이느냐'를 의미하는
겉치레로 생각하지만 실은 디자인이란 '어떻게 작동(기능)하느
냐'의 문제다."

이처럼 그는 디자인을 화장발 잘 받는 여인의 얼굴쯤으로 여겨
서는 안 된다고 주장했다. 외관의 근사함에만 현혹되면 오리지널
과 흡사하게 만든 중국산 짝퉁도 멋진 디자인의 범주에 속할 수 있
다. 아이폰이 처음 나왔을 때의 충격은 유려한 디자인에서라기보

다 내부 작동원리의 독창성과 기능의 의외성 때문이었다. 디자인의 본질을 꿰뚫어본 그의 말은 창작의 현장에서 뒹굴고 절차탁마(切磋琢磨)하며 체화한 것이다. 마치 땀방울이 몸속에서 송글송글 돋아나듯 '작동'이 충만해서 겉으로 넘쳐 나오는 현상이거나, 내공이 주체를 못 하고 밖으로 번져나온 것이 그가 말하는 디자인일 성싶다.

우리의 정수리를 치는 그의 또 다른 언어는 단순함에 대한 고찰이다. "단순함은 복잡함보다 더 어렵다. 생각을 단순화하고 명료하게 다듬으려면 많은 노력이 필요하다. 한번 그런 단계에 도달하면 산도 움직일 수 있다."

마치 장자의 우화와 같은 말이다. 소는 한 장의 가죽으로 전신을 감싸고 있다. 소의 배를 가르고 속에 든 것을 모두 끄집어낸 뒤 다시 집어넣어 원래 모습으로 복구하려면 처음보다 두 배의 가죽이 있어야 할지 모른다. 복잡함의 단순화는 이럴 때 요구된다.

소가 하나의 생명체로 살아가는 데 필요한 구성요소들을 통합하고 압축하고 취사(取捨)하는 과정과, 여러 신체기능들을 녹여서 다시 빚어내는 생명의 재창조적 단순화가 없으면 원래 크기, 원래 모습으로 되돌리는 것은 불가능하다. 그것은 사물의 거죽에서 뼛속까지 연결되는 일련의 작동원리와 기능을 완전히 분석하고 파악했을 때 가능한 일이다. 그처럼 궁극의 '단순화'와 바위를 뚫는 집중력을 갖췄기에 산을 움직이는 것보다 더 큰, 세상의 작동

(산업의 줄기를 바꾸고 시대의 획을 긋는)이 가능했던 것이다.

스티브 잡스가 세상을 등진 당일 삼성전자와 LG전자 주가가 급등했다. 그야말로 죽은 공명이 산 중달을 들었다 났다 한 사건이었다. 적장(敵將)의 죽음이 아군의 평온을 담보하는 현실이라…. 왠지 불안하고 꺼림칙한 현상이었다.

이런 종속성을 벗어나는 길은 아류의 길을 탈피하는 것이다. 삼성전자는 미국과 유럽에서만 1만 수천 건의 이동통신 관련 특허를 가지고 있다고 한다. 애플은 그 수가 삼성의 10분의 1이다. 얼핏 삼성의 대단한 특허파워에 놀라게 되지만, 시각을 바꾸면 1만여 병사가 1,000여명 특공대를 못 당한 셈이 된다. 구슬이 서 말이라도 꿰어야 보배가 되는 것이다.

그럼, 애플은 삼성의 10% 병력으로 어떻게 그런 전과를 올렸을까? 잡스의 컨버전스에 대한 집착, 소프트웨어에 대한 탐욕(?)이 원동력이었다. 소프트웨어 개발자에게 70%의 수익을 보장한 것이 그것을 웅변한다. 그의 사전엔 '허우대(하드웨어)만 멀쩡하다'는 말이 없다. 트랜스포머처럼 멋진 허우대를 가졌다면 당연히 스마트하게 작동하는 영혼(소프트웨어)도 들어 있어야 한다는 게 그의 생각이다. 그는 제품의 생산에서 판매로 이어지는 일련의 과정에 부가가치를 가장 많이 생산하는 곳이 어디인지를 짚어내고, 그 공과를 착오 없이 인정하고 배분해줬다. 애플에 영양가 있는 소프트웨어가 구름처럼 모이게 하는 작동원리다.

04

비정규직 방치하면
나라 망한다

"어디서부터 잘못됐는지 나도 모르겠어요."

일류대학은 아니지만 서울에서 4년제 대학을 마치고도 비정규직을 전전하며 월 130만원 남짓 받는 박모 씨(30)는 요즘 자기 인생을 복기하며 가슴을 친다. "고교 때 덜 놀고 좀 더 좋은 대학을 갔어야 했나? 수입 좋은 아르바이트에 빠져 1년간 휴학한 게 잘못이었나? 졸업 후 급한 마음에 아무 회사나 들어갔다가 취향에 안 맞아 그만둔 게 꼬였던가?"

경제활동인구 2,500만명. 그중 600만 명이 비정규직이다. 800만 명을 넘는다는 얘기도 있다. 과거엔 여성이나 노년층, 장애인들의 일자리로만 여겨졌던 비정규직이 이제 대졸 이상 고학력자들까지 빨아들이면서 삶의 질을 떨어뜨리는 블랙홀이 되고 있다. 가장 심각한 건 2030이다. 이들은 대개 베이비붐 세대의 자녀다. 아버지 세대는 퇴출 행렬에 들어섰고, 아들 세대는 비정규직으로 전락하고 있다. 김화수 잡코리아 사장은 "한번 비정규직이라는 트랙에 올라타면 벗어나기가 쉽지 않다"며 안타까워했다.

한창 일하고 활기차게 살아야 할 2030 세대들. 대학을 졸업하고도 태반이 실업자나 비정규직으로 살아간다. 연애. 결혼. 출산을 포기했다고 해서 삼포세대라고 자조하는 이들은 결혼을 필수가 아닌 선택이라고 생각한다. 이들한테 저출산 운운하며 "아이 많이 낳으라"고 했다간 노망든 사람 취급을 받는다.

도대체 왜 이렇게 됐을까? 국가조직은 대체로 리더가 10%, 리더의 명을 받아 조직을 끌고 가는 실행부대 격인 차상위급이 20~30%, 나머지는 현장에 배치돼야 한다. 기업이나 군대조직도 비슷비슷하다. 그런데 우리현실은 대학졸업자가 80%에 육박한다. 너도나도 지휘봉만 잡겠다고 나서는 형국이니 머리만 큰 기형이 돼버린 것이다. 사회는 이미 이 많은 대졸자를 수용할 수 있는 한계를 넘어섰다. 설령 대졸자 전원이 서울대 출신이라고 하더라도 그중 누군가는 현장으로 가야 하게 돼 있다.

또 하나. 일자리가 늘지 않는 구조가 이미 고착화됐다. 국민소득이 지속적으로 늘어나고 있음에도 불구하고 일자리는 늘지 않고 있다. 있는 일자리도 정규직이 나가면 비정규직으로 대체되는 사례가 허다하다. 비정규직 스펙도 정규직 못지않게 우수할 뿐만 아니라 정규직은 일단 채용하면 필요할 때 자르기 어렵기 때문이다.

더군다나 한국은 이미 대부분 산업에서 대형투자를 끝냈다. 거대 산업을 일으킬 분야가 없다는 얘기다. 게다가 IT의 등장은 설상가상으로 일자리를 줄이는 역할을 하고 있다. 좀 극단적으로 얘기하면 입력하는 사람만 있으면 중간과정은 컴퓨터가 처리해주기 때문에 결과를 판단하는 사람만 있으면 된다. 입구와 출구만 있고 속은 빈 '깡통' 모양의 고용구조가 고착화되고 있는 것이다.

기업 입장에서 비정규직은 달콤하다. 그러나 비정규직이 일정 수준 이상 되는 조직은 활력이 없다. 구성원들이 근성이나 애착을 보이지 않기 때문이다. 조직에 대한 로열티도 소속감도 없다. "현장에 위험물이 방치돼 있어도 내 회사가 아니라고 생각해선지 남의 일 보듯 지나치더라"고 어느 중소기업 경영자는 말했다. 그런 조직에서 글로벌 경쟁력을 가진 제품이 나오기를 기대하는 것은 무리다.

기업들은 양질의 전력, 잘 닦인 물류망, 우수한 협력업체, 고학력의 노동력, 제품을 사주는 소비자, 주권을 지켜주는 국가 덕분에 플건을 팔고 이익을 남긴다. 그렇다면, 기업이 스펙 멀쩡한 젊은이를 정규직 임금의 절반만 주고 쓰는 건 사회와 국가를 배반하는 행위다.

이들, 한창 일하고 인생이 즐거워야 할 세대를 팽개쳐놓고 사회가 건강할 리 없다. 사회통합도 공염불이다. 2030 젊은이는 묻는다. "한미 FTA를 하면 우리한테 뭐가 좋은가요?"라고. 삼성, 현대차가 돈을 많이 벌고 그 직원들은 월급이 올라갈지 모르지만 국외자에겐 이득도 없을뿐더러 아무런 감동도 못 준다. 어디가 잘못됐건 성장의 과실을 분배하는데 왜곡이 있다는 얘기다. 이처럼 뒤틀어진 소득배분 시스템을 방치하고, 국가의 희망이어야 할 젊은이를 무직자로 놔둔다면 대한민국에 미래는 없다.

논란이 되고 있는 퍼주기 식 복지 포퓰리즘은 물론 안 된다. 그렇지만 국가를 이어갈 다음 세대가 일자리를 달라는데도 주지 못하는 사회, 가정을 꾸려갈 수준의 임금을 못주는 사회는 심각하다. 이건 국가 존립에 관한 문제다.

한국은 OECD 국가 중에서 노동시간이 가장 긴 나라다. 한쪽은 일에 치이고 한쪽은 일자리가 없는, 이런 모순이 어디 있는가. 기업이 정규직과 비정규직의 이중구조를 방치하고 노동개혁을 게을리 하면 우리도 일본처럼 비정규직 천지가 될 것이다.

일본은 전체 근로자의 38%가 비정규직이다. 기업들은 정규직이 그만두면 비정규직으로 채웠다. 그들의 임금은 어림잡아 정규직의 60%선. 국가 전체로 보면 소비여력이 있을 리 없다. 물건을 사주니 않으니 상품가격을 내리게 되고 그런 시간이 길어지다 장기침체에 빠져들었다. 우리도 이대로 가면 똑같은 재앙을 만날 것이다. 이미 그런 징조가 나타나고 있다.

05

일본 TV의 몰락…
영원한 승자는 없다

1970년대 초까지 TV는 권력이었다. 인기 있는 드라마 〈아씨〉나 〈여로〉 같은 것을 방영하는 날이면 TV가 있는 집으로 마을사람들이 속속 모여들었다. 그거 하나 얻어 보려고 사람들은 쭈뼛쭈뼛 마당을 들어서선 주인에게 갖은 아부성 덕담을 늘어놓곤 했다.

오일쇼크로 홍역을 치른 뒤인 1975년, 삼성이 내놓은 절전형 '이코노텔레비전'은 대히트를 쳤다. 그 시절 한국 TV의 표준은 14인치였다. 1980년 컬러 시대가 열리고 소득 증가와 함께 1990년대 들어 20, 25, 27인치로 커지더니 배불뚝이 대신 평면TV가 나왔다. 배불뚝이 중에선 일제 소니 트리니트론TV 36인치가 2000년대 초반까지 세계에서 가장 큰 브라운관 TV이자 TV 마니아의 우상이었다.

그로부터 불과 2~3년 안에 세상은 천지개벽을 한다. PDP TV와 LCD TV가 등장한 것이다. 두께 10㎝ 안팎의 얇은 PDP TV 32인치가 벽에 걸리자 사람들은 탄성을 질렀다. 그러나 그것도 잠시. 간발의 시차를 두고 LCD TV가 다크호스로 등장하더니 순식간에 55인치, 65인치까지 커졌다. 압도적인 기술과 브랜드 파워로 세계 TV시장을 석권하고 있던 일본업체를 삼성과 LG가 제치기 시작한 것은 이 무렵이었다. 부품을 깎고 다듬어 정교하게 짜 맞추는 아날로그에서 디지털로 전환하는 갈림길에서 삼성과 LG는 생산방식의 변화를 놓치지 않았다. 두 회사는 디자인과 마케팅에 대대적으로 투자했다. 세계시장을 염두에 두고 디자인을 먼저 확정한 다음 그에 맞는 부품을 퍼즐 맞추듯 세계 곳곳에서 조달해 조립하는 전략을 쓰기도 했다. 삼성은 그전부터 일본 기술자를 스카우트해서 착실히 실력을 다져나갔다. 삼성에서 몇 년 근무하면 평생 벌 소득을 보장해주는 파격적인 대우도 크게 먹혔다.

세계 TV의 빅3인 소니, 파나소닉, 샤프는 2000년대 끝자락부터 삼성의 자금력과 마케팅 파워, 디자인에 열세를 보이기 시작했다. 죽어도 "TV 본래의 기능을 구현하는 제조기술은 우리가 한 수 위"라고 우기던 그들이 결정적으로 손을 든 것은 차세대 디스플레이인 OLED 기술에 와서다. OLED로 대형제품을 구현하기는 어렵다던 통념을 깨고 한국이 먼저 55인치를 넘는 대형TV를 내놓았다. 이어서 인터넷 접속이 가능한 스마트TV까지 선보이자 히타치를 비롯한 일본 업체들이 하나둘 TV사업을 접기 시작했다. 'TV는 가전의 얼굴'이라며 자존심으로 버틴 대가는 컸다. 일본 빅3는 천문학적인 적자를 기록하며 사세가 위축됐다. 기업가치도 크게 떨어져 한때는 삼성전자 시가총액이 이들 빅3의 시가총액을 다 합한 것보다 네 배 이상 많은 적도 있었다.

'TV의 전설'이라던 소니는 세계시장을 제패했던 성공경험이 패인이었던 것으로 분석했다. 과거의 영광과 자만이 새 시대의 도래를 감지하지 못하도록 눈과 귀를 막았다는 것이다. 브랜드 파워를 믿고 신제품 개발 타이밍을 놓쳤고 TV의 핵심인 패널을 경쟁사(삼성)에서 조달하면서도 위기의식을 느끼지 못했다. 파나소닉 또한 판세를 잘못 읽어, 이미 패색이 짙은 PDP TV에 인적·물적 자원을 계속 쏟아 부었다가 시대흐름과 한참 더 멀어졌다. 나아가 설비과잉·고용과잉을 불러 대량 해고를 단행하기도 했다.

위기의 씨앗은 정상에 있을 때 잉태된다. TV는 이제 진입장벽이 높지 않은 산업으로 성격이 바뀌었다. 디자인 능력만 있으면 질 좋은 부품을 가져다 얼마든지 조립할 수 있다는 게 전문가들 주장이다. 핵심기술을 보유하고 있으면 그만큼 경쟁우위를 확보하기 쉽지만 과거 아날로그시대처럼 기술력에만 좌우되는 시대는 지났고, 기술외적 요소도 그만큼 중요해졌다는 얘기다. 이 틈새를 누비고 중국·대만·인도가 지금 맹렬히 쫓아오고 있다. 한국도 남의 일이 아니게 된것이다.

2015년 1월 미국 라스베이거스에서 열린 세계가전쇼를 보니 아직은 한국기업에 조금 더 여유가 있어 보인다. 중국이 무섭게 부상하고 일본의 반격도 만만치 않지만 당분간은 삼성과 LG의 무대일 가능성이 크다고 전문가들은 진단했다. 중국은 이번 전시회에 그 어렵다는 OLED TV까지 만들어 내놨지만 품질측면에서 아직 완성도가 떨어진다는 평가를 받았다. 소니는 세계에서 가장 얇은 4.9㎜ TV를 공개해 눈길을 끌었지만 아직 시제품 단계였다. 그래선지 삼성과 LG 경영진은 TV에선 경쟁상태가 없는 듯한 태도를 보였다.

윤부근 삼성전자 사장은 "우리 사업팀이 자만할까봐 오히려 걱정"이라고 했다. 그러나 이것이 위험의 전조일 수 있다. '위기는 정상에 있을 때 찾아온다'고 하지 않았던가. 또 하나, 일본 업체들은 TV 자체보다도 돈이 되는 솔루션 쪽으로 움직이고 있다. 엄청난 규모로 다가오는 사물인터넷 시장은 솔루션이 좌우하는 곳이다. 우리가 자만하고 있는 새 가장 맛있는 알맹이를 그들이 쏙 빼먹는 것 아닌가 하는 걱정이 앞선다.

06

기업 전성기가
짧아지는 이유

'일본 기업이 전성기를 구가하는 기간은 불과 18년에 불과하다.'

일본 경영주간지 〈닛케이비즈니스〉가 일본 기업의 탄생 이후 황금기를 누리는 기간을 조사했더니 1983년에는 30년이던 것이 2013년에는 18.07년으로 크게 줄어들었다고 보도했다. 이렇게 짧아진 메커니즘을 분석한 결과 조직이 비대하고 복잡해지면서 임직원의 개성이 균질화(均質化)된 게 큰 원인이었다고 잡지는 지적했다.

수명이 단축되는 기업엔 다양한 증상이 나타난다. 지켜야 할 규범이 많아지고, 관리주의가 힘을 얻으며, 사내평론가가 많아진다. 또 승인자가 늘어나고 옥상옥의 직제가 증가한다. 그뿐 아니라 분업이 가속화되고 예산 중시주의가 만연한다. 품질과잉 현상과 함게 고객을 배려하는 자세가 사라지고 '집단 의사결정'으로 이행하는 나쁜 습관도 생긴다. 직원의 자질과 모럴이 균질화 되는 것은 좋으나 개성까지 균질화 되면서 창의성과 활력을 잃는 게 가장 큰 패착이다.

일본 기업의 수명 단축은 기업 성장에 없어서는 안 될 3가지 요소가 빠졌기 때문이라는 분석도 있다. 창업자적 관점, 고객의 관점, 공창(共創)의 관점이 그것이다. 먼저 '창업자의 관점'을 잃어버리게 된 것은 1985년 플라자합의 이후 미국식 경영이 물밀듯이 밀려들면서부터다. 이로 인해 주주대표소송이 용이해지고(1993년), 분기별 결산이 의무화되고(2003년), 임원에 대한 감시가 강화됐다. 이는 경영자를 단기수익 극대주의로 몰아 장기투자 경시 풍조를 만들어 냈다. GDP에서 차지하는 일본 기업의 설비투자비 율은 1980년대에 17~18%에 달했으나 2000년대엔 12~13%로 떨어졌다. 목전의 이익에 매달리다 보니 기업의 영속성을 담보하는 주력사업이나 기초연구에 돈을 쓰지 못한 것이다.

'고객의 관점'을 잃어가고 있는 예로는 2000년대 들어 급증하고 있는 일본 기업의 양심불량 사례를 들 수 있다. 제품을 속여서 팔고 불량제품을 끼워 넣어 고객을 속이는 일이 다반사로 일어나고 있다. 1990년대 전반까지만 해도 연간 2,000건 미만이던 기업들의 양심불량 사건은 2000년대 들어 8,000건으로 증가했다. 이는 고객보다 수익을 중시하면서 나타난 부작용이다. 그러나 고객은 이를 기억하고 있다가 반드시 되갚는다는 사실을 알아둘 필요가 있다.

'공창 관점'의 결여는 전자업체 샤프에서 찾을 수 있다. 샤프는 독창성은 있지만 공창성은 부족했다는 평가를 받는다. 이 회사는 TV 생산을 일본국내에서 수직통합하고 자사 패널을 자사 TV에 장착함으로써 기술 유출을 막았다. 그러나 삼성전자를 비롯한 한국 기업은 패널을 외부에까지 폭넓게 공급하는 수평분업 전략을 써서 샤프를 무릎 꿇렸다.

일본 산업계 원로들은 이를 자만심과 자신감 과잉이 낳은 것으로 평가한다. 산업 트렌드는 이미 혼자서 A부터 Z까지 해결하는 걸 용인하지 않기 때문에 외부의 인재와 기술을 빌려 함께(共) 만들어야(創) 경쟁력을 가진다.

한국에도 잘 알려진 일본전산의 나가모리 사장은 "조직은 관성의 법칙이 작용하기 때문에 어제 내린 판단과 비슷한 판단을 오늘도 하게 된다. 외부의 신선한 피를 끊임없이 수혈해 관점이 다른 인재를 조직에 심어야 존속한다"고 충고했다.

일본 기업의 수명 단축은 한국 기업에도 시사하는 바가 크다. 해운·자동차·조선·화학·중공업·섬유는 물론 반도체·휴대폰·LCD 같은 선도업종도 중국에 따라잡힐 날이 몇 년 안 남았다는 말이 기업 현장에서 나오고 있다. 더 낮은 원가, 더 빠른 스피드로 무장하고 달려오는 새로운 훈족의 공세를 이겨낼 경쟁력을 확보하지 못하면 작은 나라 한국은 역사의 뒤안길로 사라지는 운명을 맞을 수도 있다.

07

삼성전자 실적 쇼크의 이면

삼성전자 실적이 확 떨어졌다. 분기당 8조~10조 원씩 영업이익을 올리다가 2014년 2분기에 7조 원대로 떨어지더니 3분기엔 4조 원대로 급전직하했다. 4분기에 5조 원대로 소폭 회복했지만 한창 잘 나갈 때에 비하면 절반 수준이다. 2014년 2분기에 7조 원을 기록할 당시 언론들은 '어닝 쇼크'라고 보도했다. 그러나 분기당 이익을 7조씩 올리는 기업은 세계적으로도 흔치 않다. 이익은커녕 매출을 분기당 7조씩 올리는 기업도 많지 않다. 그래도 '쇼크'라고 했으니 삼성에 대한 기대치가 얼마나 높은지, 삼성이 얼마나 대단한 기업인지 알 수 있는 대목이다.

그렇다고 삼성에 우려할 만한 구석이 없는 것은 아니다. 매출과 순익이 휴대폰에 너무 의존하고 있다는 점, 삼성그룹 전체가 삼성전자에 너무 기대고 있다는 점이 그렇다. 나아가서 한국 경제 자체가 특정 기업에 과도하게 쏠려 있다는 점도 걱정이다.

휴대폰 쏠림에 대해서는 삼성 스스로도 여러 갈래로 노력을 기울이고 있을 것이다. 밖에서 바라보는 사람보다 당사자들이 더 피가 마를 것이기 때문이다. 저가폰 시장은 중국이 머지않아 빼앗아 갈 것이다. 이미 상당부분 시장을 내줬다. 중국 내부에선 수많은 휴대폰 업체들이 실력을 겨루고 있다. 그중 살아남은 소수의 업체는 쟁쟁한 실력을 갖추고 삼성과 아이폰에 도전해 고가폰 시장도 위협하고 있다. 피처폰 업체에 불과했던 삼성이 후발주자로 나서 금세 애플을 제치고 고가폰 시장의 왕자로 부상했듯이 중국 또한 언젠가는 삼성 자리를 빼앗을 것이란 가정은 충분히 가능하다.

뭐든 세상에 없던 걸 처음 선뵈는 것이 어렵다. 애플이 2007년 7월 스마트폰(아이폰)이라는 걸 처음 내놨을 때 세계는 그 요술 같은 기능에 경악했다. 삼성 역시 혼이 빠졌을 것이다. 삼성이 그에 대응해서 이듬해 4월과 11월에 내놓은 것이 햅틱폰과 옴니아폰이다. 하지만 아이폰에 비하면 둘 다 '장난감' 수준이었다. 그 후 추격에 들어간 삼성이 그 짧은 시간에 아이폰과 맞먹거나 능가하는 스마트폰을 만들었다는 것은 박수를 받을만하다. 두 선수가 달리기를 하는데 하위 랭킹 선수가 늦게 출발했음에도 불구하고 결승점 부근에서 따라잡은 것과 비슷한 상황이라고 할까. 추격 속도와, 속도를 뒷받침하는 내부 역량, 그런 임무를 수행해낼 인재와 기술의 공급이 차질 없이 이뤄졌다는 것은 칭찬받을만하다.

아이폰이 아니었다면 삼성은 계속 잠자고 있거나 노키아 신세가 됐을지도 모른다. 그런 점에서 삼성은 애플에 고마워해야 한다. 삼성과 애플이 특허 소송전을 벌였지만, 냉정히 얘기하자면 삼성은 '스마트폰' 자체를 베꼈다. 아이폰 이전까지는 세상에 없던 물건이므로. 그러니 모서리를 베꼈네, 어디가 닮았네 하는 건 난센스다.

세상은 삼성을 훌륭한 기업이라고 칭송하면서도 한때 산업계의 전설이었던 소니만큼 쳐주지는 않는다. 순전히 독창성 문제다. 삼성은 소니처럼 세상에 처음 선보인 제품이 없다. 소니는 트랜지스터라디오, 워크맨, 휴대용 비디오카메라처럼 지구상에 없던 것을 만들어 인류의 라이프스타일을 바꿨다. 모리타 아키오나 이부카 마사루 같은 불굴의 창업자가 살아 있을 때의 얘기다.

창업자는 애착과 근성이 남다를 수밖에 없다. 삼성에선 창업자 이병철도 대단했지만 삼성 중흥의 영웅인 이건희 또한 대단했다. 삼성을 〈포천〉 500대 기업에서 13위에 오르게 한 것은 그의 업적이다. 그건 동시에 한국 국민의 업적이기도 하다. 요즘이야 삼성이 해외에서 더 많은 돈을 벌지만 저 멀리 '이코노텔레비전'까지 거슬러 올라가면, 정부가 외국산 수입을 막아 품질이 좀 조악하더라도 국산을 쓰도록 장려한 덕분에 성장의 발판을 마련했다. 그런 식으로 삼성은 여러 가지 국가혜택을 받으며 성장했다. 뉴욕 브로드웨이에 화려하게 흐르는 삼성 광고를 보면 가슴이 뛰는 것도 국가와 삼성 그리고 국민의 성공을 동일시하는 정서가 있어서다.

삼성이 그 은덕에 보답하는 길은 곳간에 돈을 쌓아두지 말고 성장해나갈 곳, 대한민국을 앞으로 이끌어갈 곳을 찾아 투자하는 것이다. 지금 한국에서 그런 프런티어 역할을 해낼 만한 기업은 몇 군데 없다.

물론 삼성도 기업인 이상 이익이 날 곳을 찾아야 투자할 수 있겠지만 투자동기를 '이익'에서만 찾는다면 국민에게 배은망덕하다는 소리를 들을 수도 있다. 비정규직을 정규직화해나가는 것도 삼성이 국가에 은혜를 갚는 길이다. 그것은 동시에 한국경제 발전의 동력을 키우고 유지해나가는 길이기도 하다. 형제 많은 집안에서 다른 동기(同氣)를 희생시키면서까지 공부시키고 밀어줘서 크게 됐으면 때로 제 일신 볼보지 않고 집안 재건에 나서는 효심도 보여야 한다. 한 가지 걱정거리는 이건희 시대가 가고 3세 경영이 시작됐지만, 이재용 부회장의 역량과 리더십이 검증되지 않았다는 점이다.

08

속도의
마법

어떤 행동이든 '최적의 속도'라는 게 있다. 초밥은 손바닥의 체온이 밥알에 전달되기 전에 완성돼야 맛있다. 갓 만들어진 초밥이 롤러를 타고 빙빙 도는 회전초밥은 늦어도 2~3 분 안에 먹어야 맛있다. 중국집 요리사가 불 위에서 프라이팬을 까불릴 때는 요리 재료가 공중으로 일사불란하게 튀어 올랐다가 제자리로 돌아올 만치의 속도가 필요하다. 이발사의 가위와 빗이 너무 빨리 움직이면 왠지 엉터리로 깎을 것 같은 생각이 든다.

우리는 이 '최적의 속도'가 자꾸만 빨라지는 시대에 살고 있다. '빠름'은 이미 미덕이 됐다. 휴대폰 광고는 "빠름! 빠름! 빠름!"이라고 대놓고 스피드를 칭송한다.

빠름은 늦음을 이기고 나온 것이기 때문에 자연히 경쟁을 요구한다. 경쟁은 스트레스와 패자를 낳는다. 아무도 그것에 휘말리길 원치 않지만 온 지구인이 속도전에 빠져 허우적대고 있다. 한용운은 '아! 사랑하는 나의 님은 갔습니다'라고 노래했지만, 우리 삶의 발효를 도와줄 '느림의 시간들'은 이제 다시 오지 않을 성싶다.

스피드를 금과옥조로 여기는 곳은 기업경영 현장이다. 삼성전자가 내로라하는 일본 경쟁사를 제치고 세계에 우뚝 선 것은 스피드경영 덕분이라고 일본 기업들 스스로 평가를 내리고 있다. 그런 삼성도 스마트폰 출시는 애플보다 늦었다. 아이폰은 삼성에 엄청난 충격을 안겼다. 하지만 스마트폰이란 개념도 정립돼 있지 않던 삼성전자의 추격 속도도 경이로웠다.

포드시스템은 생산성의 혁신으로 불린다. 그것은 단위시간 당 생산량을 획기적으로 늘린 속도의 승리였다. 시장의 평가가 동등하다면 시간당 누가 더 많이 생산하느냐가 승리의 관건이다.

2013년 기준 현대자동차가 자동차 1대를 만드는 데 걸리는 시간은 미국 앨라배마 공장이 14시간, 한국 공장은 31시간이다. 노동생산성 차이가 2배를 넘는다는 얘기다. 현대차는 임금 인상속도, 산업계에 위화감을 주는 속도, 신차 값을 올리는 속도에서 타의 추종을 불허하지만 생산성은 굼벵이다. 현대차 노사는 자동차의 메카 디트로이트가 망했던 전철을 빠른 속도로 답습하고 있을지도 모른다는 것을 한번쯤 생각해 봤을까?

국가 경영에도 스피드의 룰이 작용한다. 만약 우리가 병인양요

무렵에라도 정신을 차려서 국론을 모으고 개화를 서둘러 근대화에 성공했다면 어떻게 됐을까? 일본에 먹히기는커녕 되레 식민지를 경영한 국가들과 힘을 겨루며 5,000년 동안의 초식동물에서 육식동물로 체질을 전환했을지도 모른다. 지금쯤 일본, 중국과 더불어 아시아의 맹주로서 주도권을 다투고 있지 않을까? 국토가 작아도 식민지를 거느릴 정도로 실력 있는 나라는 지구상에 많다.

일본이 메이지유신을 거치는 과정은 역사의 응축된 에너지가 폭발적으로 뿜어져 나온 빅뱅이었다. 국가든 기업이든 내부에서 빅뱅을 일으키면 화학적 변화를 겪는다. 흙이 1,250°C 이상에서 구워지면 쇳소리를 내는 도자기 '본차이나'로 신분 상승의 변화를 겪는 것처럼.

박정희 정권 18년은 '속도'를 빌려 대한민국이 선진국으로 진입하는 발판을 마련한 시간이었다. 로켓이 대기권을 뚫고 우주공간으로 날아가려면 엄청난 추진력을 필요로 하듯이 국가가 한 단계 도약하는 과정도 마찬가지다. 박정희 정권 18년은 독재체제였지만 그 땅덩어리 안에 있는 인민들의 신분을 질적으로 변화시켜준 대역사의 시기였다. 동서고금을 막론하고 완벽한 국가, 완벽한 체재, 완벽한 인간은 없다. 우리의 지정학적 여건과 국민성을 돌아보면 이 정도의 성과를 낸 것도 기적에 가깝다.

우리가 독재정권의 부작용이자 한국병이라고 성토하는 '빨리 빨리 문화'가 개도국 도미니카에서는 경제 성장의 비결, 곧 희망으로 받아들여지고 있다는 강준만 교수의 저서를 보니 새삼 씁쓸한 느낌이 든다. 인권을 앞세우고 정의를 추구하고 평등을 노래하지만 불과 100년 이내에 다 뼈저리게 느끼지 않았던가? 그보다 백배 천배 더 중요한 것은 타력에 의해 나라를 빼앗기지 않고, 전쟁을 당하지 않는 것이라는 것을. 어쩌면 우리는 선천성 기억상실증을 앓고 있는지도 모른다.

09

맛있는
빵집은 가라?

"국민들한테 맛없는 빵을 사 먹으라고 한다면 이상한 정부 아닌
가요?"

일본 언론사 서울 특파원으로 근무하다 귀국하는 기자와 밥을
먹다 한국에서 살면서 가장 기억에 남는 게 뭐냐고 물었더니 뜬금
없이 빵집 얘기가 나왔다. 대기업 빵집이 동네 빵집을 몰아낸다
는 논란이 벌어질 때여서 그랬던 모양이다. 발언의 요지는 이랬다.
'빵집이란, 소비자들이 맛있다고 여기는 곳을 골라 가다 보면 맛없
고 비싼 곳은 자연스레 도태되는 게 정상인데 한국에선 맛있는 빵
은 못 사 먹게 막고 맛없는 빵을 강요한다'는 것이었다.

일본인은 빵 맛에 까다롭다. 맛있는 빵집도 수두룩하다. 맛있는
곳만 살아남기 때문이다. 크루아상이나 패스트리가 맛있는 집, 슈

크림이나 카스텔라를 잘하는 집, 단팥빵과 찹쌀떡이 많이 팔리는 집이 동네마다, 사람이 몰리는 곳마다 자리 잡고 있다. 이런 곳들은 하루에도 몇 차례씩 빵을 구워 낸다. 갓 구워낸 빵을 맛보려고 그 시간대만 되면 사람들로 긴 줄이 만들어진다. 찹쌀떡처럼 별것 아닌 듯이 보이는 것에도 많은 기술이 동원된다. 검은 듯 붉은 빛을 띠는 팥 색깔, 팥을 삶고 으깨는 정도, 떡 조직의 찰기, 단맛의 정도가 승부처다. 쫄깃함이 지나쳐 씹는 맛이 고무나 실리콘처럼 탱글탱글하거나 반대로 힘없이 늘어지는 우리 찹쌀떡은 명함도 못 내민다. 일본의 빵집 주인은 대개 빵 학교를 나오고 보조 파티쉐를 거치며 기술의 완성도를 인정받은 다음에 개업한다. 일단 문을 열면 맛과 가격을 두고 칼날에 불이 튀듯 경쟁을 벌인다. 망해나가는 곳이 허다하다.

장사가 안된다고 한국처럼 세를 규합해서 대기업 빵집을 못 열게 막아달라고 민원을 넣고 어리광을 부리는 건 수치로 여긴다. 왜? '나는 맛없는 빵을 만들어 고객한테 외면당했소'하는 걸 스스로 인정하는 꼴이기 때문이다. 일본에선 대기업 빵이 오히려 맥을 못 춘다. 하긴 공업생산품도 아니고 대량생산한 빵으로 대기업이 빵 전문점을 이긴다는 것 자체가 이상한 일이기도 하다. 일본 동네 빵집이 이기는 이유는 간단하다. 자기의 업에 목숨을 걸고 덤비기 때문이다. 그래서 명인이 나온다. 그런 치열함을 보여야 비로소 고객들도 고개를 돌려 봐준다.

무엇보다 빵으로 싸움이 붙었으면 빵으로 승부를 내야 한다. 제 실력은 돌아보지도 않고 링 바깥의 사람을 불러들여 경쟁상대를 혼내주라고 하는 것은 치욕이고 룰 위반이다. 물론 모든 업종이 대자본을 이길 수 있는 것은 아니지만 적어도 빵을 비롯한 먹거리에선 말이 안 된다. 동네 김밥, 골목 떡볶이집, 통닭집이 자본력 있는 프랜차이즈를 압도하는 곳이 서울 곳곳에 많다. 강북의 나폴레옹제과나 강남의 김영모과자점은 빵 값이 비싸도 멀리서 손님이 찾아온다. 맛있기 때문이다. 대전의 성심당, 군산의 이성당, 경주의 황남빵도 그런 곳이다.

대기업 빵집이라는 파리바게뜨도 출발은 동네 빵집 '상미당'이었다. 빵에 모든 것을 걸고 달라붙어 고객의 입맛을 사로잡고 소비자한테 인정받았기 때문에 대기업으로 성장한 것이다. 그처럼 자력으로 경쟁력을 키워온 기업을 우리는 자랑스럽게 여겨야 한다. 정부는 그런 기업을 장려해야 할 것이다. 그렇게 국내에서 인정받고 성장기반을 만들어야 중국으로 동남아로 진출하고, 빵의 본토인 유럽 미국에서 싸울 뒷심도 생긴다.

그런데 우리 정부와 지자체는 골목상권 보호네 중소기업 고유업종이네 하며 글로벌기업의 씨앗을 밟아버리고 있다. 물론 골목상권도 중소기업 고유업종도 상생 측면에서 보호할 필요성은 있다. 하지만 전체 국익과 국민의 후생도 동시에 고려해야 한다. 그렇지 않고 맹꽁이처럼 규정과 법규만 갖다 대니 국민들이 답답하고 불편해 한다. 맛있는 빵을 사먹으려는 소비자 주권도 그렇게 말살당하고 있다. 악화가 양화를 구축하는데 정부가 거들고 있는 셈이다. 그런 식으로 삼성과 LG의 싹을 잘랐으면 오늘날 우리의 국민소득은 짜부라들었을 것이다.

같은 맥락에서 신세계, 롯데, 신라호텔에서 운영하는 고급 빵집을 못하게 막는 것도 여간 웃기는 일이 아니다. 그들의 영업구역은 백화점 안이나 호텔에 한정돼 있다. 결코 길거리로 나온 것이 아니다. 소득이 높아지면 더 맛있는 빵, 더 고급 빵을 찾는 게 자연스러운 욕구다. 더 행복해지려는 국민의 앞을 막아서는 정부, 이런 정책을 국민들은 순순히 수긍하고 받아들여야 하는가.

10

이케아에 혼쭐나는 가구업계

'미워도 미워할 수 없는 그대'

경기도 광명에 첫 점포를 낸 이케아 얘기다. 문을 연 지 35일 만에 100만 고객을 돌파하며 연일 만원사례를 연출하고 있다. 하지만 주차장도 턱없이 부족하고 서비스도 기대했던 만큼 안 되고 결코 친절하지도 않다는데 왜 우리 소비자들은 그렇게 몰려갈까? 그보다도 불황이라고 난린데 없다던 돈은 어디서 났을까? 한국 소비자들이 좀 까다로운가? 그런 그들이 왜 푸대접을 받으면서 기어코 돈을 쓰겠다고 달려갈까? 무엇이 이런 현상을 만들어 냈을까? 지금까지 국내업체 중에 이런 만원사례를 만들어낸 곳이 있었던가?

세계 1위 가구업체 이케아의 대박 행진을 보면 살짝 배가 아프면서도 여러 가지 곱씹을 만한 구석이 있다. 먼저 자아비판이다.

이케아 진출은 갑작스럽게 이뤄진 게 아니다. 수년 전부터 부지를 물색하며 진출 준비를 해왔다. 들어오면 국내 가구업계에 큰 피해를 줄 것이라고 다들 예상을 했다. 그렇다면 대책을 세웠어야 했다. 품질을 높이고 서비스를 개선하고 가격은 합리적으로 조정하고.

그런데 일부 가구업체들은 거기에 맞서 실력을 키울 생각은 않고 광명시에 몰려가 건축허가를 취소하라고 윽박질렀다. 실력엔 실력으로 대항하겠다는 생각을 해야지 시민단체들이나 하는 행태를 보인 것이다. 프로의 싸움에서는 그런 것이 안 통한다. '떼쓰는 방식'은 한국 국내에서 통하는 코리안 스탠더드일지 몰라도 글로벌 스탠더드는 결코 아니라는 것이 이케아 사례에서 드러났다.

대형가구업체들은 품질혁신에 소홀했다. 우리 소비자들은 그동안 눈이 따갑고 냄새가 풀풀 나는 가구를 써왔다. 대다수 가구 업체들은 '이 정도 냄새는 가구 생산에 불가피한 것'이라고 말해왔다. 심지어 소비자한테 '건강에 큰 지장이 없다'는 주장도 폈다. 소비자 눈높이는 하늘처럼 높아졌는데 60~70년대 농방 수준에서 탈피하지 못한 것이다.

가구 냄새가 정말 참을만한 것이고 유해하지 않은 것일까? 가구에서 나는 냄새는 1급 발암물질인 포름알데히드가 주범이다. 국내 시판되는 가구 중 극소수 원목 가구를 빼면 거의 대부분 PB나 MDF 같은 재료를 사용한다. 이것은 원목 또는 폐목재를 톱밥 모양으로 갈아서 본드로 버무린 다음 고온 고압으로 쪄낸 판재다. 이

것을 용도별로 잘라서 말리고 그 위에 종이처럼 얇게 뜬 무늬목을 입혀서 원목처럼 보이게 만든다.

문제는 본드에 있다. 그 안에 포름알데히드가 다량 들어 있다. 선진국에선 이런 유해가구를 쓰지 못하도록 독성물질의 배출량을 엄격히 규제하고 있다. 국내 업체들도 몇 해 전부터는 정부지침에 따라 E0와 E1 등급만 생산하고 있다. E0(Emission Zero)는 유해물질 배출이 0이란 뜻이지만 실제로는 ℓ 당 0.3~0.5㎎ 정도 독성물질이 나온다. E1은 ℓ 당 0.5~1.5㎎이 나온다. 일본은 E0보다 더한 SE0(Super Emission Zero)를 쓰도록 법으로 강제하고 있다. 그만큼 정부가 국민건강을 우선한다는 얘기다. 유럽과 미국도 E0 이상만 허용하고 있다. 국내에선 한샘, 까사미아, 에몬스 같은 대형 가구업체들이 그나마 정부규제대로 E0와 E1 판재를 쓴다. 그러나 이른바 비(非)브랜드 가구업체에선 아직도 E2 등급의 저가 동남아산을 수입해 쓴다.

가구업체들은 소비자가 가구에 많은 돈을 지불하지 않으려고 하니 저가 '유해가구'를 만드는 수밖에 없다고 한다. 그러나 소비자는 얼마 전까지 가구에 유해물질 등급이 있다는 사실 자체도 잘 모르고 있었다. 가구업체들이 국내 소비자를 너무 얕보고 있었는지 모른다. 일부 소비자는 '가구란 하는 수 없이 어느 정도 싫은 냄새도 맡아야 하는가 보다'라고 생각했을 수 있다. 그렇더라도 가구업체의 변명은 말이 안 된다. 인체에 해로우면 자발적으로 개선했어야 한다.

정부도 나쁘기는 마찬가지다. 전국에 수만 개나 되는 영세 가구 업체를 죽일 수 없으니 강력하게 규제를 못 하는 측면도 있었을 것이다. 이렇게 각기 제 입장만 생각하는 계산법에 따라 국민은 유해 물질이 나오는 가구를 써왔다. 심지어 유명 업체들조차도 그런 가구를 만들어왔다. 어린이용 침대나 책상을 들였다가 몇 달간 고생을 한 사람이 많다. 그들 중 일부는 아이가 아토피를 앓는 바람에 가구를 내다 버린 경우도 있다.

새 아파트에서 새집증후군 냄새가 나는 것도 등급이 낮은 가구를 쓰기 때문이다. 건설사들은 수억 원씩 하는 아파트에 유해 가구를 들여놓고선 입주 전 7~10일가량 실내 온도를 30도까지 올려서 포름알데히드, 톨루엔, 크실렌, 비소 같은 물질을 빼내는 이른바 베이크 아웃(Bake out) 작업을 한다. 수조 원씩 매출을 올리고 수천억 원씩 흑자를 내는 건설업체들이 국민건강은 아랑곳하지 않고 오로지 돈벌이에만 혈안이 돼 있었던 것이다. 이런 유해물질 덩어리 아파트를 짓는 건설업체들은 영세한 가구업체보다 훨씬 파렴치하다.

많은 소비자는 이미 오래 전부터 E0등급 가구를 생산하는 이케아가 들어와서 국내 시장을 정신 차리게 해야 한다고 생각했다. 그것이 이제 현실이 됐다. 자력에 의한 개혁이 안 되면 외부의 힘을 빌리는 수밖에 없다. 국민건강을 위하고 국내 산업의 환골탈태를 위해서. 국민소득 2만 5,000달러의 국민 수준에 이렇게 엉터리 가구를 쓰는 나라는, 내가 알기로는 없다.

또 하나 영세기업을 살리는 것도 좋고 경제민주화도 좋지만, 가구 대기업을 키웠어야 했다. 상생이니 어쩌니 하면서 대기업을 못 들어오게 막아놓으니까 영세업체들끼리만 경쟁하게 됐고, 기술개발도 가구디자인도 뒤처졌다. 그 결과가 뭔가? 영세기업이 보호받기는커녕 무방비 상태의 '맛있는 시장'을 외국 기업이 날름 집어삼키는 형국이 됐다. 국내 1위 가구업체 한샘도 매출이 겨우 1조다. 덩치를 키워야 연구개발도 하고 건강에 좋은 자재도 만들고 해외진출도 수입대체도 할 것 아닌가?

내수 시장은 지금 불황을 심하게 탄다. 대기업이 만든 공산품은 물론 식당이나 술집부터 미장원·목욕탕·약국·병원·슈퍼마켓까지 장사가 안된다고 아우성이다. 그럼 이케아는 대체 뭔가? 기업하는 사람들은 여기서 크게 깨달아야 한다. 품질과 가격만 갖춰지면 시장은 얼마든지 있다는 사실이다. 지금 이케아로 몰려가는 소비자들은 마치 오랫동안 가구 없이 살았던 사람들처럼 보인다. 그들이 가구가 없어서 지금 저렇게 몰려갈까? 소득이 줄고 미래가 불안해서 씀씀이가 줄었다는데, 그래서 내수가 꽁꽁 얼어붙었다는데 저들은 유달리 돈이 많은 사람일까?

11

목 넘김이
좋다고?

"목 넘김이 부드럽네요?"

처음엔 술맛을 표현하는 데만 쓰이던 이 말이 요즘은 담배 맛에까지 동원되고 있다. 술도 처음엔 맥주에만 쓰이더니 위스키를 거쳐 이젠 소주까지도 '목 넘김이 좋다'는 식으로 표현한다.

목 넘김이 어쩌네 하는 말은 1990년대까지는 쓰이지 않았다. 2000년대 들어 주류업체들이 일본 술 광고카피 "노도고시가요이 (のど越しが良い)"라는 표현을 그대로 번역해서 갖다 붙이면서 유행하기 시작됐다.

'목 넘김' 하니까 그 안에 뭔가 있어 보인다고 생각할지 모르지만, 우리 언어 감각으로는 좀 웃긴다. 무엇보다 표현이 인위적이다. 한국말은 "아따, 술맛 좋다"든가 "캬! 시원하다"라고 하면 그

뿐이다. 몸이 느끼는 반응을 가감 없이 그대로 외부에 전달하는 것이 우리의 방식이다. 목 넘김이 좋다는 말을 들으면 일본식 정원을 연상하게 된다. 한옥에 앉아 문을 열면 마당을 가로지르고 담장을 넘어 멀리 산하가 눈이 들어오는 우리의 자연감상법과는 달리, 자연을 비틀고 다듬어 집안으로 끌어들이는 일본식 말이다.

목 넘김이 좋다는 말은 마치 타인의 입속에 술병을 강제로 밀어넣고 고문하듯이 꿀꺽꿀꺽 들이키게 해놓고는 옆에서 "잘 넘어가는군!"하고 내뱉는 상황처럼 느껴진다. 이걸 무슨 새로이 발견한 성운(星雲)이라도 되는 양 텔레비전 광고에서 호들갑을 떤 결과 이제는 SNS에서도 "그 술, 목 넘김이 참 좋은 것 같아요"라는 글이 달릴 정도가 됐다. 일제가 우리말을 말살하려고 기도한 데는 그만한 이유가 있었던 게다. 언어는 생각을 지배한다고 하지 않았던가.

식민지배를 받았으니 과거에 강제로 주입된 일본말이야 어쩔 수 없다고 치자. 그렇지만 생각과 행동이 자유로운 지금에까지 일본말을 가져다 쓰는 것은 다시 생각해볼 일이다. 다같은 외국어인데 영어는 되고 일본어는 왜 안 되느냐고 묻는 건 질문도 아니다.

술 광고 카피처럼 상업성을 띠고 들어온 일본말은 이 밖에도 많다. 거의 한국말처럼 쓰이는 '직화구이'도 그 중 하나다. 직화란 '직접 불에다 굽는다'는 뜻인 일본어 '지카비(直火)'를 들여온 것이다. 우리는 쇠갈비나 생선, 고구마 따위를 석쇠에 올려놓거나 불속에 묻어 직접 불과 접촉해서 구워 먹었다. 따라서 새삼스럽게 직화니 뭐니 할 필요가 없다. 그냥 불에 굽는다고 하면 된다.

왜색 표현은 이뿐만이 아니다. 짜장면이나 국수를 특별히 손으로 뽑았다는 뜻을 강조하려고 붙인 수타면도 그렇다. 수타는 손으로 뽑는다는 뜻인 일본어 '데우치(手打ち)'에서 왔다. 기계로 뽑은 면발에 정성이 부족하다고 여겨지거나 왠지 프리미엄 느낌이 나지 않는다면 일본인들처럼 머리를 써서 새 용어를 만들어 써야 한다. 이를테면 이미 우리가 써온 '손국수'도 좋지 않을까? 어머니가 직접 밀가루를 이겨 반죽하고 그걸 홍두깨로 밀어서 넓게 편 뒤 몇 겹으로 접어서 부엌칼로 쑹덩쑹덩 썰어낸 것 말이다.

일본인들이 개화기에 겪은 가장 큰 어려움은 '새 언어 만들기'였다. 서양문물이 물밀 듯이 밀려들어 오는데 그 사물 하나하나에 붙일 일본말이 존재하지 않았다. 그래서 개화기 일본 선각자들은 국민들이 쉽게 깨칠 수 있도록 사물과 사상에 맞는 일본말을 일일이 만들어 냈다. 외국어란 그대로 들여와 써도 시간이 지나면 자연히 이해되는 생리를 갖고 있다. 하지만 일본인은 그 방법을 쓰지 않았다. 새로 맞닥뜨린 사상을 자신들 '사고의 틀' 속에 집어넣고 물리·화학적 변형을 거치게 한 뒤 새 언어를 뽑아내는 코스를 택했다. 마치 뻥튀기 기계가 단단한 옥수수 알을 맛있고 먹기 좋은 튀밥으로 튀겨 내듯이.

이 과정에서 일본인들이 금과옥조로 삼은 것이 화혼양재(和魂洋才)다. 서양문물을 들여오되 그 속에 일본의 혼, 일본의 정신을 심는다는 것이었다. 이런 원칙을 따르다 보니, 다시 말해서 그 이름에 가장 적합한 말을 붙이려고 하다 보니 사물을 분석하고 해체하고 다시 조합하는 과정을 반복하게 됐다. 그 과정에 그들은 엄청난 과학적 지식을 얻고, 사물의 본질을 꿰뚫는 내공을 획득하게 됐다. 덕분에 일본은 2차 대전 무렵 이미 원자폭탄을 빼고는 미국에 뒤지지 않는 과학지식과 기술력을 갖게 됐다. 그런 근성에 힘입어 자동차 제작의 걸음마를 미국과 유럽에서 배웠지만 지금은 그 기술이 미국을 능가하고 유럽 고급차에도 버금갈 정도가 됐다.

그 연장선상에서 'Democracy'가 민주주의로 번역됐다. 'Chemical'은 화학으로, 'Physics'는 물리학으로 번역됐다. 일본 국민들은 선각자들의 이 같은 노력으로 영·미 민주주의제도와 사상을 흡수해서 근대국가가 작동하는 원리를 깨쳤다.

안타깝게도 우리는 자주적으로 근대화할 기회를 일본에 빼앗겼다. 아울러 사고의 틀인 우리말마저 말살 당했다. 긴 역사에서 민족의 창조성을 획기적으로 높일 구우일모(九牛一毛)의 기회를 놓쳐버린 이 대목에 이르면 누구든 억울하고 분해서 땅을 치게 된다.

1945년에 광복이 됐으니 그 세월이 사람으로 치면 올해로 칠순을 맞았다. 그런데 우리는 아직도 일본의 꽁무니를 따라다니고 있다. 술 광고 하나 제 언어로 못 만들고 과자나 음료 같은 먹거리 개발에서조차 일본을 베끼고 있으니. 1971년 선보인 새우깡은 일본 가루비社의 에비센(1964년)과 맛과 포장도 거의 같다. 국민 드링

257

크가 된 박카스(1963년)는 다이쇼제약의 리포비탄D(1962년)와 맛과 병 모양이 흡사하다. 빼빼로(1983년)는 글리코의 폭키(1967년)를 빼닮았다. 초코파이나 칼로리바란스도 모방제품이라는 비판을 받고 있다. 일본 차음료 '16차'에 재료 한 가지를 더 넣은 '17차'도 자유롭지 못하다.

기업들은 툭하면 신토불이를 들먹이며 애국심에 호소하지만 진정 소비자를, 국민을 사랑하는 마음이 있다면 먼저 국민이 쓰는 언어의 독립부터 챙겨야 할 것이다.

베끼기나 흉내내기 전략으로 가는 것이 독창적인 제품을 만들어 파는 것보다 비용과 시간을 줄일 수는 있다. 그것이 당장 돈 벌기엔 좋을지 모르나 길게 보면 밑지는 장사다. 요즘 세상은 누가 더 창의적인가로 승패가 갈린다. 그러니 국가 장래를 위해서도 바람직하지 않다. 그보다 더 나쁜 것은 국민 정신에 해를 끼친다는 점이다. 알게 모르게 식민지배의 정신적 경계를 연장함으로써 민족적 자긍심을 훼손하는 행위 말이다.

12

기업의 별,
인생의 빛나는 별

김수현 원작 TV드라마 〈사랑과 야망〉은 억척스러운 어머니와 그 슬하의 아들들이 성장하고 출세해가는 삶의 과정과 사랑에 얽힌 이야기다. 공부 잘하는 형(남성훈)은 가난한 시골집을 떠나 도회에서 학교를 나오고 남들이 부러워하는 대기업에 취직해 승승장구한다. 시골에 남은 동생(이덕화)은 공부는 좀 못해도 털털하고 효심이 깊다. 이런 가정에 도시에서 나고 자란 큰며느리(차화연)가 들어오면서 갈등이 시작된다. 가산을 털어 큰아들을 출세시킨 어머니는 수재 아들에게 거는 기대가 크다. 하지만 장남은 그런 과잉 기대를 버거워한다.

1986년 방영된 이 드라마는 수천 년 농경사회의 울타리를 밀치고 나와 막 산업화의 문턱에 들어서며 돈맛을 알아가는 한국사회의 거친 욕망과 그로 인해 생긴 상처, 출세의 대열에서 소외된 자의 상실감을 있는 그대로 드러냈다.

한국인들은 너나없이 가슴속에 야망을 키우고 살아왔다. 좋은 대학 가서 끗발 부리는 판검사나, 돈 많이 버는 의사 또는 대기업 고위 임원이 되겠다는 꿈이다. 그 상징은 좋은 집과 번쩍거리는 승용차였다. 개발시대의 그 욕망을 다 식히지 못해서 권위의 상징이라는 검은색 승용차가 지금도 길거리에 이렇게 많은지 모른다.

그로부터 30년 세월이 흘렀지만 판검사, 의사는 여전히 선망의 직업군이다. 대기업 임원은 어떨까? 희소성으로 보면 인플레이션 된 느낌이 확실히 있다. 하지만 기업 조직이 방대해지면서 자리가 늘어난 것일 뿐, 고용살이하는 사람이라면 누구나 갈망하는 자리다. 대기업 중에서도 삼성맨은 사원증만 보여줘도 경찰서에서 일이 쉽게 풀린다는 얘기가 나돌 정도다. 이쯤 되면 '삼성 임원'이 된다는 건 곧 '신분 상승'이다.

삼성만큼은 아니지만, 현대차, LG, SK 같은 4대 그룹 임원은 여전히 샐러리맨의 로망이다. 임원이 되면 연봉이 대략 두 배로 오르고 승용차가 나오고 비행기도 비즈니스클래스를 탄다. 전무나 부사장이 되면 연봉이 껑충 더 뛰고 대우도 확연하게 달라진다. 환골탈태는 이럴 때 쓰는 말인지 모르겠다.

이런 기업에 들어가 임원이 되려면 어떻게 해야 할까. 첫째는 두말할 것도 없이 실력이다. 실력은 공부에서 나온다. "지나고 보니 인생에서 가장 중요한 때는 고등학교 3년이었다"고 말하는 사람들이 많다. 그때 당구(요즘은 게임이랄까)와 여학생, 술과 담배의 유혹을 뿌리치고 책상 앞에 오래 앉아 있었던 사람은 대체로 좋은 대학에 가고 좋은 직장에 갔다. 출신 대학은 누가 뭐래도 한국사회에서 평생을 따라다니는 꼬리표다. 좀 오래된 수치지만 〈매경이코노미〉가 2011년 국내 4대 그룹 임원(이사~전무) 1,865명을 조사한 결과 이른바 SKY(서울대·연세대·고려대)대학 비율이 평균 30%였다. 통계는 진실을 비추는 거울임을 알 수 있다.

공부를 못하는 데도 그에 대한 콤플렉스가 없는 사람은 드물다. 그런 사람은 우리 사회서 뭔가를 포기한 사람이거나 배알도 없는 사람 취급을 당한다. '나도 저런 사람이 돼야겠다'는 근성이야말로 신분 상승의 가장 좋은 사다리이자 원동력이다. 그런 사람에게 기회가 주어지는 곳, 다시 말해서 패자부활전이 가능한 기업 중 대표적인 곳이 삼성이다. 삼성은 매년 수백 명씩 그룹 임원 승진 인사를 발표한다. 그 명단에 고졸자와 지방대 출신 비율이 어느 그룹보다 많은 데서 놀란다. 일류대학 출신을 제치고 올라온 그들은 소싯적에 가난했거나, 어쩌다 좋은 스펙 만들기에 실패했지만 들어와서는 뼈를 깎는 정진 끝에 '별'을 단 케이스다. 내가 아는 삼성은 SKY를 나와도 실력과 근성이 없거나 불성실하면 도태되는 곳이다.

물론 기업 임원이 공부만 갖고 되는 것은 아니다. '아부와 연줄은 능력과 자본'이라고 반 우스갯소리로 말하지만, 공부에 바탕을

둔 실력 없이는 핏줄이 아닌 다음에야 올라갈 수 없는 자리가 또한 임원이다. 그가 찍는 도장이 기업을 망하게 할 수도 있기 때문이다. 실력과 근성은 삼성뿐 아니라 인간세계 어디서나 통용되는 보편적 가치(도구)라고 할 수 있다.

13

층간소음,
왜 아래층 사람만 처벌하나

"뚜루루루루~ 쭈르르르륵~"

대치동 A아파트에 사는 L씨는 새벽녘에 꼭 잠을 깬다. 위층 화장실에서 나는 소피 소리 때문이다. 나이 지긋한 위층 남자가 그 주인공인 듯한데 새벽 4~5시면 어김없이 이런 소리를 들려준다. 차라리 쿵쿵거리는 발소리라면 올라가서 주의라도 주겠지만, 이 경우는 그럴 수도 없다. 처음 얼마간은 소리가 그치면 다시 잠이 들곤 했지만 이젠 듣는 순간 화가 치밀면서 입에서 욕설이 나오고, 동시에 잠이 확 달아난다고 L씨는 토로했다. 이렇게 잠을 설친 탓에 전철 간이나 회사에서 꾸벅꾸벅 조는 일도 잦아졌다.

화곡동 B아파트에 사는 P씨는 주말 밤늦게까지 윗집 아이들이 쿵쿵거리며 뛰어다니는 소리에 노이로제 상태다. 교통 정체가 심한 월요일 아침엔 6시에 차를 갖고 나가야 해서 11시 이전에 잠자리에 든다. 하지만 자정을 넘어서까지 의자를 끌고 콩닥거리는 소리에 잠을 못 자 월요일 아침엔 몸이 천근만근이다. 그런데 70대 노부부의 변명을 듣고는 이러지도 저러지도 못하고 속만 끓이고 있다. 말인즉, 인근에 사는 맞벌이 부부 딸이 월요일은 둘 다 일찍 나가야 해서 손주 둘을 일요일 저녁에 맡기고 가는데 고것들을 제지하기가 여간 어렵지 않으니 좀 이해해달라는 것이었다.

아파트 층간소음으로 대한민국이 피곤하다. 우리 국민의 65%가 아파트형 공동주택에 살고 있지만, 그 품질은 1960년대 첫 아파트가 지어진 이래 별로 달라진 것이 없다. 외관이 번듯해지고 실내구조가 다양해지고 내부 장식이 화려해졌지만, 주거의 본래 사명인 숙면과 평온은 보장하지 못하고 있다. 여전히 포름알데히드 같은 발암물질이 방출되고 지은 지 오래지 않은 아파트 벽에 금이 간다. 현대, 삼성, 대우, GS, 대림 같은 메이저 업체부터 SK, 두산, 롯데 같은 중견업체, 서울시 산하 SH공사에 이르기까지 브랜드 이름을 바꾸고 로고를 그럴싸하게 치장했지만 아파트 품질은 거의 달라지지 않았다. 돈 벌기에만 혈안이 돼 있지 주거상품에 대한 철학은 싸구려다. 그들의 대답은 앵무새처럼 같은 내용의 반복이다. '정부가 시키는 대로, 설계대로, 법대로 시공했을 뿐'이라고.

건설업체들이 아파트 짓고 도로 닦고 다리 놓아 매출 수 조원 기업으로 성장한 과정의 자양분은 국민에게서 나온 것이다. 그런 고

마음이 손끝만치라도 있었다면 자기네들끼리 머리를 맞대어 '층간소음 없는 아파트 짓는 법'이라든가 '국민이 행복한 아파트 짓기' 같은 방법을 내놔서 사람이 살 만한 공간으로 만들어야 하지 않겠는가. 하지 말아야 할 짓, 굳이 말하자면 토지의 불법 형질변경, 불법 설계변경, 자재 빼먹기, 하도급 쥐어짜기, 재개발 현장에서 조폭을 동원한 강제철거 같은 짓은 시키지 않아도 잘하면서 왜 자사 고객의 만족도를 높이고 국민의 행복도를 높이는 일은 못할까? 층간 두께를 두껍게 하거나 2중으로 하거나 자재를 더 들이면 얼마든지 층간소음을 막을 수 있다고 전문가들은 말한다. 그렇게 시공해서 더 들어가는 돈은 어차피 분양가에 전가할 것 아닌가.

아파트는 한 채에 적게는 수억, 많게는 수십억씩 하는 초고가 상품이다. 통상적인 거래라면 소비자가 상품을 건네받고 돈을 지불한다. 그런데 아파트 거래에서만은 유독 돈을 먼저 내고 상품은 나중에 받는다. 지어지는 과정을 들여다볼 수도 없고 최종상품의 됨됨이가 어떤지 살아 보지 않아서 알 수 없음에도 불구하고.

수백만 원짜리 냉장고에서부터 수천만 원하는 자동차까지 고객이 상품의 최종품질을 확인하고 돈을 지불한다. 그렇게 보면 아파트만큼 웃기는 거래도 없다. 그런데도 하자투성이로 건넨다는 건 말이 안 된다. 그뿐 아니다. 입주하기까지는 갖은 '아부'를 떨지만, 잔금만 치르고 나면 거의 나 몰라라 한다. 하자가 무더기로 발견돼도 가급적 돈을 들이려 하지 않는 통에 입주자들이 생고생한다. 이런 고질적인 병폐를 고치지 않고 다른 나라 주택시장에 진출해봤자 국가 이미지만 나빠진다. 국내 다른 산업에도 나쁜 영향을 미칠 것이다.

애당초 부실하게 지은 건설사도 문제지만 그 안에 들어가 사는 사람들의 공동생활 매너도 문제다. 밤에는 세탁기나 청소기를 돌리지 말고 식탁 의자를 빼거나 넣을 때도 소리를 안 내도록 조심해야 한다. 걸을 때는 발뒤꿈치를 들고 다니든가 뒤축이 두꺼운 슬리퍼를 착용해야 한다. 창문을 열어놓고 큰 소리로 떠드는 것도 삼가야 한다. 아래층에서 올라와 소음을 호소하면 "아이쿠 미안합니다"라고 일단 사과를 하는 것이 도리다. 그런 다음에 어떤 소음이 어느 시각에 어떻게 들리더냐고 물어보고 고치려고 하는 자세를 보여야 한다. 아래층 사람으로서도 위로 올라가 초인종을 누르고 클레임을 거는 것이 쉽지 않다.

그런데 "아이들 좀 떠드는 것 가지고 뭘 그러세요?"라든가 "그만한 일로 뭘 올라오고 그러세요?"라는 반응이 나오면 시쳇말로 확 뒤집어진다. 잡아떼기도 마찬가지다. "우린 정말 조용히 사는데 아마 다른 집일 거예요"라는 반응이 그것이다. 아래층 사람들이 가장 '싸가지 없는 인간'으로 여기는 케이스는 "그런 일은 경비실을 경유해주세요"다. 대한민국이 좀 바쁜 나라인가? 할 일 없는 사람도 아니고, 소음도 없는데 윗집에 올라가서 시비를 걸 사람이 있겠는가? 참을만하다면 굳이 올라가서 감정 상하고 스트레스받는 일을 하지 않으려고 할 것이다.

한국사회에선 층간소음으로 1년에 여러 차례 칼부림이 난다. 개중 몇 건은 살인사건으로까지 이어진다. 사람에 따라 예민하고 둔감한 차이는 있을 것이다. 그래도 "애 키우는 집 다 그렇지 너무 예민한 거 아니세요?"나 "그 집도 애 키우면서 너무 심한 거 아닌가요?" 같은 말은 가해자인 위층 사람이 할 말은 아니다. 그건 제 자식만 소중하고 남의 피해는 아랑곳하지 않는 파렴치한 행위다. 바깥에서 버릇없이 구는 아이들은 대개 이런 부모들의 자식이다.

층간소음을 유발하고도 반성하지 않거나 원인제거 노력을 하지 않는 사람들은 공동거주 공간에 살 자격이 없다. 그런 사람들에게도 화가 나지만 정부의 태만과 무관심에 더욱더 화가 치민다. 층간소음이 매년 살인을 불러도 정부가 내놓은 방법은 미봉책에 그친다. 기껏해야 윗집에 메모를 남기라거나 직접 부딪치지 말고 경비실에 부탁하라고 한다. '층간소음 이웃사이센터'를 개설했지만, 층간소음 분쟁은 되레 갈수록 많아지고 있다. 해결책이 아니라는 얘기다.

법원은 분쟁을 되레 부추기거나 방치하고 있다. 지금까지 나온 판례를 보면 층간소음을 유발한 원인제공자인 위층 사람은 거의 처벌을 받지 않는다. 직접 피해를 보는 아래층 사람에게 처벌이 집중돼 있다. 그들은 오랫동안 참느라 스트레스 수위가 이미 상당히 높아져 있다. 곤히 자는 새벽 시간이나 밤 늦은 시각까지 들리는 소음공해는 당해보지 않은 사람은 모른다. 그런 원인 제공에 대한 일말의 미안함도 없이 가해자가 상식 밖의 반응을 보이면 순간적으로 폭발하게 된다. 법원은 이런 사정은 전혀 고려하지 않은 채 아래층 사람한테만 책임을 묻는다. 현장의 디테일은 무시하고 폭력의 결과만 따지는 '탱자탱자 판결'이다. 뒤차가 들이받게끔 급정거하거나 급하게 끼어들어 교통사고를 유발해놓고 처벌은 모면하는 것과 흡사하다. 이러니 문제가 영영 해결되지 않는 것이다.

주거의 기능 중 첫 번째는 '쉼터'다. 하루의 피로를 풀어줘 찌든 삶을 재생해주는 곳이다. 점점 더 참을성 없어져 가는 사회, 이해할 수 없는 이유로 사람을 찌르는 행위의 근저에는 이런 잘못된 주거문화가 도사리고 있을 가능성이 높다. 좁은 국토 탓에 우리는 앞으로도 뽀글뽀글 모여 살 수밖에 없다. 단독주택보다는 위로 층층이 동개 사는 아파트형 주거공간에서 살 수밖에 없을 것이라는 얘기다. 그러려면 각자가 공동생활의 매너를 지켜야 한다. 가장 좋은 것은 한창 크는 애들이 웬만큼 뛰어도 소음이 없는 아파트를 짓는 것이다.

14

도자기 왕국 명성 되찾은
열정 부부

임진왜란은 도자기 전쟁이기도 했다. 조선을 침략한 도요토미 히데요시의 군대는 굴러다니는 조선 막사발에도 사족을 못 썼다. 당시 일본 귀족들 사이에는 다도(茶道)가 유행이었지만 정작 차를 담는 다기(茶器)는 한국과 중국에서 주로 수입했다. 그러니 도자기 본토에서 만난 조선 그릇이 얼마나 귀하고 반가웠을까. 그 제조기술을 확보하려고 닥치는 대로 잡아간 도공이 1,000명을 넘었다고 한다. 그렇게 이쪽의 씨를 말리고 잡아간 도공들이 일본에 비로소 도자기라는 걸 만들어 보급하고 도자기산업의 꽃을 피웠다.

그로부터 수백 년 세월을 건너뛰어 1970년대 이후 일본에 유학생이나 주재원으로 나간 조선 후예들은 일본 도자기에 반했다. 귀국할 때는 그 비싼 '노리타케'나 '아리타야키' 같은 것을 몇 점씩 이

샷짐 속에 넣어 오곤 했다. 도자기 본고장의 후예가 방계 자손들이 만든 그릇에 사족을 못 쓰는 역사의 아이러니다.

그런데 그 콧대 높은 노리타케가 수년 전부터 우리 도자기 업체 ZEN한국에서 '본차이나' 같은 도자기를 OEM으로 만들어간다. 노리타케 뿐만이 아니다. 한국 여성들이 껌뻑 죽는 미국 레녹스, 영국 웨지우드와 로열 덜턴, 독일 빌레로이앤보흐 같은 전 세계 명품 도자기업체들이 ZEN한국에서 만든 제품에 자기네 상표를 붙여서 판다. 처음엔 원가 절감 차원에서 찾던 그들이 이젠 품질을 보고 찾는다. 심지어 자신들 머릿속에 어렴풋이 그리고는 있지만 만들기는 까다로운 것들을 주문하기도 한다.

세계 도자기업계에선 "안 풀리면 S.S.Kim(김성수)을 찾으라"는 말이 암호 아닌 암호로 돼 있다. 김성수 ZEN한국 회장을 만나면 어떤 스펙이든 해결되기 때문이다. 김 회장은 연 180일 이상을 인도네시아 자카르타 공장에 머물며 기술개발을 주도하고 있다. 그렇게 산 지 20년이 넘었다. 자카르타공장은 이제 세계에서 도자기 신기술의 메카로 인정받을 뿐 아니라 연 2,200만 개 생산능력을 갖춰 단일공장으론 세계 최대 규모다. 본사인 청주공장보다도 다섯 배가 크다.

본차이나는 인류가 만들어온 도자기 중 가장 진화된 기술의 결과물이다. 우리의 자랑인, 표면에 실금이 간 고려청자도 이에 비하면 한참 아래다. 본차이나는 소뼈를 고온에서 소성하여 정제한 골

회(Bone Ash)를 45% 이상 넣고 1,250°C의 불에 구워 만든다. 그래서 투광도가 높고 부딪치면 쇳소리가 난다. 색도 뽀얗고 우아하다. 그런 만큼 까다로워서 굽는 온도에 단 몇 도만 편차가 나도 뒤틀리거나 터져버린다. 이 까다로운 것을 맨 처음 개발한 나라는 영국이다. 나중에 독일 프랑스를 비롯한 유럽 각국과 미국이 따라 만들었고 일본이 그 뒤를 이었다. 우리는 일본보다 10여 년 늦은 1970년대에 시작했지만, 기술의 완성도를 인정받은 것은 1990년대 말이다. 도자기 본고장인 중국은 아직도 우리보다 뒤처진다.

우리가 최첨단 도자기 기술을 확보하고 도자기 왕국의 명성을 되찾은 데는 45년 이상을 도자기 개발에 바친 김성수 회장의 공이 컸다. 그는 한국인 최초로 본차이나 개발에 성공한 주인공이자, 김동수 한국도자기 회장의 동생이다. 한국도자기를 가업으로 물려받은 김 씨 형제 중 큰형 동수는 경영을 책임지고, 막내 성수는 한양대 화공과와 세라믹 공학박사 이력을 바탕으로 신기술 개발과 생산현장을 맡았다. 둘은 콤비를 이뤄 한국도자기를 세계 명품 반열에 올려놓았다. 그 뒤 동생 성수는 2005년 세계적인 도자기 브랜드를 만들기 위해 'ZEN한국'이라는 이름으로 분가해 나왔다.

김성수 회장은 기술개발에도 남다른 집념을 보여 세계 최초로 기능성 도자기인 도자기 밀폐용기 개발에 성공했다. 열 충격에 강하고 내구성이 뛰어난 도자기 냄비 ZENCOOK(젠쿡)에 이어 IH(Induction Heater)기능을 가진 ZENCOOK(젠쿡)도 선보였다. 김성수 회장의 열정은 거기서 끝나지 않았다. 그는 ZEN한국을 단순히 도자기 생산기업에만 머물러 있게 하고 싶지 않았다. 그 결과 지금은 도자기를 굽는 소성로까지 자체 제작할 수 있는 최첨단 시설과 기술력을 갖추고 세계적인 도자기 브랜드로 성장시켰다.

좋은 도자기의 핵심은 좋은 원료로 균질하게 구워내는 데 있다. 그러나 여기에 글로벌 시장의 흐름을 꿰뚫는 디자인 감각이 보태지지 않으면 '명품' 소리를 듣지 못한다. 도자기는 이제 문화이고 패션산업이기도 하다. 따라서 도자기 디자인의 역할이 더없이 중요해졌다. ZEN한국에서 그 디자인을 총괄 지휘하는 이가 바로 김성수 회장의 부인인 이현자 여사(사장)다. 그녀는 서울의 유복한 집안에서 태어나 이화여대 생활미술학과에서 도예를 전공했다. 나중에 김성수 회장을 만난 그녀는 1970년대 당시 아직도 푸세식 화장실을 쓰던 청주까지 남편을 따라 시집을 갔다. 거기서 남편과 똑같은 열정으로 도자기에 청춘을 바쳤고 지금도 자카르타공장의 남편 곁에서 디자인을 이끌고 있다.

현대가(家) 맏이 정주영한테서 달랑 건설회사 하나만 받아 나온 정세영이 그랬던 것처럼, 김성수 회장도 받아 나온 재산으로 보면 형한테 섭섭함이 없지 않았을 것이다. 하지만 형제는 일절 재산으로 구설수를 만들지 않았다. 반듯한 집안에서 반듯한 그릇이 나오는 모양이다.

15

신하의 공(功)이
주군을 능멸하면

"(신하의) 공(功)이 과해서 주군의 공을 덮어서는 안 된다."

출처는 모르겠으나 참으로 무서운 일침이다. 우리에게 익숙한 중국 고전에는 전승(戰勝) 후 논공행상에서 서로 큰 자리를 차지하려고 다투는 장면이 자주 나온다. 여기서 공치사가 지나쳐 주군을 입에 올리는 순간 칼을 맞는다. "손에 피 한 방울 안 묻힌 주군이 누구 덕분에 오늘 이 승리를 얻었는데…" 이건 주군 능멸죄다.

재벌기업 계열사 사장도 마찬가지다. 그룹이 잘 나가면 '회장님 공덕'으로 돌려야 한다. 자신의 업적을 초들어 보이려는 순간 밥줄이 끊기는 일이 생긴다. 이른바 괘씸죄다. 국내 어느 재벌기업 사장은 자신에 관한 기사가 TV나 신문에 나올까 전전긍긍한다. "당신 요즘 잘나가데?" 하는 말이 회장 입에서 나오면 다음 달 월급명

세서가 안 나올 수 있다는 것이다. 유치하고 황당한 놀음이지만 인사 결과와 소문을 맞춰보니 믿지 않을 도리가 없다. 때론 아예 대답을 "예, 아니오"로만 요구하는 경우도 있다고 하니 그 모멸감이 오죽할까?

　오너 회장이 반드시 고용살이 사장보다 훌륭한 것은 아니다. 그렇기 때문에 조언이나 주청을 할 때가 가장 조심스럽다. 자격지심을 건드리거나 지나치게 알은체를 하는 건 금물이라고 처세술은 가르친다. 지혜를 주되 주발에 물을 담아 두 손으로 올리듯 해야지, 흘러넘치는 물에 회장이 세례를 받는 형국이 되면 능멸이다. '경영은 예술'이라는 말은 이런 고수들의 경지를 두고 하는 말인지도 모르겠다. 마키아벨리는 "아무나 거침없이 의견을 개진할 수 있는 리더가 되면 존경받을 근거를 많이 잃는다"고 간파했다. 실력이 없어도 만만하게 보이지 말라는 얘기다. 동시에 윗사람을 섬기는 자세가 어떠해야 하는지를 가르치는 경구이기도 하다. 고용살이는 새겨들어야 한다.

　일본의 기업소설은 공자가 아첨꾼으로 규정한 교언영색(巧言令色)도 때론 필요하다고 가르친다. 교언영색을 현대풍으로 풀면 윗사람의 비위를 맞추는 번드르르한 말과 연출한 낯빛쯤 될 것이다. 굳은 표정과 근엄한 자세는 보스의 것이다. 윗사람의 전유물을 굳이 고집하려면 스스로 기업을 차려 주인이 되는 수밖에 없다.

　주군의 흉중을 헤아리기는 정말 어렵다. 조조는 잠자는 동안 살

해당할까 늘 두려워했다. 그래서 "내가 자는 동안 가까이 오는 자는 누구든 목을 베겠다"고 엄명했다. 그러던 어느 날 시종 하나가 잠든 조조의 모습이 추워 보여 이불을 덮어주려고 다가갔다. 그 순간 벌떡 일어난 조조가 그의 목을 베어버렸다. 시종의 의도가 순수하다는 것을 알았지만, 조조는 부하의 목숨 하나를 빼앗음으로써 이후 편안한 잠자리를 보장받았다. 주군의 목은 하나요, 부하의 목은 기만(幾萬)이다. 그 기만의 목이 모두 주군의 목 하나를 위해 있다고 주군들은 생각한다. 그러니 부디 목숨을 부지하도록….

인사철만 되면 승진이 안 된다고 푸념하는 소리가 여기저기서 들린다. 승진은 두엄 썩듯 푹푹 썩어, 속이 문드러진 후에야 이뤄지는 것이다. 승진은 조직이 당신을 인정한다는 징표다. 그 성공의 표본이 도요토미 히데요시다. 오다 노부나가의 말고삐를 잡던 도요토미는 주군이 신발을 벗어놓을 때마다 품속에 넣어 따뜻하게 데웠다가 신겼다. 최하급 병졸 때부터 무슨 일을 맡기기만 하면 이처럼 최상급으로 해냈다. 그런 일 처리가 결국 도요토미로 하여금 일본 천하를 통일하고 대권을 거머쥐게 했다. 윗사람이 뭘 원하는지를 정확히 간파하고 그걸 이루도록 해주면 인사권자도 '승진보따리'를 풀지 않을 재간이 없다.

두뇌도 덕(德)도 주인보다 못할 게 없는데 돈이 없어 굴욕을 참는다고 말하지 말라. 무릇 생명 있는 것들은 예외 없이 서열관계에 얽혀 있다. 들짐승 날짐승은 윗선에서 요구하면 제가 사냥한 먹이

까지 빼앗긴다. 어떨 때는 제 짝짓기 할 상대를 빼앗기고 심할 때
는 하나밖에 없는 목숨을 내놓기도 한다. 그나마 인간세상이니까
이런 일까지는 일어나지 않음을 고맙게 여겨야 하지 않겠는가.

16

디테일 부재의
오브제들

　서울 신라호텔 정문을 통과하면 본관에 이르는 돌계단이 나온
다. 우아하게 만들어져 있어 이른 아침이나 저녁 무렵 걸어서 오르
면 운치가 있다. 그러나 한 계단 한 계단 음미하면서 오르다 보면
기분이 확 깬다. 돌계단 사이사이 이음매 부분과 층계참에 덕지덕
지 발라놓은 시멘트 때문이다. 더러는 갈라져서 보기 흉하다.

　고급호텔의 대명사인 신라호텔의 품위 없는 '오브제' 하나가 외
국인들 눈에 '이 나라 수준이 어디 가겠어?'로 비치는 순간이다. 큰
돈 들어가는 것도 아닌데 왜 이렇게 방치했을까? 아마도 이부진
사장은 걸어서 드나든 적이 없어서 발견을 못 했을지 모른다. 알고
서 놔뒀다면 호텔업에 어울리는 심미안을 갖지 못했다고 봐야 할
것이다. 나머지 경영진이나 종업원들은 그런 디테일에까지 생각

이 못 미쳤거나 당연시했을 수 있다.

삼성전자 갤럭시S 시리즈는 참 훌륭한 스마트폰이다. 이런 기기의 등장으로 기억력이 퇴화해선지 사람들은 휴대폰 안에 많은 정보를 저장해두고 있다. 나 역시 캘린더나 메모장 같은 것에 크게 의존하고 있다. 개중 가장 중요한 것은 전화번호다. 전화번호가 든 '연락처'를 클릭하면 명단이 주욱 뜬다. 거기서 특정 이름, 이를테면 '전호림'을 클릭하면 그 안에 전화번호와 이메일, 주소를 넣는 항목이 있고 아래쯤 '노트'라고 적힌 일종의 비고(備考)난이 나온다. 나는 이곳에 그 사람에 관해 여러 가지 기억해야 할 것을 쳐넣어둔다. 처음 만나는 사람은 인물 묘사와 세세한 인적사항을, 몇 번 만난 사람이라도 만날 때마다 변화한 내용을 추가해둔다. 딸이 무슨 대학을 언제 입학했다든지, 다니는 교회 이름이라든지, 골프 핸디라든지, 승진연도라든지. 수천 명의 신상을 다 기억할 수 없으니 불가피한 작업이다.

그런데 내용을 추가하려고 작은 글자판을 열심히 두드리다 조금만 잘못하면 바로 2~3㎜ 옆에 있는 '삭제'바(–)를 누르게 된다. 그러면 순식간에 싹 날아가 버린다. 수년간 축적해온 사람의 정보를 이렇게 한 방에 홀라당 날린 적이 한두 번이 아니다. 그때마다 시쳇말로 뚜껑이 열린다. 실수로 삭제 바를 눌렀다면 당연히 '이 항목을 지우시겠습니까?'라고 물어보는 과정을 만들어 두어야 한다. 이런 엉터리 조작 방법을 아직도 삼성은 고치지 않고 있다. AS

센터는 이런 걸 피드백하지 않고 뭐하는지.

카카오톡은 이제 없으면 생활이 불편한 지경이 됐다. 카톡을 읽다가 글쓰기에 참고할 만한 내용이나 나중에 팩트를 확인할 내용을 '공유'해서 내 계정으로 보내놓고 싶은데 카톡은 자기 자신에게 보내는 기능이 없다. 통신 3사의 경우 자신에게 문자를 보낼 수 있게 돼 있다.

위 세 개의 사례가 서비스나 상품의 기술적 오류는 아니다. 하지만 조금만 더 신경 쓰면 제품의 완성도를 높여 결함에 가까운 불편을 해소할 수 있다. 제품에 대한 고객의 충성도도 높일 수 있다. 이건 디테일의 문제다. 디테일은 오랜 시간 내외부의 도전에 깨지고 다져지는 가운데 축적된 어떤 '경지' 같은 것이다. 초심자나 개발도상국에는 따라서 디테일을 기대하기 어렵다. 그 수준에선 오르내릴 계단만 있어도, 전화만 터져도 감지덕지다.

디테일은 사고의 촘촘함을 요한다. 한국이 개도국도 아니요 선진국도 아닌 어정쩡한 울타리에서 빠져나오지 못하는 것도 이런 디테일의 부재, 그에 요구되는 집중력의 부재 때문이다. 그게 OECD 선진국과 한국을 구분 짓고 가르는 육두품이고 허들이다. 눈에 보이는 것, 즉 휴대폰과 자동차를 잘 만드는 차원을 넘어서 소프트한 것(SW도 그중 하나), 잘 안 보이는 것, 아무도 안 보는 것 같지만 실은 암묵적 평가 대상인 이런 쪽 수준을 높이는 게 우리가 극복해야 할 마지막 관문이다.

17

새로운 영웅이
필요하다

영웅의 모습엔 허구가 조금씩 끼어 있기 마련이다. 국민의 희구와 갈망이 투사돼 있기 때문이다. 나라를 백척간두에서 구한 이순신 장군, 중국 땅 깊숙이 영토를 넓힌 광개토대왕, 문화영토를 확장한 세종대왕 같은 영웅에게도 그런 허구가 있다.

국토의 물리적 확장이 어려운 현실에서 '경제영토'를 세계만방으로 넓힌 영웅들에게도 그런 투사가 조금씩 일어나고 있다. 나라가 어지럽고 뭐 하나 되는 게 없는 현실 때문일 것이다. 경제현장은 여기저기서 우지직거리며 위험신호를 보내는데 국가 컨트롤타워는 전혀 작동하질 못하고 있다. 대통령이 나서서 '손톱 밑 가시'를 뽑으라고 하는데 '그놈'의 가시가 얼마나 깊이 박혔는지 빠지질 않는다. 무슨 이유가 그리 많은지 규제는 꽁꽁 묶여서 풀릴 줄을 모른다. 이렇게 고착되어 안 풀릴 때는 쾌도난마의 추진력과 뚝심이 아쉽다. 정주영 이병철 같은 기업가, 열정의 리더십을 가진 박정희 같은 인물이 그리워지는 이유다.

이 나라가 오늘날의 골격과 틀을 갖춘 데는 이들 선구자의 공적이 컸다. 해방 후의 혼란과 사회정치적 미성숙기에 이들은 나라의 청사진을 그리고 기둥을 세우고 대들보와 서까래를 얹었다. 오늘날 우리를 먹여 살리는 산업의 기초는 이들에 의해 거의 세워졌다. 이병철은 전자와 반도체의 기반을 만들었고, 정주영은 조선·중공업과 자동차의 초석을 놓았다. 여기서 종으로 분화되고 횡으로 확장된 것이 디스플레이, 휴대폰, 2차 전지, 소재, 화학산업이다. 이런 하드웨어기술의 기반 위에 세계를 앞서가는 정보통신기술(IT)이 나왔다. 이들 산업기반이 없었으면 우리가 뭘 해서 연간 500억 달러에 육박하는 무역흑자를 낼 것이며 국민소득 2만 5,000달러는 또 어떻게 달성했을 것인가?

박정희 시대의 기업가들은 규제로 속을 썩일 일이 없었다. 대통령이 산업육성의 설계자로 참여하며 진도를 체크하고, 걸리적거리는 문제를 손수 풀어 길을 내주었기 때문이다.

짧은 시간에 세계적인 경쟁력을 가지는 산업을 키우기 위해선 종잣돈이 필요했다. 그 돈이 대일청구권자금이다. 좌파들이 거품을 물고 공격하는 그 돈. 그들 주장대로 피해국민에게 한푼 두푼 나눠주었으면 어떻게 됐을까? 아마도 덜 받았네, 못 받았네, 나라가 휘청거렸을 것이다. 그렇게 해서 받은 돈 또한 마른 땅에 가랑비처럼 흔적도 없이 사라졌을 것이다. 그 종잣돈으로 박정희는 일본과 비슷한 산업정책, 일종의 경사생산방식을 택했다. 몇몇 될성부른 기업에 국가 중추 산업의 육성을 맡기고 자원을 집중 지원해서 키우는 전략이다. 말하자면 산업의 속성재배다.

월남군 파병으로 번 돈, 중동 근로자들이 보낸 돈, 파독 광부와 간호사가 부친 돈도 그렇게 요긴하게 조국 근대화에 쓰였다. 그들 희생의 대가로 대한민국이 이만큼 살게 됐다. 그리고 푼돈으로 쓰고 말았을 그 돈에 이자까지 쳐서 이만큼 잘사는 나라로 돌려받았다. 그들 돈을 잘 굴린 살림꾼 박정희와 잘 굴려준 정주영 이병철 같은 사람 덕분이다. 일부 철없는 사람, 헐뜯기 좋아하는 사람들이 박정희가 일본 정책을 베꼈네, 어쨌네 말들이 많지만 하늘 아래 새로운 건 없다. 일본도 영국·독일·네덜란드에서 배웠고 유럽 국가 또한 로마제국을 비롯한 앞선 나라의 문물을 베꼈다. 세계를 통틀어 식민지를 극복하고 대한민국만큼 잘된 나라는 없다. 베꼈으면 또 어떤가? 검은 고양이건 흰 고양이건 쥐만 잘 잡으면 그만 아닌가?

박정희·이병철·정주영이 식민지 종주국에 부품이나 대주는 정도에 만족했으면 우리는 지금 어떻게 됐을까? 아마도 변변한 대기업 하나 없는 지경이 됐거나 일본의 하청을 받는 '꼬붕'이 됐을 것이다. 그들은 그러나 고분고분하지 않았다. 배포와 지략, 뚝심으로 종주국에 맞서 싸우는 영웅의 길을 택했다. 영화 〈국제시장〉을 보면서 그 어렵고 암담했던 시절을 뚫고 이만한 나라를 물려준 박정희, 정주영, 이병철을 다시금 생각해봤다.

Part **5**

국가란
모름지기…

JEONHORIM

ESSAY & COLUMN

01

작은 나라가
사는 길

중국 공안이 인권운동가 김영환 씨를 석 달 가까이 구금하고 가혹행위까지 한 사실이 2012년 7월 보도됐다. 북한과 인접한 중국 지역에서 북한 인권운동을 했다는 이유였지만, 자국민도 아닌 외국인에게 '국가안전위해죄'를 뒤집어씌워 불법 구금한 중국에 우리 국민은 크게 분노했다. 중국은 남의 나라 국민을 가두면서 변호사 접견권 같은 기본적인 인권도 보장하지 않았다. 심지어 구금해 놓고 '전기고문'이나 '통닭구이'를 했다는 섬뜩한 말도 들렸다. 나중에 들으니 가혹행위를 발설하지 말라고 협박까지 했다고 한다.

우리 정부는 "이것이 사실이라면 중국에 강력히 항의하겠다"고 했다. 그걸 보고 느낀 것은 '한국은 만날 항의만 하는 국가인가'였다. 남의 나라 국민을 막무가내로 잡아 가두고 고문까지 하는 중국에 대해 우리가 할 수 있는 건 항의밖에 없다. 우리가 역사를 배운 이래 계속돼온 중국의 이 야만적이고 반문명적인 폭력, 그 악의 사슬을 끊을 방도는 없는가.

실은 그런 계기를 만들 기회가 있었다. 2008년 4월 베이징 올림픽 성화 봉송 때 벌어진 중국인 폭력사태가 그것이다. 당시 6,500명으로 추정되는 중국인이, 티베트 사태와 탈북자 송환에 항의하는 한국인 시위대에 달려들어 폭력을 가했다. 그들이 던진 돌, 스패너, 음료수 캔에 맞아 피를 흘리며 병원으로 이송되는 한국인이 속출했다. 심지어 말리는 경찰에게까지 주먹을 날렸다. 어느 신문사 사진기자는 머리를 맞아 피를 흘리며 병원으로 실려갔다. 티베트를 응원하던 미국인과 캐나다인 몇몇도 폭행을 당했다. 백주대낮에, 내 나라의 수도 서울 한복판에서, 남의 나라 국민한테 집단으로 얻어터지는 국민과 공권력. 이걸 주권국가라고 할 수 있겠는가. 더욱 한심한 건 경찰이다. 모조리 구속해서 엄벌에 처해야 할 것을 미적미적하다 결국은 유야무야됐다. 여론이 들끓자 강제 출국시키겠다고 했지만 강제 출국이 어디 처벌이던가? 그건 죄를 사해서 제 나라로 돌아가도록 석방해주는 것 아닌가?

그 사건은 유사 이래 중국인들 머릿속에 잘못 심어진 한국관(觀)을 일거에 뿌리 뽑을 수 있는 에폭(epoch)이 될 수 있었다. 백 명이든 천 명이든 주동자와 폭력 가담자를 모조리 잡아들여 국내법에 따라 처벌했어야 했다. 유치장이 모자라면 임시 천막 감옥을 만들어서라도 옥살이를 시켰어야 했다. 제 국민에게 상해를 입히고 주권을 침탈하는 불법행위엔 결단코 물러서지 않고 법대로 하겠다는, 강고하고 꼬장꼬장한 원칙을 보였어야 한다. 그때 만일 폭력가담자 전원을 사법조치 했다면 그 후 우리에 대한 중국의 인식은 달라졌을 것이다. 물론 우리가 중국과 전쟁을 치르자는 것은 아니다. 그 사태로 인해 '마늘사건(2000년 중국 마늘에 거액의 관세를 부과했다가 중국이 한국 휴대폰 수입을 금지하자 철회한 일)' 같은 제재조치를 들고 나오면 그건 그때 가서 생각할 일이다.

두들겨 맞은 뒤 항의하고 짧은 유감 표명 한마디에 상황 끝. 이 오래된 시나리오, 레코딩된 레퍼토리를 벗어날 기회를 우리는 놓친 것이다. 강대국일수록 더 철두철미하게 원칙을 고수해야 한다. 그게 약소국이 사는 길이다. 깨놓고 얘기해서 중국은 유사 이래 한 번도 한국을 독립국으로 봐주지 않았다. 6·25전쟁을 거치며 교류의 긴 공백기를 가진 양국이 다시 수교를 한 건 1992년이다. 물리적 정치적으로 독립된 그 40년 안팎의 시간 동안 두 나라 관계는 '오프(off)' 상태였다. 양국이 서로를 새로이 인식할 수 있는 냉각기라고 할까, 과거의 왜곡된 관계를 청산하고 주권국가로서 대등한 관계를 새롭게 구축해나갈 천재일우의 기회였다는 얘기다. 그런 기회를 생각 짧은 지도자들이 놓치고 말았다.

일본은 2010년 9월 영유권 분쟁해역인 센카쿠열도(중국명 댜오위다오)에서 중국 어선과 자국 순시선이 충돌하자 앞뒤 안 보고 중국 선장을 구속했다. 나중에 중국이 희토류 수출을 중단하자 못 버티고 석방했다. 일본 언론들은 '일본의 굴욕'이라고 썼다. 하지만 일본은 원칙을 고수했고 '남의 나라 법을 어기고 공권력에 대들면 구속된다'는 경고를 보냈다. 굴욕이라고 하지만 할 바를 다하고 협상을 했을 뿐이다.

중국과 형제국가라는 북한도 수년 전 영해를 넘어온 중국어선에 발포해서 두 명을 사살하고 어선 여섯 척을 나포한 적이 있다. 러시아군도 불법 어로를 하는 중국 어선에 총을 쏘고 30여 명을 구속한 적이 있다. 당시 중국이 러시아에 대들었지만 몇 마디 떠보다가 러시아가 강하게 나오자 조용해졌다. 중국 어부들은 한국 이외의 나라에선 불법조업을 했다가 목숨을 잃을 수도 있다는 사실을 깨달았다. 또 불법 행위에 대해선 국가도 어떻게 해줄 수가 없더라는 교훈을 얻었다.

그런데 우리는 어떤가? 일개 어부가 남의 나라 공권력을 얼마나 우습게 봤으면 경찰(해경)을 칼로 찔러 죽일 수가 있는가? 그렇게 죽은 해경이 눈을 못 감았을 텐데 중국은 김영환 씨 석방에 즈음해 더티한 거래를 획책했던 모양이다. 반대급부로 해경을 살해한 어부를 풀어 달라고. 그렇다면 김영환 씨 구금은 처음부터 말도 안 되는 계략을 염두에 둔 것이었단 말인가?

국력이 커지면서 중국은 때로 몰상식한 언어를 구사한다. 〈환추스바오(環球時報)〉는 "한국이 말을 안 들으면 손봐줄 방법이 많다"고 수준 이하의 기사를 쓰기도 했다. 땅덩어리가 넓으면 뭣하고 공맹(孔孟)이 그 땅을 메울 정도로 많으면 뭣하겠는가. 인(仁)을 내쫓고 야만을 따르는 국가에서. 나라가 작을수록 '이에는 이 눈에는 눈'의 정신이 필요하다. 그러지 않고서는 국가의 명맥을 유지해나가기 어렵다.

02
진정성,
어떻게 더 보여주나

"세월호 침몰은 인재(人災)라고 해야 할 구석이 많지만 사고는 사고다. 이런 우발적인 사고의 책임을 대통령에게 묻는 것은 너무 성급한 것 아닐까?"

일본 주간지 닛케이비즈니스에 〈거울나라의 교훈〉이라는 제목으로 실린 칼럼의 한 토막이다. 글쓴이는 "사고 이후 한국 여론의 폭주와 박근혜 대통령 지지율 급락을 보면서 좀 무서운 생각이 든다."고 했다.

대통령에 대한 과도한 책임 추궁은 국외자의 눈에도 비정상으로 비쳤던 모양이다. 정권이 의도를 가지고 추진한 정책의 실패도 인권탄압도 아닌, '사고'를 가지고 그리도 집요하게 대통령한테 '책임지라'고 대드는 것이 과연 옳은 일이었는지 되짚어볼 일이다.

대통령이 하느님의 영(靈)처럼 만물에 깃들 수는 없다. 홀로 세상 만사를 주재할 수 없기 때문에 각 부처 장관을 뽑아 나랏일을 맡긴다. 그렇기에 부처에서 일이 터지면 인사권자요 행정부 수반인 대통령에게 책임(도의적)을 지라고 할 수는 있다.

그러나 새정치민주연합 김춘진 의원처럼 '부작위에 의한 살인죄' 운운하는 건 상식 밖이다. 사고 현장에 있지도 않은 대통령이 어째서 '살릴 수 있는 사람을 죽게 놔둠으로써 부작위에 의한 살인'을 저질렀는지 인과관계가 궁금하다. 그렇다면 200여 명의 인명 피해를 낸 2003년 2월 대구 지하철 방화사건 때는 김대중 대통령한테 책임 추궁을 한 적이 있었던가?

세월호 참사는 압축 성장 과정에 미처 제거하지 못하고 쌓아온 폐해가 큰 원인이다. 그런 적폐는 이미 김영삼 정부 때부터 나타나기 시작했다. 구포 열차 사고를 비롯한 목포 항공기 추락, 서해 훼리호 침몰, 성수대교 붕괴, 대구 도시가스 폭발, 삼풍백화점 붕괴 같은 사고가 끊이지 않았다. 부실하게 지어진 사회 인프라와 편법·비리에 의한 인허가, 국민의 안전의식 결여가 원인이었다. 그렇다면 그 후에 등장한 김대중·노무현 정권은 그런 적폐를 대대적으로 고쳐 오늘날 비슷한 사고가 재발하지 않도록 하지 않고 뭘 했던가? 그 대통령과 함께 일했던 지금의 야당 국회의원들은 한 번이라도 진지하게 그런 반성을 한 적이 있었던가? 자신들의 잘못은 손끝만큼도 인정하지 않고 마치 이명박·박근혜 정권만이 모든 적

폐의 책임이 있는 것처럼 초들어 추궁하는 건 염치없는 짓이다. 문재인 의원은 해경 해체를 발표했을 당시 박근혜 대통령에 대해 '포퓰리즘 처방'이라며 '비겁, 무책임, 몰염치' 같은 단어를 쓰며 비난했다. 그런 조치가 옳고 그름을 떠나 표현 자체가 대통령에 대한 예의도 아닐 뿐더러 대선 후보까지 간 사람의 언어로는 품위가 없다. KBS 파업사태에 대해서도 그는 '언론탄압 공작'이었느니 '후안무치한 인사'였느니 비난했다.

문재인 의원이 언론탄압을 운운할 자격이 있을까? 노무현 정권 때 정부부처 기자실을 폐쇄하고 기자들을 내쫓는 언론탄압을 자행할 때 문 의원은 어디서 뭘 했는지 돌아봤어야 한다. 박대통령의 아랍에미리트 원전행사 참석을 두고도 "이 시점에 가야 하느냐"고 물고 늘어졌는데 그 말도 적절치 않았다. 나라가 올스톱되는 것을 원하지 않는다면 국가 지도자가 할 말은 아니었다.

헌법조항을 들먹이며 대통령 책임 운운하는 사람들도 자기 속을 한번 들여다봐야 했다. 미국은 9·11 사태와 카트리나 피해로 엄청난 인명이 희생됐고, 일본에선 후쿠시마 원전 폭발이라는 대재앙이 일어났다. 미국과 일본은 헌법에 정부 수반의 책임을 명시하지 않아서 부시 대통령과 간 나오토 총리가 멀쩡했던가?

대통령한테 '책임지라' '사과에 진정성이 없다'고 요구한 사람들은 일정한 방향성을 갖고 있었다. 대선 불복종과 분풀이, 정권 흠집 내기, 곧 치러질 지방선거 표 계산 같은 것이다. 꽃 같은 목숨이 그렇게도 많이 희생됐는데 대통령의 사과에 진정성이 없다고 물고 늘어지는 사람들이야말로 애도에 진정성은 없고 '남의 불행을 나의 행복'으로 여기는 무책임한 사람들이 아닌지 묻고 싶다.

03

노벨상을
기다리며

유카와 히데키가 1949년 노벨물리학상을 타자 일본 열도는 흥분의 도가니에 빠졌다. 패전 후 실의에 빠져 있던 국민들에게 노벨상은 백배 천배의 용기를 줬다.

잘 교육된 인재, 세계지도를 놓고 국가를 경영한 안목 덕분에 일본 경제가 급속한 성장세를 보이던 1965년에는 두 번째 수상자가 나왔다. 도모나가 신이치로가 노벨물리학상을 받은 것이다. 패배의식은 자신감으로 바뀌었다. 3년 뒤인 1968년엔 가와바타 야스나리가 노벨문학상까지 받았다. 하면 된다는 분위기가 더욱 고조됐다. 앞서거니 뒤서거니 기업경쟁력이 높아지고 국민소득도 쑥쑥 올라갔다. 유럽과 미주 일색인 노벨상 수상국 대열에 어깨를 나란히 한 일본인들의 자긍심은 더 높아졌다. 그 후에도 일본은 고비마다 노벨상 수상자를 배출하며 국위를 떨치고 자국민의 우수성을 만방에 알렸다.

한국도 지금 노벨상을 간절히 원하고 있다. 그럼에도 매년 실망을 거듭하는 데는 여러 가지 이유가 있을 것이다. 한국과 일본은 다 같이 서양과 비교하면 후진국이었다. 하지만 개화는 우리보다 일본이 훨씬 빨랐다. 1868년 메이지유신을 개화의 원년으로 쳐도 우리보다 77년이나 빠르다. 우리는 과학교육을 비롯한 모든 주권을 일본에 빼앗겼기 때문에 주권을 되찾은 1945년을 기점으로 보면 이제 수상자가 나올 때가 됐다. 근년 들어 한국 과학이 눈부신 발전을 거듭하고 있고 거명되는 인사도 여럿 있다. 문학상도 여러 해 물망에 오르고 있다. 따라서 너무 안달복달할 필요는 없다. 그러면서도 노벨과학상을 '국가의 두뇌경쟁력'으로 간주하는 시각 때문에 마음이 편치 않은 것 또한 숨길 수 없는 사실이다.

이즈음 우리가 '사는 방식'을 한 번쯤 짚어볼 필요가 있다. 일본에서 3년간 공부를 하고 3년간 특파원을 지내면서 본 일본인은 한국인과 비슷해 보여도 많이 다르다. 가장 큰 차이는 일이나 사물을 대하는 태도, 즉 진정성이다. 건물을 짓거나 다리를 놓을 때 우리 구조물의 완성도는 일본에 비해 크게 떨어진다. 공사에 임하는 양국 국민의 자세가 다르기 때문이다. 일본에선 내가 살 건물이든 공공건물이든 품질이 균일하다. 우리는 고속철도처럼 잘못되면 대형 인명 사고가 날 수 있는 공공시설물도 자재를 더 싼 것으로 바꿔치기하거나 빼먹는다. 심지어 민족 생존에 대재앙을 불러올 수 있는 원자력발전소 건설에도 시험성적서를 조작하고 싸구려 부품으로 바꿔 끼우는, 위험천만한 농간을 부린다. 이런 일을 겪을 때마다 노벨상은 커녕 당장 이 땅에서 생명을 무사히 유지해 나가는 것이 더 걱정되기도 한다. 그럴 때마다 도대체 인간의 욕심과 사악함의 끝은 어디며, 얼마나 더 타락해야 멈출 수 있는지 화가 치민다. 승객을 배 안에 놔두고 저만 살겠다고 뛰어 나오는 선장도 그 연장선에 있다.

치열한 정신작업의 산물이어야 할 학문의 성과를 조작하고 베끼는 것도 부실공사와 뿌리는 같다. 툭하면 불거지는 논문 표절 때문에 각종 청문회를 보기가 겁날 지경이다. 그러니 외국인들 눈에 한국은 부실과 표절이 일상화된 나라로 비치지 않겠는가. 이런 나라의 진정성을 믿어주겠는가? 해외 건설 공사나 고속철 공사에서 수주전이 벌어진다면 같은 값일 경우 누구를 선택할지는 뻔하지 않은가.

그러니 한국인과 일본인이 나란히 노벨상 후보로 오른다면, 그리고 그들의 성과가 우열을 가리기 힘들 정도로 팽팽하다면 어느 쪽으로 기우겠는가? 노벨상을 컴퓨터가 뽑는다면 모르되 사람이 선정하는 것이니만큼, 우리 실력을 있는 그대로 평가받지 못할 위험성은 충분히 있는 것이다.

노벨상은 숭고한 인간 정신활동의 산물이다. 우리 청소년들은 국제수학·과학경시대회에서 늘 수위권에 든다. 국민의 두뇌에는 긍지를 가질 만하다는 얘기다. 따라서 세상을 살아가는 우리의 태도를 근본적으로 고치지 않는다면 노벨상은 앞으로도 우리에게 길고 긴 시간을 요구할 것이다.

04

국가적 힐링이
필요하다

18대 대통령 선거가 있었던 2012년 12월 어느 새벽에 80대 노인이 폐지 수집에 나섰다가 교통사고를 당하는 일이 있었다. 아직은 어두컴컴한 시간, 차가운 아스팔트 위에 노인이 끌던 빈 손수레만 덩그러니 놓여 있었다는 뉴스를 접하고 가슴이 많이 아팠다. 그 기사는 우리 사회의 여러 단면을 드러내고 있었다. 당시 대선에서 2030과 5060이 세대 싸움을 벌였네, 어쨌네 시끄러웠다. 하지만 세상이 잠든 새벽에 온종일 모아야 몇천 원에 불과한 폐지를 주우러 나섰다가 변을 당한 노인에겐 그 참담한 삶을 설명할 기회조차 없었다.

그해 선거가 끝나자마자 분풀이라도 하듯이 젊은이들 쪽에서 '까짓 노인들한테는 지하철 경로석도 아깝다'는, 패륜적이고 막돼

먹은 소리가 나왔다. 노인들이 2030의 어머니 아버지를 낳고 그 어머니 아버지가 다시 그렇게 말하는 젊은이들을 낳았다. 그리고 순서대로 젊은이들 또한 언젠가는 경로석에 앉았다가 세상을 떠날 것이다.

7080이 사회의 관심 밖으로 밀려나 발언권도 없이 팽개쳐져 있듯이 이 땅의 2030 또한 자신들은 버려져 있다고 생각할 것이다. 수천만 원을 들여 대학을 나와도 인생의 출발 총성을 울려보지 못하는 젊은이가 태반이다. 불안을 넘어 공포감이 엄습할 것이다. 어찌어찌 취업하고 결혼을 해도 몸을 누일 보금자리 마련은 거의 불가능에 가깝다. 그런 스트레스와 절망감이 '이대로는 안 되겠다'는 목소리로 모아져 정권 교체를 강하게 요구한 것 아니었겠는가.

2030뿐만 아니라 10대들도 불만이 많다. 그들 또한 부모에게 사육당하듯이 교육을 강요받으며 인내의 배터리가 바닥을 드러내고 있다. 그 단적인 지표가 청소년 자살률이다. 한창 공부하고 꿈을 키우고 뛰어놀아야 할 중고생이 이렇게도 많이 목숨을 끊는 나라는 정상이 아니다. 미래의 한국을 끌고 갈 청소년과 젊은이들이 이런 수렁에 빠져 있다는 게 기성세대들은 못내 미안하다.

그렇다면 5060의 삶은 행복할까? 그들도 힘들기는 마찬가지다. 아래로는 불안하고 안쓰러운 10대나 2030 젊은이를 자식으로 두고 있고, 위로는 7080 노부모를 모시고 사는 세대가 바로 5060이다. 자신들은 평생 죽어라 일만 했으면서도 스스로를 위해서는 돈

한번 시원하게 써보지 못하고 청춘을 흘려보낸 세대, 아이들 다 키웠으니 이제 내 인생도 좀 챙겨야겠다 싶은데 정년을 맞았거나 이미 은퇴한 사람들, 그들이 5060이다.

두 세대가 놓인 처지의 차이가 지난 선거에서 갈등을 빚었지만 따지고 보면 부모·자식 간에 다툰 꼴이 됐다. 하지만 세상에 어느 부모가 자식이 잘못된 길로 가길 바랄까? 2030은 부모 세대가 자신들의 앞길을 막았다고 하지만 5060은 세계사에 기적을 일궈낸 대한민국이라는 나라, 이 자랑스러운 국가를 한층 업그레이드해서 물려주고 싶었을 뿐이다. 두 세대의 사이에 낀 40대까지 포함해서 우리는 지금 고도성장의 부작용이라 할 성장통을 앓고 있다. 그 통증은 온 국민이 뿜어내는 원망과 탄식 그리고 스트레스로 확인할 수 있다. 최근 몇 년간 이 땅에 그리도 힐링 열풍이 분 데는 이유가 있었다.

앞으로 우리의 과제는 치유다. 세대 간 계층 간 지역 간 갈등과 응어리를 풀고 갈라진 이념의 틈새도 메워야 한다. 새 정권의 인식해야 할 큰 사명 중 하나는 국가의 상처, 국민들 마음의 상처를 치유하는 일이다. 우리 국민은 뜻만 맞으면 지나온 질풍노도의 세월처럼 무섭게 매진해서 또 다른 기적을 일궈낼 것이다. 그게 한국인이다.

05

경쟁 없는 사회
줄 안서는 사회

삼성전자는 스승 격인 일본 주요 전자업체들 순익을 다 합한 것보다 더 많은 흑자를 자주 냈다. 그처럼 승승장구하는 삼성의 힘은 어디에서 나온걸까?

일본 언론들은 그런 삼성전자를 시기 반 부러움 반의 눈으로 바라보며 수많은 특집기사를 쏟아냈다. 그중 가장 기억에 남는 것은 경제 주간지 〈닛케이비즈니스〉가 2010년 7월에 분석한 '삼성 최강의 비밀'이라는 커버스토리 기사였다. 닛케이는 이 기사에서 삼성 경쟁의 근원을 치열한 내부경쟁 시스템에서 찾았다. 한국의 내로라하는 인재들이 10대 1의 경쟁률을 뚫고 들어가지만, 과장 부장을 거치면서 다 떨어져 나가고 임원으로 승진하는 사람은 1%도 안 된다. 이런 담금질을 거쳐 별(임원)을 달면 '경제적 신분'이 달라지는 파격적인 연봉이 주어진다. 경쟁에서 살아남은 자들만이 과실을 따 먹도록 한 시스템이 세계 최강 조직으로 만들었다는 것이다.

어쩌면 모든 인간은 그런 끔찍한 경쟁을 피해 마음 편하게 한평생 살다 가기를 꿈꿀지 모른다. 하지만 현대사회에서 그런 무릉도원은 없다. 인류의 역사가 시작된 이래 어디에도 그런 곳은 없었다.

그런데 전교조와 일부 시민단체, 좌파성향 교육감들은 그 허망한 꿈을 좋고 있다. 시험이 학생 간 경쟁을 조장하고 줄 세우는 도구로 쓰이기 때문에 거부한다는 것이다. 전교조에 동조하는 시민단체들은 몇 해 전 일제고사를 반대하면서 "학생들이 시험 스트레스로 학습의욕을 잃고 있다"며 "아이들의 해맑은 웃음과 희망찬 미래를 찾아주려는 부모들이 적극 나설 것"이라고 했다.

과연 그럴까? 경쟁의 무풍지대에서 자라나, 경쟁에 대한 면역이 결핍된 채로 사회에 나온 아이들이 해맑고 희망찬 얼굴로 살아갈 공간이 지구상 어디엔가 숨어있을까. 경쟁하지 않고 줄 서지 않아도 되는 사회는 지구 상에 없다. 설사 한국 내에서 그런 삶이 가능하다고 해도 나라 밖으로 한 발짝만 나가면 경쟁의 정글이 입을 벌리고 있다.

일본이 과거 조선을 쉽게 침략할 수 있었던 배경에는 전국시대(戰國時代)를 거치면서 상시 경쟁상태에 놓인 각 번(藩)들이 전투력을 크게 끌어올렸다는 점을 들 수 있다. 일본 자동차업체들이 글로벌 시장에서 성공을 거둔 것도 마찬가지다. 11개나 되는 자동차 메이커들이 자국시장에서 예선전을 치르듯 치열한 각축을 벌이는 과정에 실력이 향상되어 결승전 격인 세계시장에서 승승장구한 것이다.

무역거래가 GDP의 70%를 넘는 한국의 경쟁력은 곧 사람의 경쟁력이다. 우리는 미국 일본 독일 프랑스 같은 쟁쟁한 강국과 겨뤄 이만한 나라를 일궜다. 그 밑천은 뜨거운 교육열이었고 치열한 경쟁이었다. 나라 문을 걸어 잠그고는 살 수 없는 우리 처지로 볼 때 앞으로도 그렇게 살 수밖에 없다. 부(富)가 대물림되듯이 '가난과 능력 부재'도 대물림될 수 있다. 그렇기에 아이들이 경쟁력을 갖도록 삶의 기반을 준비해줘야 한다. 그걸 거부하고 감언이설로 꾀는 스승은 직무유기라고 볼 수 있다.

심지어 그들은 자신에 대한 평가도 거부했던 사람들이다. 대한민국에서 '평가'받지 않는 국민은 아무도 없다. 학교 현장에선 실력 없는 교사를 성토하는 학생들 목소리가 높은데도 실력이 있건 없건 평가받지 않고 간섭받지 않고 정년까지 무사히 가겠다는 것은 이기주의의 극치이자 수의 힘을 빌린 폭력이다.

천안함 폭침으로 한반도를 둘러싼, 아니 포위된 한반도 상황이 녹록지 않음을 우리는 재삼재사 확인했다. 노골적이고 그악스럽게 북한을 편들어온 중국은 폭침이 있었던 그해 한·미 서해훈련을 거의 우격다짐으로 가로막았다. 미국 항모 조지 워싱턴호에 대놓

308

고 "서해에 진입하면 중국의 과녁이 될 것"이라고 위협해 결국 동해로 항로를 돌리도록 했다. 세계 최강국을 을러대는 중국의 서슬에 한국인들은 등줄기가 서늘했을 것이다.

국토의 서쪽은 중국이 짓누르고, 동쪽은 여러 차례 강토를 짓밟은 일본이 독도 영유권을 주장하며 노골적으로 영토 야욕을 드러내고 있다. 미국이 우리 어깨에 손을 얹고 "내가 있으니 괜찮아"라고 속삭이지만 언제까지 그들이 우리 안보를 책임져줄까. 한반도는 여차하면 '법(미국의 보호)은 멀고 주먹(중국)은 가까운' 상황이 될 수도 있다. 이런 사실을 우리 국민은 천안함 폭침사태를 계기로 절실히 깨달았다. 우리가 경쟁을 통해 더 많은 서희를, 이순신을, 세종을 배출해야 하는 이유가 여기에 있다.

우리만 모르고 있거나 애써 외면하고 있을 뿐이지 한반도 바깥에서는 죽느냐 사느냐의 긴장이 계속되고 있다. 그런데도 한국은 태평성대다. 도대체 무슨 수로 벼리지 않은 칼, 들지 않는 칼로 해맑은 얼굴에 희망을 노래하게 해 줄 것인가.

06

모름지기 대통령의
인사라면

대통령의 인사는 곧 부국강병, 국가의 경쟁력과 직결된다. 그렇다면 인사의 대원칙은 '지금 이 시점 대한민국에서 그 일을 가장 잘해낼 사람'이라야 한다. 호남이건 지방대학 출신이건 재외교포건 상관치 않아야 한다. 첫 조각은 그런 대원칙도 없었을뿐더러 내각의 '품질'도 최악이라는 평가를 받았다. 그다음도 그다음 인사도 갈수록 속이 비고 좌충우돌이었다. 심지어 '빙충맞은' 인사라는 말까지 나왔다. 국민들은 박 대통령의 인사와 국정 추진력을 보고 "저렇게 적수공권으로 청와대에 입성했을 줄은 몰랐다"고 수군댔다.

박 대통령이 처음부터 문호를 활짝 개방했으면 어땠을까? 아버지 박정희는 한국을 세계 유수의 국가 반열에 올릴 기반을 마련했다. 세종대왕에 버금가는 업적이라고 생각한다. 그러나 그 과정에 후일 이 나라를 지리멸렬에 빠뜨릴 지역감정이라는 고질병을 남겼다. 그 딸인 박근혜 대통령이 지역감정을 풀어 순하고 화목했던 우리의 본래 모습을 되찾아 주면 어떨까? 그건 결자해지이기도 하고 진정 '아름다운 팔도강산'을 만드는 길이기도 하다.

그런 구상 위에 총리를 비롯한 주요 내각, 검찰총장, 감사원장, 국세청장 같은 요직에 호남 인사를 대거 기용해서 영남이 들고일어날 정도의 역차별 인사를 했으면 어땠을까. 또 성장 과정에 소외된 호남지역에 기업 유치를 독려해서 일자리를 크게 늘려주는 대책을 내놨다면 어땠을까. 그렇게 해서 작게는 정권의 빚, 영남의 빚, 크게는 한국인 모두의 빚을 갚는 기회를 마련했으면 어땠을까. 호남의 응어리를 풀어 온 국민이 진정 마음으로 하나가 되면 나랏일은 술술 풀린다고 생각한다.

정치를 아는 사람이면 그런 인사가 불가능하다고 말할 것이다. 세세하게 들여다보면 이것도 걸리고 저것도 걸려 절대 못 한다. 그러나 지고지선의 목표 달성을 위해선 쾌도난마의 용기가 필요하다. 그만큼 이 나라는 지역감정의 폐해, 그로 인한 국가적 손실이 크다. 지역감정만 풀어도 이념투쟁은 동력을 크게 상실한다. 서로 관계없는 지역감정과 이념이 뒤섞여 상승작용을 하며 이 조그마한 나라를 표류케 하고 있다. 이 일을 누군가 언젠가는 해야 한다. 조선 500년이 지리멸렬한 것은 한 줌밖에 안 되는 양반들이 백성을 수탈해서 먹고 사는 구조였기 때문이다. 그러니 국가에 대한 애국심과 충성심이 없었다. 전쟁이 나면 죄다 도망갔다. 몇 안 되는 양반계급은 500년 내내 반대파를 숙청하고 제 파당의 배를 불리기에만 전념했다. 지금처럼 유능한 인재의 절반 이상은 늘 음지에 놓여 있었기 때문에 국민통합이 될 수 없었다. 그렇게 내부싸움에 골몰하다 외부에 먹힌 것이 임진왜란이다. 그 교훈을 못 살리고 구한말에 또 똑같이 당했다. 국가개혁도 불가능했다. 자주적 국가개혁의 발판을 마련할 수 있었던 동학혁명마저도 외국 군대의 힘을 빌려 짓밟아 버렸다.

지금 주변 4강은 군사력 강화를 꾀하면서 노골적으로 이빨을 드러내고 있다. 동아시아에 눈독을 들이는 러시아, 아시아 중시로 돌아선 미국, 서쪽으로 세력을 확장하며 중국과 격돌하는 일본, 다시 아시아의 맹주가 되려는 중국 간에 칼 부딪는 소리가 쟁쟁하다. 국론이 통일되고 나라가 하나가 돼야 이런 위기에 대처할 지혜와 힘이 결집된다. 과거의 뼈아픈 실패를 반복하지 않으려면 우리끼리 싸우지 말아야 한다. 그 첫걸음이 지역 불문하고 능력 있는 인재를 골라 쓰는 시스템의 정착이다.

지금 나라 꼴을 보면 임진왜란 직전 율곡선생이 올린 상소가 생각난다. "(이건) 나라가 아닙니다. 진실로 나라가 아닙니다. 하루가 다르게 썩어서 무너져가는 커다란 집에 불과합니다."

07

상트페테르부르크의 선구자

상트페테르부르크는 거리 어디에든 액자만 걸면 한 폭의 회화가 되는 도시다. 반듯반듯 네모진 바로크 양식 건축물 외관에 곡선 장식을 많이 넣고, 노란색 계열의 색을 입혀 온화하고 고풍스런 분위기를 자아낸다. 수년 전 취재차 이곳을 방문했을 때는 때마침 11월이라 핀란드만에서 불어오는 찬바람이 제법 매서웠다. 그래선지 도시를 울긋불긋 채색하고 있던 단풍이 절반은 지고 없었다. 대신 성긴 나뭇가지 사이로 러시아 소녀의 눈망울처럼 맑고 푸른 초겨울 하늘이 서늘하게 틔어 있었다.

상트페테르부르크는 도심 전체가 유네스코 세계문화유산으로 등록돼 있다. 이 도시를 기획하고 만든 사람은 열혈남아 표트르 대제(大帝)다. 표트르는 원래 왕위 계승권자가 아니었다. 선왕이 후

계자를 정하지 않은 채 갑자기 사망하는 바람에 병약한 이복형 이반과 함께 열 살 때 공동 차르(황제)에 올랐다. 그러나 어린 두 황제를 대신해 섭정에 나선 이복누이에 의해 결국은 어머니와 함께 모스크바 교외 별궁으로 쫓겨났다. 그곳에서 서민 아이들과 섞여 자라면서 병정놀이를 하는가 하면 말편자 박는 일, 목공 일, 대포를 주조하는 일을 배웠다. 외국인들과 사귀며 바깥 세계의 문물도 경험했다. 당시만 해도 러시아는 변방의 후진국이었다.

후일 우여곡절을 거쳐 다시 왕이 된 그는 조국 근대화의 일념에 불타올랐다. 그래서 생각해낸 것이 선진문물을 짧은 시간에 직접 흡수해야겠다는 것이었다. 첫 프로젝트로 그는 1697년부터 1년 5개월간 서유럽에 250명의 사절단을 파견한다. 자신도 신분을 숨기고 가명을 쓰며 이 사절단의 일원으로 참가했다. 개화기 때 일본 정부가 국가 재정수입의 2%나 되는 거금을 써가며 100명의 사절단을 2년간 유럽 미국을 비롯한 12개국에 파견해 선진문물을 습득한 것에 비견된다.

이 여행에서 표트르는 유럽 선진문물을 흠뻑 빨아들였다. 네덜란드에선 조선기술과 항해술을 배웠고, 프로이센에서는 하사관으로 가장해 포술(砲術)을 습득했다. 축성, 군사 같은 실용기술은 물론 천문학, 의학, 과학지식을 닥치는 대로 배우고 익혔다. 돌아올 때는 선진국의 물품과 무기를 잔뜩 사모아 싣고 왔다. 동시에 900명이 넘는 외국인 군사전문가와 과학기술자까지 이끌고 왔다. 그

314

들의 머릿속에 든 지식과 기술은 러시아 국민을 선진화하는 데 크게 기여했다.

이어서 표트르는 러시아의 서구화를 강력히 추진했다. 귀국하자마자 귀족의 긴 수염을 자르게 하고 문자를 개혁했다. 국영공장을 설립하고 산업육성 정책을 폈다. 또 스웨덴·터키와 싸우는 과정에 유럽으로 나아가는 길을 봉쇄당한 러시아에 출구가 필요하다고 생각했다. 그에 따라 해군을 창설해 해군력을 크게 키우고 바다를 낀 새 수도를 건설하기로 마음먹었다. 핀란드만에 접한 도시 상트페테르부르크는 그런 가운데서 생겨났다. 모스크바 권신들과 황실은 맹렬하게 천도를 반대했다. 하지만 때론 깡그리 무시하고, 때론 얽히고설킨 이해관계를 일도양단하며 그는 마침내 1703년 상트페테르부르크를 건설하고 수도를 옮긴다.

선구자의 행적이 중요한 것은 뒷사람이 그 정신과 지향하는 바를 본받고 계승해서 나아가는 기준점, 시발점이 되기 때문이다. 백범 김구 선생이 눈길을 걸을 때는 뒤따라오는 사람을 생각해서 발자국을 조심해서 내야 한다고 말한 것과 같은 이치다. 여러 나라로 둘러싸인 러시아는 해양으로 나아갈 수 있는 곳이 네 곳밖에 없었다. 발트해, 흑해, 카스피해, 극동항이 그것이다. 러시아 후손들은 나중에 이 네 곳을 모두 뚫어 바다로 나가는 길을 확보했다.

그가 당시로서는 미치광이로 불릴 만치 무모한 일들을 해낸 배경엔 그의 실용적 인사 스타일에 있었다. 그는 신분의 귀천을 가리지 않고 실력 위주로 사람을 뽑아 썼다. 표트르의 휘하에 있다가 훗날 총리 자리에 오른 멘시코프는 우크라이나 마부의 아들이었고, 둘째 왕비 예카테리나는 맨시코프 총리의 하인이었다. 이 대목은 온갖 연(緣)으로 칭칭 감긴 한국축구를 쾌도난마해서 세계 4강으로 끌어올린 히딩크를 떠올리게 한다.

표트르는 53세에 사망했다. 항해하던 중 옆에서 호위하며 따르던 배가 뒤집혀 신하가 물에 빠지자 뛰어들어 구한 뒤 자신은 폐렴에 걸려 죽었다고 한다. 러시아를 서구 열강의 대열에 올린 큰 스케일의 사나이, 그러면서 신하의 이빨을 마춰해 뽑아주기도 했던 자상한 열혈남아 표트르는 그렇게 죽었다.

그가 핀란드만을 향해 뒷짐을 지고 선 채 흠흠, 갯내음을 맡고 해조음을 들으면서 바다에의 동경, 해양강국에의 꿈을 키웠을 그 자리에 나도 한번 서봤다. 팔짱을 낀 채, 그가 미래의 러시아 지도를 머릿속에 그리며 바라보았을 먼바다를 나도 한번 바라봤다. 그 순간, 드넓은 만주 벌판을 말 달리던 우리의 선구자들 모습이 어른거렸다. 그리고 표트르처럼 선진국가의 기틀을 닦아놓고 어이없는 죽임을 당한 박정희의 모습도 떠올랐다.

08

위안부 독배 든
아베

"위안소를 개설할 때는 여자의 내구도(耐久度)와 소모도(消耗度) 그리고 거적(위안소의 문)을 밀치고 들어가서 나올 때까지 장교는 몇 분, 하사관은 몇 분, 병사는 몇 분 걸리는지 지속시간까지 정하고, 위안소 이용료도 차등을 뒀다."

일본 육군경리단 장교였다가 패전 뒤 산케이신문 사장까지 오른 시카나이 노부타카(鹿內信隆) 씨가 위안소를 설치할 당시의 상황을 술회한 내용이다. 이는 도쿄대에서 일본 근현대사를 전공한 요시미 요시아키(吉見義明) 교수가 1995년 펴낸《종군위안부》에 나오는 얘기다. 이 책에는 일본군이 위안부 모집과 운용에 개입한 증거들이 많이 수록돼 있다. 1938년 3월 4일 육군성이 각지 파견군 참모들에게 보낸 〈군위안소 종업부(婦) 등 모집에 관한 건〉

이라는 문건도 실려 있다. 여기에는 '부녀를 징집할 때는 각 지방 경찰이나 헌병과 협력하라'는 얘기까지 씌어 있다. 1939년께는 육군경리학교에서 위안소 개설지침을 가르치기도 했다.

일본정부가 위안부 운용에 간여하지 않았다고 거듭거듭 발뺌하자 한국과 일본의 양심적인 학자들은 증거사료를 지속적으로 발굴해 발표했다. 이 책도 그중 하나다. 이와 유사한 증거자료는 그동안 수도 없이 나왔다. 게다가 한국, 필리핀, 중국, 네덜란드 위안부 여성들의 생생한 증언까지 있다. 그런 사료와 증거에 굴복해서 고노담화가 발표됐다. 1993년 8월 고노 요헤이 당시 관방장관은 일본 군당국이 위안부를 강제 연행하고 위안소 설치와 운영에 직간접으로 가담했음을 인정하고 사과했다. 그는 "이런 역사적 사실을 회피하지 않고 역사의 교훈으로 직시하고 싶다"면서 "역사교육을 통해 동일한 과오를 반복하지 않겠다"고 했다. 그러나 아베 신조 총리가 재집권하면서 일본의 역사교육은 거꾸로 가고 있다.

군 당국이 위안소 운영을 생각하게 된 것은 주둔지 병사들이 주민을 자주 강간하면서부터였다. 1868년 명치유신 이후 인권의식이 깬 영향으로 일본군 내에선 억압적인 군율에 복종하지 않는 병사가 많아졌다. 더욱이 오랜 군 생활에 불만이 쌓이자 주둔지 주민을 폭행하고 강간하는 일이 빈번했다. 군은 이를 처벌했다가 자칫 내부 폭발로 이어져 통제 불능 상황이 될 것을 우려했다. 그렇게 묵인하고 풀어주자 성이 문란해져 성병이 군대 내에서 문제가 됐다. 이는 군의 사기와 통제에도 지장을 줬다. 군 위안소가 일본군에게 하나의 제도로서 자리 잡게 된 과정이다.

일본은 위안부를 모집하면서 완력으로 젊은 여성을 트럭에 태우거나 납치하듯 끌고 간 강제연행뿐 아니라 협잡과 사기에 가까운 수법으로 유괴해간 경우도 많았다. 전쟁 막바지인 1944년 무렵 일본은 젊은 여성을 뽑아 위안부로 빼돌린다는 소문을 퍼뜨렸다. 그러자 부모들이 딸을 일찍 혼인시키거나 시골 친척집 또는 다락방에 숨겼다. 그런 소문에 떨고 있던 차에 일본 육군의 명령을 받은 모집업자들이 "일본에 가서 일하면 돈을 많이 번다"고 꼬드겼다. 그렇게 해서 요즘으로 치면 여고생 또래의 소녀들이 많이 따라 나섰다. 정신대나 위안부로 끌려가는 것보다 낫겠다는 생각에서였다. 그래서 도착한 곳이 버마, 인도네시아, 중국, 필리핀 같은 전쟁터였다. 사기와 감언에 속아 넘어간 이들 여성의 도항증(渡航證) 또한 일본 육군당국이 발급해줬다. 이렇듯 움직일 수 없는 증거들이 수두룩한데도 정부와 군이 간여하지 않았다고 술수를 부리거나 우겨대고 있다. 손바닥으로 하늘을 가리는 이런 행태는 결국 아베 자신에게도 일본국민에게도 독이 될 것이다.

하긴 증거가 부족해서 일본이 저러는 게 아니다. 광기의 지도자 아베가 문제다. 그런 지도자를 세운 건 결국 국민이다. 비록 국가가 전쟁을 획책하고 이웃 나라에 피해를 줬을지언정 일본국민은 깨어 있고 양심적인 것으로 여겨져 왔다. 그러나 긴 불황에 지친 탓인지 그들이 조금씩 이성을 잃어가고 있다는 느낌을 받는다. 아베 정권에 대한 지지율이 상승하고 헌법 개조에 찬성하는 일본인이 점점 많아지는 것을 보면 그렇다.

이런 분위기를 보면 그들이 돌아올 수 없는 다리를 건너고 있는 것 아닌가 하는 우려를 지울 수 없다. 전쟁의 참혹함을 뼈저리게 경험한 일본인들은 국가가 다시 전쟁에 말려들거나 핵무장하는 것을 두려워했다. 1960년 미일안보조약 체결 때 수백만 명이 거리로 몰려나와 사상자를 내면서까지 반대투쟁에 나선 건 그래서였다. 지금은 그 초심을 잃어버린 듯하다. 그렇지 않고서야 총리와 관료들이 명백히 전쟁으로 치닫고 있는 정책을 펼치는데도 모른 척하고 지지할 수가 있을까. 차마 이성을 가진 사람의 말이라고는 믿기 어려운 망언들을 총리와 그 수하들이 쏟아내는데도 그렇게 표를 몰아줄 수가 있을까.

도쿄 한복판에선 여전히 우리 교민들한테 "조센진(조선인) 죽여라"는 우익들의 협박이 난무한다. 심지어 오사카에선 "조선인 여자는 강간해도 괜찮아요. 조선인을 죽입시다"는 말이 나왔다. 이 말이 죽창으로 죄 없는 조선인을 무참히 살해한 1923년 관동대지진 때가 아니라 21세기 대명천지에 G7 국가 국민들 입에서 나왔다는 게 믿기지 않는다. 이 순간에도 일본 여성들이 명동거리를 누비고 있다. 주재원을 비롯한 한국에 거주하는 일본인도 만만찮은 숫자다. 그들을 생각하면 이런 발언이 나왔다는 게 믿기지 않는다.

심지어 총리(노다 요시히코)라는 사람이 서울의 일본군 위안부 소녀상 철거를 요구하기도 했다. 참 '개념 없는 일본인' 아닌가. 평균적인 일본인들의 양식에 비춰 봐도 믿기지 않는 말이지만 가해 당사국 총리 입에서 나왔다는 게 더 놀랍다. 어쩌면 야비한 도발을 거듭해서 한국인의 부아를 돋우려는 전략을 쓰는 것 같다는 느낌을 받는다. 그렇지 않고서야 어찌 독도를 한글로 '다케시마'라고 번역한 방위백서를 우리 정부에 보낼 수가 있겠는가. 일본 국회의원 몇몇은 정말 자기네 땅이라고 여기는 듯 울릉도 방문을 시도했다. 극우파가 남의 나라에 잠입해 들어와 '독도는 일본 땅'이라는 말뚝을 소녀상에 박는 테러도 자행했다. 싸움에도 금도가 있어야 하는 것 아닌가.

앞으로가 더 큰 문제다. 2012년부터 중학생들이 '독도는 일본 땅'이라고 기술된 교과서로 역사를 배운다. 대략 40~50년 뒤면 이렇게 배운 사람들이 일본 사회 주류세대가 된다. 장관도 총리도 국민들도 그땐 "왜 우리 땅을 당신들이 무단 점유하고 있는 거야?" 하며 싸움을 걸어올 수 있다는 얘기다. 국민에게 혼란을 주는 노이즈 정책과 역사교육으로 인해 10~20년 전에는 독도에 아무 관심도 없던 일본인 가운데 60%가 지금은 '독도는 일본땅'이라고 여기는 것으로 나타났다. 더 상황이 악화돼서 물리력을 동원할 지경까지 가면 심각해진다. 역사는 늘 힘센 쪽의 편이었다. 지금 세대가 죽고 난 먼 훗날 '포클랜드 사태'나 제2의 운요호 사건이 터지지 말라는 법도 없다. 만주사변을 조작하고 난징대학살은 결단코 없었다고 우기는 일본 정치인과 우익을 보면 그렇게 못할 이유도 없어 보인다.

일본은 필요하면 역사의 창고에서 '일선동조론(日鮮同祖論)'을 다시 꺼낼지도 모른다. 일본과 조선은 같은 조상에서 났고, 자신들이 종가라는 논리는 메이지유신 이후 정한론(征韓論)의 뼈대가 됐다. 그래서 역사왜곡은 위험한 것이고, 한국과 중국이 역사를 제대로 가르치라고 일본에 요구하는 이유다.

일본정부의 여러 야만적인 행태를 보면서 다짐하게 되는 게 있다. 어떤 반발이 있더라도 국사 교과서를 통일하고 정규과목에 넣어 수능에 반영해야 한다는 것이다. 일본의 역사 인식이 잘못된 것은 자국의 근현대사를 제대로 가르치지 않았기 때문이다. 일본이 그럴수록 우리는 두 눈 부릅뜨고 국사를 제대로 가르쳐야 한다. '달달 외우느라 수험생 부담만 지운다'며 반대하는 사람들한테 묻고 싶다. 다른 과목은 달달 외워도 되고 국사는 안 되는가? 나라를 잃어서 다시 창씨개명을 당하고 사랑스러운 누이와 딸들을 성 노리개로 빼앗기지 않으려면 그깟 이념 놀음 그만두라!

09

매뉴얼사회,
임기응변사회

1995년 1월에 발생한 고베대지진 당시 웃지 못할 에피소드가 하나 있었다. 사고 현장에 급파된 일본 자위대원들이 구조작업에 나서지 않고 우왕좌왕하고 있었던 것. 이유인즉슨 '상부의 지시를 기다리느라'였다.

'참 답답한 노릇이구만?' 신문기사를 보면서 그렇게 혼자 중얼거렸던 기억이 난다. 일본은 지구 상에서 둘째가라면 서러워할 '매뉴얼 국가'다. 대부분 사건·사고는 매뉴얼대로 따르면 해결된다. 하지만 매뉴얼의 작동 범위를 넘어서는 대지진 같은 것이 닥치면 무용지물일 뿐 아니라 되레 방해가 된다. 말하자면 '완전자동화'의 폐해다. 실제 2011년 3월 동일본대지진이 일어났을 때도 매뉴얼이 먹히지 않아 대혼란을 겪었고 정부는 국민의 지탄을 받았다.

어찌 보면 대지진이나 초강력태풍 같은 재해는 살아 있는 괴수(怪獸)와 같아서 매번 다른 모습으로 찾아온다. 그에 비하면 매뉴얼은 나무판자에 새긴 십계(十戒)와 다름없어 기민한 대응이 어렵다. 매뉴얼을 기초로 하되 거기에 더해 유연한 사고와 순발력 있는 대응이 필요한 것이다.

한국은 매뉴얼 부재의 사회라고 하는 게 옳을 것 같다. 제 머리를 너무 믿어서 임기응변에 더 의존하는 경향이 있는지도 모르겠다. 그래선지 매뉴얼 사회인 일본을 '답답하다'고 말한다. 하지만 일본인들은 한국인을 엉성하고 기본이 안 된 국민으로 여긴다. 매뉴얼은 수많은 시행착오를 거쳐 만들어진다. 순서를 짚어가며 따르도록 돼 있기 때문에 즉각 판단하고 일을 처리하는 사람에겐 답답하게 여겨진다.

그러나 개개인 누구나가 훌륭한 판단을 하는 것도 아니고 우수한 사람이라고 하더라도 경우에 따라선 잘못 대응하는 수가 있다. 모든 선진국이 사건·사고에 대응하는 매뉴얼을 가진 이유다. 일례로 선진국 구급차는 당연히 그 안에 의료진과 긴급인명 구조 장비가 갖춰져 있고, 환자 상태에 따라 어느 병원이 가장 적합한지 판단할 자료와 각 병원 비상연락망이 있다. 한국 구급차를 이용해본 사람이면 얼마나 엉성한지 알 수 있다.

매뉴얼 부재의 문제점은 2014년 2월에 일어난 경주 마우나오션리조트 붕괴 사고에서 단적으로 드러났다. 매뉴얼이 없었는지,

있어도 엉망이라 작동이 안 됐는지 모르겠지만 사고 후 대응 과정을 보면 없었을 가능성이 높다. 한 방송 보도에 따르면 그날 무너진 건물을 들어 올릴 기중기가 리조트 반경 15㎞ 안에 있었다. 제때 연락만 닿았으면 신속히 잔해를 들어 올리고 깔린 학생들을 구조할 수 있었을 것이다. 그러나 장비가 도착한 건 3시간이 지나고 난 뒤였다. 사망자 중 한 명을 제외하고선 외부 상처가 심하지 않아 모두 저체온증에 의한 사망으로 추정된다는 코멘트를 들었을 땐 정말 안타깝기 짝이 없었다. 경주시와 경북도청, 리조트 측 어느 누구도 만에 하나 있을지 모를 사고에 대비한 비상연락망이 없었다는 얘기다.

마우나오션리조트 측의 대응은 더 한심해서 화를 삭이기 힘들 지경이었다. 그 건물은 애당초 체육시설이라 수백 명의 인원이 사용하는 용도로 쓸 수가 없었다. 그뿐 아니라 사고 며칠 전부터 동해안 폭설로 인한 피해 상황이 TV를 통해 빈번히 그리고 상세히 보도됐음에도 불구하고 날림으로 지은 건물 위 눈은 치울 생각을 하지 않았다. 오르막 경사지의 길도 눈 덮인 채 방치돼 있었다. 붕괴 사고가 난 뒤에도 우왕좌왕 손을 못 썼다. 돈 벌 욕심만 가득했고 직업윤리는 꽝이었던 셈이다.

선진국들이 할 일이 없어서 꼼꼼하게 대응 매뉴얼을 만들고 그에 따라 꼬박꼬박 훈련할까? 겪어보니 결국은 매뉴얼이 있어야겠다는 결론에 다다랐기 때문일 것이다. 늦었지만 우리도 분야별로 매뉴얼을 만들고 그에 따라 사전 점검하고 훈련하는 시스템을 가져야 한다. 소 잃고 외양간 고치는 일을 자꾸 반복하는 것은 외양간을 근본적으로 고치지 않아서다. 후진국형 인명 사고를 더는 당하지 않기 위해서라도 제대로 된 매뉴얼이 시급하다.

10

고유문화 말살하는
도로명 주소

도로명 주소가 도입된 지 1년이 지났다. 17년의 준비기간을 거쳐 4,000억 원이 들어갔다는 새 주소 체계다. 이를 사용하는 국민은 2015년 1월 기준 70%에 달한다고 정부는 주장한다. 멀쩡하게 잘 쓰던 주소 체계를 왜 바꿨을까? 정부는 '일제가 만든 지번체계가 현실에 맞지 않아서'라고 했다.

그러나 여전히 받아들이지 못하겠다는 국민이 많다. 정부는 국민들이 동의를 해서 시작했다고 하지만 대다수 국민은 잘 모르고 있었다. 국민투표를 해서 국민의 뜻을 확인한 것도 아니다. 살기 바쁜 국민들이야 정부가 나서서 한다고 하니까 그냥 두고 봤을 뿐이다. 세종시가 '설마' 하는 새 옮겨 갔듯이 새 주소체계도 그런 측면이 있다. 설마 했는데 정말 시행에 들어가니 국민들이 안되겠다 싶어서 헌법소원까지 낸 것이다.

정부 주장과는 달리 도로명 주소 시행 이후에도 상당한 국민들이 옛 주소를 그대로 쓰고 있다. 일제의 잔재라서 바꿔야 한다는 주장도 수긍하기 어렵다. 그것이 이유라면 웬만한 정부 부처명과 우리가 일상생활에 쓰는 국어의 상당 부분을 바꿔야 한다. 일제가 만든 것이 그만큼 많다는 것 얘기다. 서울의 동 이름만 해도 당장 명동(明洞)이니 신촌(新村)이니 하는 것부터 바꿔야 한다. 역사의 거리 인사동도 일제가 지은 이름이라는 얘기가 있다.

어떻게 보면 도로명 주소는 우리 역사와 문화를 말살하는 정책이다. 수천 년간 지속돼 온 유서 깊은 이름도 있고 역사의 변곡점마다 붙여져 역사 자체가 된 이름도 있다. 그런 동 이름이 죄다 사라질 위험에 처했다. 정부는 새 주소가 싫어서 바꾸고 싶다면 주민 2분의 1 이상 동의를 얻어서 고칠 수 있다고 한다. 국민이 왜 그런 수고를 해야 하는가? 정부가 동의를 구하지 않고 강제로 시행한 정책에 대해 국민 에너지를 그렇게 뺏어도 되는 것인가? 정부는 한국인이 현실적으로 가장 많이 쓰는 아파트 이름도 빼버렸다. 그것이 얼마나 큰 혼란을 주는지 모른다. 국민의 교감 없이 추진된 전형적인 탁상행정이다.

우리 문화는 거리를 따라 생성된 것이 아니다. 동 단위, 마을 단위로 발전해왔다. 온갖 이야깃거리도 그 안에서 생겨났다. 김삿갓 방랑기는 전라도 어느 고을, 경상도 어느 마을을 따라 전개된다.

선(線)이 아니라 면(面)의 개념이다. 유럽은 처음부터 우리와 다른 방식으로 만들어졌다. 미국 또한 인디언을 쫓아내고 마음대로 줄을 그어 주소를 만들었다. 각 문화는 제 나름의 정체성을 갖고 있다.

서울시 영등포구 여의도동 25-11 한진해운빌딩은 서울 영등포구 국제금융로 2길 25로 바뀌었다. 여의도동이라고 주석을 달지 않고 '국제금융로'라고 하면 과연 몇 사람이나 알아볼 수 있을까? 그뿐 아니라 역사적 지명인 여의도는 사라진다. 여의도는 '나의 섬' '너의 섬'이라고 부른 데서 나왔다는 설부터 '너른 섬' 또는 '너도 섬이냐?'는 뜻까지 설이 다양하다. 어느 쪽이든 일제가 비행장을 지었고, 1922년 한국 최초의 비행사 안창남이 모국 방문 비행을 하기도 한, 우리의 삶이 녹아 있고 이야기가 숨 쉬는 공간은 잊히게 된다.

여의도가 국제금융가라 그런 이름을 지었다면 앞으로 지명을 수시로 바꿔야 할지 모른다. 새 주소를 보면 LCD로, 부품 모듈화산업로, 스포츠로 같은 생소하고 즉흥적인 것들이 많다. 이런 식이면 30년, 50년 지나 해당 산업이 쇠퇴하고 식당이 들어서면 '먹자로'가 되고, 자전거산업 클러스터가 들어서면 '자전거로'가 돼야 할지 모른다.

정부는 기존 주소체계가 복잡하고 효율이 떨어져 1996년부터 이 작업을 해왔다고 한다. 1996년 당시는 스마트폰이 등장하지 않았다. 하지만 이젠 웬만한 국민은 거의 다 갖고 있어서 아무리 국토의 구석에 꼭꼭 숨겨놔도 내비게이션과 지도가 내장된 스마트폰만 있으면 찾아낸다.

그렇다면 정부는 왜 국민 세금을 축내면서 굳이 추진하려는 걸까? 이미 수천억 원을 썼기 때문에 중단할 수 없다면 20조 원을 쓰고도 큰 후유증을 남긴 4대강 사례를 참고하기 바란다. 인천 월미도 모노레일 사례도 참고할 만하다. 1,000억 원 가까이 쓴 모노레일은 결국 철거해야 할 지경에 이르렀다. 늦었다고 생각할 때 그만두는 게 낫다는 얘기다. 전국의 몇몇 지자체는 주민의 뜻을 확인하지 않고 추진했다가 적자를 낸 사업에 대해서 소송을 당하고 있다. 어떤 곳은 사업을 추진한 관계자에 대해서도 형사고발과 함께 민사책임까지 물을 태세다. 중단해도 아무 불편이 없는 새 주소체계를 극구 추진하다 나중에 국민에게서 비슷한 소송을 안 당한다는 보장이 있을까?

박근혜 정부의 지상과제는 창조경제를 진작하는 것이다. 창조란 어느 날 갑자기 하늘에서 뚝 떨어지는 게 아니다. 《수호지》, 《겐지모노가타리》, 《천일야화》 같은 이야기는 모두 '마을'과, 마을이 연계된 주인공을 중심으로 전개되고 있다. 새 주소체계를 도입하면 사라질 이름이 전국에 4만 개가 넘는다고 한다. 서울 사람들도 유서 깊고 정겨운 이름들, 이를테면 싸리골, 청량리, 오금동 같은 지명이 사라진다고 우려한다. 그 많은 이야기의 보고를 마치 불도

저로 밀어버리듯이 하는 건 문화 말살 행위가 아닌가?

　정부는 수년 전에도 일제가 도입한 도량형을 글로벌 기준에 맞
춘다면서 국민들한테 물어보지도 않고 싹 바꿨다. 그 결과 '32평'
하면 딱 떠오르던 공간 개념에 혼란이 생겼다. 정작 글로벌 스탠더
드라고 하는 미국은 여전히 골프엔 야드, 거리엔 마일, 휘발유엔
갤런을 쓴다. 영국도 파운드를 쓰고 일본은 여전히 넓이를 재는 데
다다미 몇 장을 쓰고 평(坪)을 쓴다. 지금은 개발연대가 아니다.
이미 국민의 지식수준이나 생각의 깊이가 정부를 능가하고 있다.
그런데 이런 중차대한 제도를 바꾸면서 왜 일반 국민의 뜻을 물어
보지 않는가? 민간보다 결코 더 우수하지 않은 그들이 그렇게 독
단적일 수 있는 권리를 대체 누가 부여한 것인가?

　인간은 태어나 자라면서 그 사회 구성원으로서 공유해야 할 인
자들을 하나씩 하나씩 새겨나간다. 그렇게 새겨진 것들이 세월과
함께 설화가 되고 때론 전설이 된다. 그것이 모티브가 되어서 시,
소설, 드라마가 되고 문화콘텐츠가 된다. 누가 알겠는가?《해리 포
터》를 능가할 대작이 이 땅에서 나올지.

　국민을 무시한 새 주소 체계는 국민을 불편하게 할 뿐 아니라 무
한한 상상의 샘물을 묻어버리는 실패작이다. 그러니 하루빨리 옛
주소로 돌아가야 한다.

11

허상을 쫓는
사람들

어느 시대 어느 사회에나 난제는 있다. 현재의 대한민국도 그렇다. 앞뒤가 꽉 막혀 온 국민이 갑갑해 하던 차에 이순신과 교황이 등장했다. 이순신은 영화 〈명량〉에서 현실로 뚜벅뚜벅 걸어 나와 리더십이 실종된 한국 사회를 나무랐다. 덕분에, 작품성이 그 정도까지 뛰어나다고는 할 수 없는 영화가 1,700여만 명의 관객을 동원했다.

그러고 보니 새 정부가 등장한지 2년이 지났지만 해놓은 게 아무것도 없다. 사람들이 삼삼오오 모인 자리에서 얘기를 들어보면 앞으로도 대단한 뭔가를 해낼 것 같지가 않다고 말한다. 왜 이렇게 됐을까? 누가 이렇게 만들었는가? 국회니 종북이니, 좌니 우니 하나씩 책임 소재를 따지고 들어가다 보면 결국 5,000만 국민이 모두 싸움판에 뒤엉겨 있음을 알게 된다.

이 지경이 된 나라에 이순신 장군이 살아서 돌아오면 말끔히 해결될까? 그의 리더십이면 5,000만 개의 요구를 깨끗이 잠재울 수 있을까? 아마도 이순신 1만 명이 와도 싸움판만 커질 뿐 해결은 난망일 것이다. 탈영병을 단칼에 베어버리는 '칼의 다스림'이라면 모를까. 음모가 난무하고 불평불만이 폭죽처럼 터져 나오는 한국 사회에선 그 어떤 리더십이 오더라도 조롱거리가 되고 말 것이다. 《난중일기》에 씌어있듯이 군기 확립을 위해 탈영병 목을 친 것을 두고, 군의 사기를 끌어올리려고 불쌍한 젊은이를 희생양으로 삼은 포악한 해군 수장으로 매도할지 모른다. 12척으로 왜군이 새까맣게 몰려오는 사지로 나가자고 한 것도, 자신이야 죽을 길밖에 퇴로가 없다고 판단했으니 사즉생이라고 했을지 모르지만, 정신 멀쩡한 사람더러 300여 척을 상대하라는 건 자살특공대로 내모는 짓이라며 과대망상자 취급을 했을것이다.

조선 성군 세종대왕이 와도 속절없이 당할 것이다. 야근수당 없이 노동자(집현전 학자)를 혹사해놓고 한글 창제의 공적을 독차지했다고 욕할 것이다. 국민이 원하지도 않은 한글을 만드느라 백성을 위하네 어쩌네 시간과 비용을 낭비하며 포퓰리즘 정치를 폈다고 손가락질할 것이다. 그러면서 뒤로는 수많은 궁녀와 구중궁궐에서 밤낮 성을 탐닉해서 자녀를 스무여 명이나 낳았다고 손가락질 할 것이다.

도대체 대통령이 7시간 동안 청와대서 뭘 하고 있었느냐가 세월호 사건 진상 규명과 무슨 상관이 있단 말인가? 대통령의 명령이 없으면 대한민국은 좌초된 배에서 승객도 건져 올리지 못하는 나라인가? 뭔 일만 터지면 대통령이 결단을 내리고 책임을 지라고 한다면 대통령을 한 다스로 뽑아놓고 수시로 교체하는 수밖에 없다.

교황 방한 중에 우리 시민들은 그의 리더십이면 한국의 난제를 모조리 해결할 것처럼 흥분했다. 하지만 그는 달라이라마나 성철 스님 같은 종교지도자일 뿐이다. 따라서 국가 통치자의 언행과는 다르고, 결과에도 정치적 책임이 덜하다. 그가 어떤 나라의 대통령이었다면 정치·사회적 대립이 첨예한 강정마을 사람과 밀양 송전탑 반대 주민을 만날 수 있었을까? 그들 주민이 약자인가? 그런 논리라면 교황은 북한 인권과 중국의 탈북자 강제 송환도 언급했어야 한다. 일부에선 '교황 같은 어른이 우리 사회에 없다'고 탄식했다. 큰 어른 김수환 추기경을 '시대착오적 인물'이라고 헐뜯고 '골수 반공주의자'라고 깎아내린 자가 누군가? 바로 천주교정의구현 사제단이다.

세월호 유족들은 대통령이 지명하는 특검을 믿을 수 없다고 했다. 그렇다면 대한민국은 볼 장 다 본 나라다. 부정으로 당선된 것도 아니요, 독재자도 아니요, 사건 현장에서 잘못을 저지른 당사자도 아닌 대통령을 무엇 때문에 못 믿겠다는 것인가? 그런 생각은 대다수 국민의 그것과 너무나 동떨어져 있다. 물론 누군가 뒤에서 조종하고 있다. 그런 식으로 이 사회에서 갈등을 조장하고 분란을 일으켜 나라를 앞으로 나아가지 못하게 하는 세력을 엄단할 수단이 없다는 게 한국의 아킬레스건이다. 국민들도 제 머리로 진중하게 생각해보지 않고 바람 불듯 이리 쏠리고 저리 쏠리며 국가혼란을 키우고 있다.

'박근혜 대통령의 7시간'을 규명하라는 일부의 요구와 상상력은 추잡하기 이를 데 없다. 그건 여성 대통령에 대한 성희롱에 불과하다. 그런데도 그 똑똑하다는 여성단체들은 뭘 하고 있었는가? 우리 스스로 업신여김당할 짓을 했기에 산케이신문 같은 허접한 매체가 국가수반을 무례하게도 폄훼하는 것이다.

리더는 국민이 키우고 가꾼다. 대통령을 '가카새끼 짬뽕'이라고 조롱하면서 이 땅엔 왜 리더십이 없느냐고 다그친다면 정신 나간 국민이다.

12

골든타임
지나고 있나

'세월에는 장사가 없구나!'

박태환 선수의 퇴조를 보면서 맨 처음 든 생각이다. 박태환은 2014 인천 아시안게임 수영 400m 결승에서 동메달을 딴 뒤 "미안하다"는 말과 함께 "힘이 부치는 것 같다"고 했다. 수영 선수로서는 이미 은퇴했을 나이라고 하니 이를 악물고 버텨준 게 오히려 고마울 따름이다.

역시 승부의 세계에 영원한 강자는 없었다. 박태환보다 두 살 아래인 중국선수 쑨양도 전성기를 지나고 있다. 대신 일본선수 하기노가 새싹으로 돋아나고 있다. 수영뿐만 아니라 육체로 하는 모든 경기가 그렇다. 축구의 박지성도 야구의 이승엽도 그렇게 전성기를 지나고 있다.

사람만 그런 게 아니다. 국가도 전성기가 있다. 대한민국 국민이라면 누구나 우리의 전성기는 먼 훗날에 찾아오기를 염원할 것이다. 아직은 절정을 향해 내달릴 때라고, 이 정도가 전성기여서는 절대 안 된다고. 로마·영국·미국처럼 부귀영화를 근사하게 한 번이라도 누려본 나라라면 모르되 우리는 고생고생하다 이제 겨우 허리를 펴는 수준이다. 따라서 지금이 전성기여서는 절대 안 된다. 그런데 요즘 돌아가는 형국을 보면 대한민국이란 나라, 이미 조금씩 전성기를 지나고 있는 것 아닌가 하는 걱정을 하게 된다. 정치경제적 피폐를 방치하다 정신까지 황폐해져, 입만 열면 망발을 거듭하며 망조를 보이는 일본처럼.

국가의 전성기를 이끌어내고 지속하는 것은 결국 그 나라 국민이다. 국민이 두 눈 부릅뜨고 얼마나 정신을 차리고 있느냐에 따라 미국처럼 긴 시간 전성기를 지속하는 경우도 있고, 수많은 국가 사례에서 보듯이 기울어가는 수도 있다. 국민 중에서도 국가 경영의 총책을 맡은 대통령의 능력과 자질이 결정적이다. 대통령이 수장인 행정부는 대통령직 인수위를 꾸리는 그 날부터 400m 계주 선수처럼 튀어 나가야 한다. 그렇게 전력 질주해도 한국이란 나라에서 5년 안에 이룰 수 있는 일은 한정돼 있다.

그런 시각에서 보면 벌써 2년을 허송한 박근혜 정부는 너무한 것 아니냐는 불만을 사기에 충분하다. 국민들이 조급증을 가질 만도 한 것은 출범 준비가 그렇게 소홀했으면 이후라도 재빨리 주행

궤도에 들어가 지금쯤 속도를 높여야 하는데 전혀 그럴 기미를 보이지 않기 때문이다. 이명박 정부가 부실 인사에 이은 촛불시위로 사실상 심폐 기능이 정지된 상태로 5년을 보냈기 때문에 국민들은 더 초조하다. 지금 우리가 이렇게 미적거릴 때인가?

정부는 입만 열면 구조개혁을 말하고, 4대 개혁(공공·금융·노동·교육)을 말한다. 하지만 아무것도 성공한 것이 없다. 말만 무성하지 실행된 것도 없을뿐더러 실행을 기대할만한 진전도 없다. 이러다가 이명박 정부처럼 아무것도 못 하고 내려오는 것 아니냐는 우려가 점점 커지고 있다. 이미 세월호 사고 여파로 임기의 절반가까이 날아 가버렸다. 국민들이 인사불통을 그렇게 지적해도 남의 나라 얘기인양 흘려듣더니 2015년 신년 기자회견 이후 여론조사에서는 취임 후 처음으로 지지율이 30%를 밑돌았다. 더 걱정인 것은 청와대가 바깥 여론이 어떻게 돌아가는지 전혀 모르고 있는 것 같기 때문이다. 기자회견장에서도 대면보고에 대한 기자의 질의가 나왔지만, 대통령은 장관들 앉은 자리를 돌아보면서 "대면 보고를 바라세요?"하고 묻는, 어처구니없는 장면이 나왔다. 정말 그렇게 모르고 있는가? 대통령이 왜 전화로 보고받아야 하는가?

국민들은 대통령이 국가현안 해결에 자신이 없으니까 해외순방이 많아지는 것 아닌가 의심하고 있다. 밖에 나가면 유창한 영어를 칭찬받고 패션을 칭찬을 받고, 뭣보다 골치 아픈 내정에서 벗어날 수 있다. 한마디로 국민들은 박대통령이 국민과 유리된 채 겉돌고 있다고 보고 있다.

정부가 우왕좌왕이면 국회라도 중심을 잡아줘야 한다. 그런데 그곳은 더 논할 가치조차 없는 집단이 돼버렸다. 서로가 제 파당의 이익을 위해 이전투구를 하는 곳, 저잣거리 상인들의 흥정보다 더 노골적이고 품위 없는 정책 거래가 횡행하는 곳이다. 어떤 정책이든 반드시 트집을 잡고, 통과시키는 대가로 '거래'를 한다.

그런 상부구조의 부실과 흐트러진 매무새가 알게 모르게 하부로 스며들어선지, 아니면 국가의 총체적인 역량이 떨어지면서 슬슬 쇠퇴의 길로 접어드는 것인지 그동안 잘나가던 일류 기업들도 횡보가 심상치 않다. 해외시장에서 경쟁력이 떨어진다는 소리가 들리고 그에 따라 경영실적도 우려스러운 측면이 있다. 국가는 세금에 의해 지탱되고 세금 대부분은 기업에서 나온다. 그렇게 볼 때 삼성전자와 현대차의 시가총액이 1년 만에 60여 조나 빠졌다는 건 우려스럽다. 시총 하락이 중요한 게 아니라 이들 한국 대표기업이 혹 전성기를 지나고 있는 것 아닌가 하는 걱정 때문이다.

부실과 불통의 대명사가 된 청와대, 우왕좌왕하는 정부, 뒷다리 잡는 국회에 경쟁력 떨어진 기업. 이처럼 국가 컨트롤 타워가 박자를 맞춘 듯 기능부전에 빠진 사이 사회기강이 해이해져서 각종 사건 사고가 빈발하고 있다. 이 조그마한 땅에서 이처럼 거의 매일 사건 사고가 터지는 나라도 지구에 흔치 않을 것이다. 그것도 국민소득 3만 달러에 육박하는 나라에서.

아버지가 엄하고 어머니가 살림을 잘 꾸리는 집안의 자녀는 사고를 칠 틈이 없다. 그리 보면 대한민국은 지금 상부의 모럴이 완전히 붕괴된 상태다. 우리 역사를 보면 그럴 때마다 꼭 큰 전란이나 횡액이 끼어들었다. 침몰한 세월호가 구조의 골든타임을 놓치는 바람에 수백 명의 푸른 생명을 잃었듯이 대한민국호도 시나브로 골든타임을 지나고 있는지 모른다.

13

1900년대
우리들 모습

일제에 의해 변형되고 왜곡되기 전의 우리 모습, 한민족의 원형 같은 게 있다면 어떤 것일까? 이런 궁금증이 더해가던 참에 이숲 건국대학교 겸임교수가 쓴 책《스무 살엔 몰랐던 내한민국》을 읽었다. 저자는 다양한 근현대사 자료를 훑어 일본에 침탈당하기 전의, 덧칠되지 않은 우리 모습을 복원해냈다. 개화기 외국인들이 직접 보고 느낀 대로 기록한, 아직 때 묻지 않은 한국인의 모습은 우리가 아는 것과 완전히 달랐다. 연일 망발 시리즈를 쏟아내는 아베 정권에 질린 탓인지 읽고 있으면 한줄기 소나기를 만난 듯 시원해진다.

당시만 해도 '코레아'에 대한 서양인들의 지식은 백지 상태였다. 그들은 일본이 왜곡해놓은 대로 한국인의 상(像)을 형성해갔다. 그렇게 만들어진 한국인의 이미지란 더럽고 게으르고 아둔하며 무기력하고 미개한 것이었다. 겁 많고 유약하고 부도덕하며 정신적으로 지체돼 있어 스스로 통제하지 못한다는 비하도 있다. 이런 평가는 국제사회에서 식민통치를 정당화하는 논리로 이용됐다. 곧이곧대로 받아들인 서양인들에 의해 한국은 점점 더 열등한 국가, 한심한 민족으로 추락해갔다.

같은 시기, 편견을 버리고 있는 그대로 들여다보려고 노력한 서양인들에 의해 전혀 다른 평가가 나왔다. 한국인은 자유분방하고 쾌활하며 호탕한 민족이라거나, 선량하고 관대하고 머리가 명석하다는 평가였다. 어떤 일에 흥미를 보이면 끈기와 열의를 보이고, 놀라운 이해력을 가진 지적인 민족이라든지, 일본인과 달리 태도가 거침없고 당당하다는 평도 있다.

일본인의 격식을 불편해하던 서양인들은 한국인의 자연스러운 태도와 지적인 모습에도 호감을 느꼈다. 호머 헐버트라는 사람은 "한국인에게서는 이질성을 느끼지 않게 된다. 지적, 도덕적, 정신적 동류의식이 없다면 그렇게 될 수가 없는 것"이라고 했다. 1900년대 초 한미합작전차회사에 근무하던 미국인은 "코레아인이 일본인보다 일을 더 빨리 습득했다"고 했다. 길모어라는 이는 "학습 방법이 일견 외우기만 하는 것처럼 보이지만 대단한 논리학자이고 총명한 수학자이며 전도유망한 철학자라고 한국인을 추켜세웠다. 또 어떤 이는 "한국 사람은 미개인이 아니다. 비범한 지각으로 단기간에 지식을 습득하는 그들에게 나는 늘 압도당했다. 그들은 외국어를 빨리 습득했다"고 술회했다.

한국인의 신체적 조건에 대한 언급에도 고개가 끄덕여진다. 1894년 한국을 여행한 영국 여성 지리학자 이사벨라 버드 비숍은 "한국인은 확실히 잘생긴 종족이다. 얼굴 생김새는 날카로운 지성을 나타낸다"고 묘사했다. 1895년 종로에 앉아 지나다니는 한국인을 그렸던 영국 화가 아놀드 새비지 랜도어는 "한국 중류층이 평균적인 중국 일본인보다 더 세련되고 체격이 좋다"고 적었다.

몇몇은 한국인이 겁 많고 비겁하다는 인식에 대해서도 반론을 폈다. 미국 외교관 윌리엄 샌즈는 강화도전투에서 미군이 대포를 쏘아대고 총알이 몸을 뚫는데도 화승총을 들고 물러서지 않는 전사를 겁 많고 비겁하다고 할 수 있느냐고 반박했다. 그는 또 1905년 자신을 지킬 무기도 없는 농민들이 들고일어나 일본과 맞서 싸웠다며, 지도자에 대한 엄격한 감시와 정직한 통치가 있었다면 한국인은 훌륭한 민족으로 성장했을 것이라고 평가했다.

예나 지금이나 나라를 다스린답시고 되레 망쳐놓는 정치인, 관료가 문제지 국민은 정말 우수했던 것이다. 지금껏 살면서 우리가 이렇게 멋진 사람들이었다는 말은 들어본 적이 없다. 우리 스스로 부족하고 부정적인 민족이라는 면만 세뇌를 당했기 때문이다.

우리 옛 유산을 되찾는다는 기분으로 어깨 쭉 펴고 활기차게 한번 걸어보자. 우리가 부끄러워하거나 부러워할 게 뭐 있는가. 우수한 두뇌에, 좋은 체격에, 잘생긴 얼굴에…

14

비정상의
정상화

서울시청 앞 광장은 이제 서울시민의 것이 아니다. 허구한 날 노조나 시민단체가 점거하고 있다. 숫자로 장악하고 스피커 볼륨을 높여 자신들 주장을 펼치는 전용공간이 되다시피 했다. 순한 시민이라면 접근할 엄두를 못 낸다. 광장을 만든 이명박 서울시장 때는 물론이고 오세훈 시장 때까지만 해도 많은 시민이 이 광장을 이용했다. 작긴 하지만 푸른 잔디 위에 누워서 하늘을 보거나 책을 읽는 사람, 연인끼리 삼삼오오 담소를 나누는 모습은 보는 이를 행복하게 했다.

광장뿐 아니라 서울 시내 중심가 도로도 이제 서울시민들 것이 아니다. 툭하면 거리시위를 벌이고 심할 땐 도로를 통째로 점거하는 통에 도심 거리를 여유롭게 거닐 권리를 빼앗겨버렸다. 시위도

서울시청 앞 광장은 연인들이 정담을 나누거나 시민들이 삼삼오오 모여 망중한을 즐기는 공간이었으나 지
금은 '빼앗긴 들'이 되고 말았다.

그냥 하는 것이 아니라 소란을 피우고 때로는 폭력을 휘두른다. 참다못한 시민들이 항의라도 할라치면 두들겨 팰 듯이 달려들기 때문에 쓴소리도 못 한다. 2013년 민노총 도심 집회 때도 그랬다. 나는 현장에서 그걸 목격했다.

사용권리가 있는 시민은 울화통이 터져도 참고 견뎌야 하고 공권력인 경찰은 손도 못 대는 상황이라면 이걸 어떻게 해야 하나? 가슴이 답답해진다. 서울시라도 나서서 사용목적을 규제하든지 제어장치를 만들어야 할 텐데 박원순 시장은 팔이 안으로 굽는지 방임하고 있다. 때론 자리를 펴준다는 인상까지 받는다.

그런데도 노조나 시민단체는 되레 정부더러 독재정권이니 민주주의 말살정권이니 독설을 퍼붓는다. 여건이 된다면 국민투표에 한번 부쳐보고 싶다. 세상을 무법천지로 만드는 시민단체, 노조 그리고 종북 세력과 박근혜 정부 중 어느 쪽이 독재를 하고 민주주의를 말살하는지.

한국은 우등생이 어디까지 추락할 수 있는지 보여주는 단막극의 주인공이 돼 있다. 거의 회복 불능 상태에 몰려서 박근혜 정부가 '비정상의 정상화'를 선언했지만, 정상화는 아직 요원하다. 우리 사회의 비정상은 일일이 꼽을 수가 없다. 정치권·정부·국방부와 군인·공기업·지자체·교육현장·사법기관·재벌·언론은 물론 사회의 보이지 않는 곳곳에 비정상이 횡행하고 있다.

정부는 말만 정상화를 내세울 것이 아니라 끝장을 볼 각오로 밀어붙여야 할 것이다. 지금껏 불법세력의 불법행위를 엄단하겠다고 한 정부의 말은 거의 다 엄포가 되거나 허언이 됐다. 이 때문에 불법은 다음번에 훨씬 더 강한 내성을 갖고 돌아와 조금씩 사회를 괴사시켜왔다. 그뿐 아니라 법을 준수하며 사는 선한 시민에게 전염시키고, 청소년들에게 잘못된 법의식을 심어줘 시나브로 기초질서를 무너뜨리고 포악한 사회를 만들어왔다.

무엇보다 정부는 숫자의 힘에 의지하는 불법행위에 정권의 명운을 걸고 대응할 일이다. 국민의 편익을 볼모로 잡고 거의 해마다 벌이는 파업에 번번이 패퇴했다. 2013년 겨울의 철도 총파업도 세(勢)의 힘을 빌려 정부를 굴복시키려는 시도였다. 그런 일이 다시 생기면 전 국민이 걸어서 출퇴근하는 한이 있더라도 물러서선 안 된다. 노조와 시민단체의 불법행위 하나만 바로잡아 놓고 내려와도 아버지 박정희에 버금가는 치적을 남기는 대통령이 될 수 있다고 본다. 그만큼 우리나라는 국가기강이 문란한 사회가 돼버렸다. 공권력이 무너졌기 때문이다.

미국 2대 대통령인 존 애덤스는 "정부의 목표는 사회의 행복"이라고 했다. 우리 정부는 그런가? 그렇지 않다면 정부의 직무유기다. 국민은 왜 세금을 내는가? 그 대가로 도로를 점거당하지 않을 권리, 잔디 깔린 공원에서 유유자적할 권리, 범법자를 감옥에 넣음으로써 안전하게 밤길을 다닐 권리, 듣고 싶지 않은 소음을 듣지 않을 권리를 침해당하지 않기 위해서다.

우리 사회의 불법현장에도 '깨진 유리창의 법칙'이 그대로 적용된다. 깨진 유리창이 난무하듯이 죽창에 찔린 공권력, 뚫린 법망, 걷어차이고 주먹질 당하고 부러진 정의가 난장판에 쓰러져서 구조를 기다리고 있다.

15

통일되면
가고픈 곳 많아도

통일이 되면 어디부터 가야 할까? 동으로는 '원산폭격'이란 말의 주인공이기도 한 원산부터 갈까. 이어서 영화 〈국제시장〉에서 컴퓨터그래픽으로 그럴듯하게 재현했듯이 눈보라를 뚫고 철수작전이 펼쳐진 '바람 찬 흥남부두', 꿈길 머리맡에 '쏴' 하니 물을 붓고 떠나는 북청 물장수의 고향 북청, 자유무역구 설치 얘기가 나오는 청진항. 그 위쪽 러시아 땅과 인접한 나진, 선봉까지.

서쪽으로는 경의선을 먼저 타야 할 것 같다. 장장 474년간 지속된 고려왕조의 도읍 개성을 지나 해주와 사리원을 거쳐 평양, 신의주까지 쉬엄쉬엄 맛보고 싶다. 신의주에서는 국경선을 따라 압록강 건너 중국이 보이는 만포, 우리나라에서 가장 춥다는 중강진을 거쳐 세종대왕이 설치한 육진(六鎭)이 있는 회령과 온성까지.

바라건대 한 살이라도 덜 먹었을 때 통일이 됐으면 한다. 그래야 직접 차를 몰고 광활한 중국 대륙을 동서로 가로질러 실크로드를 타고 수많은 나라의 국경 검문소를 통과해 마침내 파리 시내로 진입해볼 수 있기 때문이다. 그 길은 어쩌면 세계에서 가장 길고 로맨틱한 가도(街道)가 될 것이다. 그때가 돼서야 우리는 비로소 사실상 섬나라에서 벗어나 진정한 대륙 국가가 됐다고 할 수 있지 않을까. 북쪽으로 서쪽으로, 지금은 남의 땅이 된, 조상들의 혼이 깃든 옛 땅을 달리며 그 흙과 풀을 만져보고 보고 싶다. 때론 흠흠 코를 벌름거리고 귀를 쫑긋 세우면서 광활한 대지를 말달리던 선조, 선구자를 떠올리고 싶다.

그것이 언제가 될지는 기약할 수 없다. 하지만 늘 이런 달콤한 꿈에 젖어 있는 나를 멍하게 만드는 설문조사 결과가 있었다. 〈매경이코노미〉가 2013년 2030과 5060 각 500명을 대상으로 벌인 설문조사에서, '국민소득이 얼마쯤 되는 시기에 통일을 했으면 좋겠는가'라고 물었더니 '통일을 굳이 하지 않아도 된다'는 응답이 2030에서 40%, 5060에서 31%가 나온 것이다. 충격이었다.

국토가 뭔가? 육신이다. 베이면 아프고 고통스러운 몸이다. 허리가 잘린 지 50여 년이라는 긴 시간이 지났지만 우리는 여전히 통증을, 적어도 헛 통증이라도 느끼고 있어야 한다. 유치환이 울릉도를 '애달픈 국토의 막내'라고 했을 때, 거기에는 한 뱃속에서 나온 동기간의 정이 들어 있다.

국토가 없으면 멀지 않아 모국어가 사라진다. 세계 각지로 흩어져간 우리 동포들의 모국어 사용 실태가 그걸 증명한다. 중국 주변의 수많은 민족이 모조리 중국 땅으로 빨려들어 흔적도 없이 사라졌다. 민족의 혼, 정신이 깃든 모국어가 사라지면 아이를 낳고 또 낳아 인구가 1억 명을 넘어도 사이보그나 아바타 집단에 불과하다.

얼마 전 어느 신문에 실린 미국 상원 외교위원회 보고서를 보고 확 열이 치받는 경험을 한 적이 있다. '중국은 북한에 대해 영유권이 있다고 생각하고 있다. 북한에 대한 중국의 경제적 영향력 확대는 한반도 통일에 장애가 될 것'이라는 내용이었다. 이 보고서에는 발해와 고구려가 당나라의 지방정권이라는 중국 측 주장도 실려 있다. 우리가 정신 바짝 차려야 하는 이유다.

틈만 나면 만행을 저질러 온 북한도 아주 조금씩이긴 하지만 '경제'를 강조하고 있다. 미국을 비롯한 주변국의 강한 제재와 압박 때문이기도 하겠지만, 객관적으로 보면 북한이 살아나갈 방법이란 게 그 길밖에 없어 보인다. 따라서 그럴만한 계기만 보이면 우리가 그들 손을 잡아끌어 개방경제로 나아가도록 인도해야 한다. 그것이 통일에 조금이라도 빨리 다가가는 방법일뿐더러 갑자기 통일이 다가왔을 때 경제적 부담을 덜 것이기 때문이다.

이명박 정권은 5년 내내 북한과 척을 졌다. 그건 불가피했다. 박왕자 씨 총격살해 사건을 비롯한 연평도 포격과 천안함 폭침까지 갖은 도발을 저질러 놓고 사과 한마디 없는 북한에 퍼주기를 중단하고 대화의 창을 닫은 건 어찌 보면 당연했다.

그러나 박근혜 정권도 계속 그래야 한다는 데는 동의하기 어렵다. 시간이 많이 흘렀고 한반도 주변 상황도 많이 달라졌다. 북한은 1976년에도 도끼만행 같은 참혹한 일을 저질렀지만, 일정한 시간을 두고 남북관계는 다시 회복됐다. 돌아가는 상황을 보면 이제 역사의 한 페이지로 넘기고 다음 장으로 나아가야 할 때가 됐지 않나 싶다. 따라서 최소한의 요건만 충족되면 남북이 다시 만나야 한다. 자칫 타이밍을 놓치면 통일 대박은커녕 생때 같은 우리 땅을 사기당할 판이다.

16

나쁜 역사는
망각을 먹고 자란다

고려인들은 무슨 생각을 하며 팔만대장경을 만들었을까? 해전에 약한 몽골군은 임금이 강화도로 숨자 분을 못 삭이고 길길이 날뛰며 국토의 끝 경상도 전라도까지 치고 내려가 아녀자를 겁탈하고 방화와 약탈, 살육을 자행했다. 어찌해볼 엄두조차 못 낸 큰 힘 앞에 고려인들은 망연자실했다.

그들이 마지막으로 기댄 건 부처님의 원력이었다. 제 몸속에 들어와 앉은 이물처럼 흉측한 몽골군이 제발 물러가 주길 기원하며, 16년 세월 나무를 잘라 깎고 다듬어 경판을 만들고 한 자 한 자 땀을 뜨듯 8만 4,000자의 법문을 새겨나갔다. 적이 목에 칼을 들이댄 긴박한 상황에 국가 공권력이 할 수 있는 것이라곤 부처님의 가호나 바라는 길밖에 없었으니 얼마나 참당한 상황인가. 후손으로

임금이 강화도로 숨어들자 육지의 남은 백성은 처참하기 이를 데 없는 수모를 당했다. 약이 오른 몽골군은 길길이 날뛰며 전국에 걸쳐 약탈, 강간, 살육, 방화를 자행했다. 부처님의 원력으로 몽골군을 물리쳐보려는 처절한 몸부림 끝에 팔만대장경이 조판 되기도 했다. 그렇게 당하고도 국력 신장을 게을리 한 결과 병자호란 때는 청나라 해군이 강화도에 상륙해 섬을 초토화했다. 후세들은 역사의 아픈 교훈을 새기지 못한 채 여전히 사분오열해 있다. 갖은 수난을 온몸으로 받아낸 강화산성이 오늘따라 쓸쓸하기 그지없다.

서 가슴이 미어지는 장면이다. 1231년부터 29년간 6차례에 걸친 침략전쟁이 끝나자 10대 소년 소녀는 마흔이 넘어 있었다. 제대로 먹기를 했을 것이며, 시집장가인들 온전히 갔을 것인가. 제 인생을 깡그리 망쳐버린 그 불행한 세대는 역사의 어디에서 누구에게 보상을 받을 것인가.

조선에선 더 굴욕적이고 참혹한 날들이 기다리고 있었다. 임진왜란 7년은 류성룡이 징비록에 남겼듯이 비길 데 없이 처참했었다. 병자호란때는 남한산성에 틀어박혀 버티던 인조가 마침내 청태종 앞에 나아가 무릎을 꿇고 땅에 머리를 조아리는 삼전도의 굴욕을 당했다. 늘 그렇듯 국난이 닥치면 임금은 피하고, 적에 노출된 백성들만 짐승만도 못한 처지에서 죽임을 당했다. 그럼에도 이 땅의 지배층은 그 많은 국난을 역사의 교훈으로 삼지 못하고 훗날 일본에 또다시 혹독한 수난을 당한다.

우리 역사는 고난의 땅에서 잉태했다. 동으로는 한반도의 두 배 가까운 일본, 서와 북은 넘을 수 없는 장벽 중국과 러시아가 버티고 있다. 동아시아의 수많은 민족이 세월과 함께 흔적도 없이 사라졌거나 중화(中華)에 녹아버렸다. 그 도가니 속에서도 고조선은 한사군을 몰아내고 강보에 싸인 한(韓)민족을 훗날로 뻗어나가도록 보존해줬고, 삼국시대 땐 당나라 손아귀에 들어갈 뻔한 나라의 명맥을 이어줬다. 고려, 조선, 근대를 지나며 우리는 끊길 듯 이어지고 짓밟혀 뭉그러질 듯하다 다시 살아나는 질긴 역사를 이어왔다. 처녀를 바치고 말을 바치고 제가 입고 먹을 곡식과 옷감을 바치는 수난을 당하면서도 우리는 제 말과 글을 쓰는 민족으로 살아남았다.

하지만 우리가 배운 '찬란한 5,000년 역사'는 절대 찬란하지 만은 않았다. 그 역사의 상당한 부분은 굶주리고 얻어맞고 침탈당한 기억이 혼재하는 시간이었다. 우리가 밥술이나마 입에 넣고, 추위를 막을 따뜻한 옷을 입고, 환하게 불을 밝힌 따뜻한 방 안에서 온 가족이 행복한 웃음을 웃게 된 건 불과 40~50년 전부터다. 비록 허리가 잘린 채로나마 우리는 역사상 최단시간에 세계 10대 경제 대국으로 발돋움했다.

그런데, 우리는 너무 까마득히 잊어버렸다. 우리가 지나온 10여 년을 되돌아보면, 무슨 악마의 마법에라도 걸리지 않은 다음에야 그토록 아프고 굴욕적인 과거를 깡그리 망각한 채 이다지도 방종하고 한심한 모습을 보일 수가 있겠는가. 나라를 이끌어갈 정치 지도자들은 나라를 굴욕에 빠뜨린 인조 시절 언저리의 당파싸움에서 한 치도 벗어나지 못했다. 더 한심한 것은 그 싸움에 먹고살 만해진 국민들까지 가세해서 판을 키우고 희희낙락한다는 점이다. 어릴 적부터 들어온, '천지도 모르고 깨춤을 춘다'는 말은 이럴 때 쓰는 말 인지도 모른다.

멀지 않은 날에 하늘이 다시 이를지도 모르겠다. "너희는 도저히 어쩔 수 없는 종자로다. 내 너희의 길고 긴 고난을 어여삐 여겨

그동안 너희에게 은총을 내렸으나 이제 다 거둬들일 터이니, 예의 그 고난과 질곡과 배고픔과 패배와 피눈물이 범벅된 역사로 돌아 가라"고.

이 땅을 둘러싼 환경은 수백 년 수천 년 전과 티끌 하나 달라진 게 없다. 살얼음판의 긴장은 여전한데 이 땅의 백성만 풀어지고 해 이해져 또 다른 호란과 왜란을 불러들일 틈새를 만들어 가고 있다. 나쁜 역사의 반복은 망각에서 비롯된다.

17

시간의
마법

높은 곳에 있는 자는 언젠가는 내려오게 돼 있다. 자리가 높을수록 추락의 아픔은 크다. 그럴수록 떠받치고 있던 사람들의 어깨는 홀가분해진다. 이런 교체와 순환을 주관하는 것은 시간이다. 시간은 자취를 남기지 않는다. 인간이 시간의 무서움을 모르는 건 무영탑 같은 이런 속성 때문이다.

시간의 자취를 설핏 포착할 때가 있다. 낮 동안 땡땡하게 구워진 햇살이 서산을 뉘엿뉘엿 넘어가며 초가집 담벼락에 그림자를 드리울 때다. 그러나 잠깐만 한눈을 팔면 시간은 제 형상을 거두어 사라진다. 인간은 담벼락에 붙어 있던 시간이 없어진 것만 알 뿐 제 삶의 길이가 덩달아 짧아진 건 미처 알아채지 못한다.

시간은 아무리 사악한 인간이라도 결코 차별하거나 미워하지 않는다. 어떤 물건도 저당 잡아주는 전당포처럼 냉정하고 차별이 없다. 악한 자가 이길 때도 선한 자가 패할 때도 손을 들어 이겼노라 졌노라 심판하지 않는다. 어느 쪽이든 부드러이 감싸 마침내 그 포근함 속에서 각기 생을 마치도록 하는 우주의 큰 어머니다.

이스라엘은 2014년에 탱크와 미사일로 팔레스타인을 쑥대밭으로 만들었지만 '세계의 경찰'은 딴전을 피우고 시간은 그 곁에서 졸고 있었다. 2,000년간 나라 없이 떠돌던 민족이 불같이 일어나 집주인을 내쫓고 무자비한 죽임을 자행했지만 아무도 말려주지 못했다. 청교도적 양심 위에 세워진 미국은 시간과 함께 선악의 판단 능력이 조금씩 마비되고 있다. 팔레스타인의 실력은 총 든 왜군에 창칼로 대항하던 1592년 조선군의 그것과 비슷하다. 그래도 인간 세상은 이런 불공평을 외면하고 시간 또한 유장하게 흐를 뿐이다.

팔레스타인이여! 당신들의 소원을 이루는 데는 또다시 2,000년의 시간이 소요될지 모른다. 이스라엘은 그 아득히 긴 세월 정신줄 놓지 않고 칼을 갈아온 덕분에 마침내 지금의 집을 장만하고 또 지켜내고 있다. 팔레스타인인 당신들도 폭력과 학살을 아파만 하지 말고 먼 미래를 도모하라. 훗날 당신들을 거둬줄 공간을, 국토를 머릿속에 명확히 그려라. 그리고 그 실현을 위해 독하게 살아가라.

팔레스타인은 우리 대한민국의 거울이다. 수천 년에 걸쳐 핍박받고 때로 학살당하고 겁탈당해 왔으면서도 우리는 여전히 팔레스타인의 지위를 벗어나지 못하고 있다. 어쩌면 앞으로도 누천년을 이러고 살아야 할지 모른다. 팔레스타인의 현실을 갑갑해하면서도 정작 자신의 문제에는 감정이입조차 할 줄 모르는 딱한 현실을 우리는 살고 있다.

한국인들이여! 우리가 팔레스타인처럼 훗날 모질게 당하는 날이 오더라도 그땐 아무도 팔 걷어붙이고 나서지 않을지도 모른다는 사실을 알아야 한다. 지금 미국과 세계가, 정의를 외치는 모든 나라가, 뭇매를 맞아 피를 흘리는 팔레스타인을 쳐다만 보듯이. 그러니 한국인이여! 지금 정신을 차리고 일어나서 칼을 갈고 실력을 쌓으라. 지금 우리의 삶이 우리의 미래를 결정한다.

역사책에 나온 굵직한 것만 쳐도 우리는 수나라·당나라·거란·몽골·청나라에 당했고 일본에 당했다. 그렇게 빈번하게 나라를 유린당하고도 여전히 우리 군대와 무기는 한심한 수준이다. 국군의 날마다 가공할 만한 무기로 열병식을 하지만 호란과 왜란의 주인공들과 비교하면 탱크를 사립문으로 막는 수준이다. 그렇게 엉성한 문을 닫아걸고 저희끼리 티격태격 싸우느라 정신이 없는 나라가 한국이다. 기억력 결핍이거나 아직 고통을 덜 받아서 그런 것일 게다.

몇백 년 프로젝트가 될지 아니면 이스라엘이 그랬던 것처럼 밀레니엄급 프로젝트가 될지는 알 수 없다. 하지만 우리의 처지를 바꿀 대대적인 현상 타개에 나서야 한다. 국민 한 사람 한 사람이 나라가 어떻게 굴러가는지 눈을 번득이며 감시하고 지켜봐야 한다.

18

20대엔
뭘 해야 할까

인생에서 20대는 엄청 폼 잡을 나이다. 미성년자의 굴레를 벗었으니 흡연도 여자 친구를 사귀는 것도 눈치 볼 필요가 없다. 육체의 힘이 가장 왕성할 때라 무서울 것도 없다. 돈이 무섭다고 하지만 아직 돈으로 '뜨거운 맛'을 본 적이 많지는 않을 것이다.

20대는 거울을 많이 본다. 한창 외모에 신경 쓸 나이이기도 하지만 누군가를 닮아가야 할 나이여서일 수도 있다. 뭘 해서 먹고살지 어떤 얼굴이 자기한테 어울릴지 견줘보고 더듬어 보는 것이다. 대개 20대 초반까지는 우왕좌왕한다. 가수가 되고 싶다가도 창업해서 돈을 많이 벌겠다는 꿈으로 갈아타거나 세속적 출세의 상징인 판검사를 꿈꾸기도 한다. 20대는 그렇게 미래 모습을 그리고 조금씩 궤도를 수정해 나가는 단계다.

앞이 보이지 않아 답답하긴 하지만 그래도 20대에게는 '희망'이라는 큰 자산이 있다. 근거도 형체도 없으면서 희망처럼 사람을 들뜨게 하고 막무가내로 낙관적이게 하는 말도 없다. 고백하건대 나의 20대는 가슴속에 희망과 상상이 강처럼 흘렀다.

산 너머 남촌에는 누가 살길래/ 해마다 봄바람이 남으로 오나~
산 너머 남촌에는 누가 살길래/ 저 하늘 저 빛깔이 그리 고울까~

이 노래를 들으면 나는 지금도 가슴이 설렌다. 미지의 길, 미지의 사람, 미지의 일을 찾아 나서고 싶고 맞닥뜨리고 싶은 것이다. 불이 환하게 켜진 밤 기차가 들판을 가로질러 달리는 광경을 보고도 가슴이 마구 뛰었다. 밤하늘에 사금파리처럼 흩뿌려진 별을 보고는 남십자성이 떨어질 듯 가깝다는 남국을 동경했다.

그리 보면 요즘의 20대는 측은하다. 그들은 희망을 품기도 어려울 뿐더러 자긍심까지 잃어가고 있다. 물론 그게 그들의 책임은 아니다. 거선의 기관처럼 패기와 동력이 넘쳐야 할 젊은이들을 소심하고 무력하게 만든 책임이 우리 기성세대에게도 분명 있다. 하지만 인생의 이런 시련 또한 견뎌야 한다.

지나고 보니 나의 20대는 황금 시간이었다. 아쉬운 건 그때 더 많이 읽고 배웠어야 했다는 점이다. 많이 배우지 않고선 높은 이상을 가질 수 없다. 후일 더 많은 것, 더 고급한 것을 담을 체재를 만

들어 둬야 한다. 내 속에서 어떤 형태가 만들어지기까지, 형태를 만들어낼 기초물질이 비축될 때까지 많이 집어넣고 습득해야 한다는 얘기다.

국가적으로 보면 20대야말로 희망의 등불이다. 세계 대학 랭킹이 나오면 나는 눈을 부릅뜨고 본다. 우리 대학은, 우리 학생들의 순위는 어떤지 궁금해서다. 국가는 국가를 구성하는 국민 개개인 능력의 합보다 절대 더 우수할 수 없다. 따라서 한국 국민은 우수한데 국가의 경쟁력은 일본에 뒤진다는 명제는 성립할 수 없다. 국가 간에는 지금 이 순간에도 치열한 경쟁이 전개되고 있다. 지금 정해져 있는 국가 간의 서열도 우리들의 과거 경쟁력이 정해놓은 것이다. 경쟁은 인간이 살아가는 한, 인류 역사가 존재하는 한 영원히 없앨 수 없다.

'경쟁은 필요 없다'고 가르치는 교사나 정치인이 있다면 나라를 망칠 사람들이다. 그런 사람을 교단에 세우거나 국회에 보내면 절대 안 되는 이유다. 나라 간의 경쟁이 있는 한 우리끼리 경쟁하지 말고 오순도순 잘 살자고 해봤자 소용없다. 늑대가 밖에서 집을 부수고 있는데 토끼 가족의 단란함이 다 무슨 소용이란 말인가.

경쟁 부재의 사회야말로 궁극적으로 불평등과 차별을 조장한다. 국가 간 경쟁의 산물인 전쟁에 져서 국민이 목숨을 잃고 여자를 공물로 바쳤듯이 앞으로도 경쟁에서 지면 최악의 차별, 최악의 불평등을 겪을 수 있다. 병자호란 임진왜란 때 당했던 것처럼.

19

착각하는
한국인

"벨기에를 2 대 0 이상으로 이겨야 합니다. 그래야 우리가 16강
에 갑니다."

2014년 브라질월드컵 때 어느 TV 아나운서가 힘주어 한 말이
다. 대체 이런 강단은 어디서 나온 것일까. 우리의 희망사항이라
고 가볍게 넘길 수도 있는 말이다. 하지만 우리는 매사에 이런 식
이다. 그 아나운서의 발언이 문제였다는 얘기를 하려는 게 아니다.
우리는 어떤 중차대한 사태에 대해 그 이면까지 정확히 파악하고
결정적인 대책을 세우는 일이 서툴다. 서툰 게 아니라 그런 버릇을
들이지 않았다. 그냥 막무가내로 우길 때가 많다.

축구 얘기를 좀 더 하자면 벨기에는 우리가 쉽게 넘볼 수 없는
상대다. 브라질 월드컵 당시 16강전을 가리는 경기에서 알제리를

깬 강호다. 그 알제리는 또 우리를 크게 이긴 팀이다. 그런데 알제리와 싸울 때도 언론매체는 물론 일부 전문가들조차도 "한번 해볼만한 상대입니다. 무조건 이겨야 합니다"라고 이야기했다.

한국이라는 나라의 담장 안을 누군가 들여다보고 있었다면 실소를 금치 못했을 것이다. 물론 패기도 좋고 국민들에게 용기와 희망을 주는 것도 좋다. 하지만 객관적 지표를 가지고 정확하고 냉정하게 자신을 평가해야 한다. 당시 우리 조에 편성된 국가들의 FIFA(국제축구연맹) 랭킹을 보면 벨기에는 11위, 러시아는 19위, 알제리는 22위다. 한국은 한참 아래인 57위. 그렇다면 국민에게 어떻게 알렸어야 할까? "우리의 실력으로는 이기기 어려운 상대다. 16강은 사실상 물 건너간 것으로 봐도 된다. 국민 여러분께서도 마음 굳게 잡수시라"고 해야 옳다. 일부 국민한테 '소신머리 없고 약해 빠진 소리 하고 있다'는 욕을 먹더라도 말이다. 그런 다음에 이기는 것이야 천행(天幸)의 영역이다.

우리는 왕왕 객관적 지표나 실력을 무시하고 대드는 경향이 있다. "까짓것 죽기 아니면 까무러치기지 뭐" 그러나 통계의 오차범위에도 못 들어갈 확률을 고집하며 기대를 거는 건 비정상이다.

"지배인 나오라고 해!" "여기 사장 없어?" 이런 터무니없는 장면을 목격할 때가 가끔 있다. 이걸 '깡다구'라고 해야 할까? 깡다구는 실력이 조금이라도 따라줄 때 적합한 표현이다. 두 대 얻어터지면 한 대라도 때릴 수 있을 때 말이다. 깡다구에도 못 미치는 건 악다구니다. 우리 사회는 이와 유사한 악다구니로 한시도 조용한 날이 없다. 어쩌면 이 악다구니 수준을 실력이라고 믿는 것은 아닌지 모르겠다. 이런 거품에 올라타고 있으면서도 아무도 불안해하지 않는 것이 나는 불안하다. 심각하게 여기고 고치지 않으면 큰 망신을 당할 수도 있다. 개인 차원에서 그런 일을 당하면 그나마 다행이다. 하지만 국가 간 일이라면 나라가 곤두박질칠 수도 있다.

2014년 배우 김수현과 전지현이 중국 형다그룹의 창바이산(長白山) 생수 광고에 출연하는 문제를 놓고 분란을 겪었다. 우리가 신성시하는 백두산을 중국에선 창바이산이라고 부른다. 국내 일각에선 한국의 인기 연예인을 창바이산 광고에 등장시키는 건 한반도를 중국 역사의 일부로 편입하려는 '동북공정'의 일환이라며 반발했다. 실제 많은 한국인은 중국이 백두산을 뺏으려 한다는 의구심을 갖고 있다. 이 논란으로 인해 이미 촬영까지 마친 광고계약을 해지하느니 손해배상 청구를 하느니 옥신각신하다 결국 없던 일이 됐다.

이 일을 계기로 우리는 국가 간에 어떤 일을 벌일 때 국익과 앞뒤 관계를 차분하게 따져보는 습관을 들일 필요가 있다. 지금의 백두산 경계는 청나라 때 획정됐다. 양국 주무관청 관리들이 직접 현장에 나가 국경을 따라가며 경계말뚝을 박아 구획 표시를 했다. 물론 우리의 국력이 청나라에 크게 못 미쳤으니 억울하게 양보한 부분도 있을 것이다. 그러나 청나라 이전부터 중국이 백두산 일부를 자기 땅으로 소유하고 있었던 것 또한 사실이다. 저 먼 삼국시대까지 거슬러 올라가면 어땠을지 모르겠으나 그렇게 따지면 오늘날 세계지도는 아무 의미가 없다. 그러니 그런 것까지 포함해서 역사이고 실력인 것이다.

우리가 백두산을 백두산이라고 부르는 것과 마찬가지로 중국도 창바이산이라는 이름밖에 달리 부를 수가 없다. 독도에 다케시마라는 이름을 붙이고 자기네 땅이라고 우기는 일본과는 다르다는 얘기다.

중국인들 측면에서 보면 자기네 땅에서 나는 광천수에 자기네 땅 이름을 표기하는데 이웃 나라가 트집을 잡으니 황당하다고 생각했을 것이다. 이런 해프닝도 객관적인 팩트를 무시하고 상대의 실력을 도외시한 데서 나온 것이라고 본다. 싸움을 걸려면 승부를 계산하고 이길 승산이 있을 때 덤벼야 한다. 그렇지 않고 덤벼들었다간 뒷감당이 안 된다. 턱없는 주장으로 양국관계를 싸늘하게 만들어 한류 바람을 꺼트리지 않은 게 그나마 다행이라고 생각한다. 가뜩이나 한류의 양 날개 중 하나인 일본 시장이 완전히 식어버린 마당에.

20

국사를 제대로
못 가르치니

내 고향 영천은 포항, 기계, 안강, 다부동 전선을 잇는 낙동강 동부 방어선상에 자리하고 있다. 어른들 말씀으로는 6·25 전쟁 중 낙동강으로 흘러드는 금호강 줄기에 자주 핏물이 흐를 정도로 전투가 치열했다고 한다.

6·25를 직접 겪은 어른들한테서 북한의 만행과 전쟁의 참상을 생생하게 들은 우리 세대는 몰라도 아래로 내려갈수록 6·25는 이제 설화의 영역이 돼가고 있다. 급기야 6·25는 북침이라고 믿는 청소년과 젊은이가 많아진 것 같다. 차라리 '북침'이란 말뜻을 '북한이 침략했다'는 뜻으로 잘못 알아들었다면 얼마나 다행일까. 전쟁 발발 이틀 전인 1950년 6월 23일, 우리 군에 대한 비상경계령이 해제된 것만 봐도 북침이란 말도 안 된다.

다시 생각해봐도 대한민국이라는 나라는 정말 운이 좋았다. 동해물과 백두산이 마르고 닳도록 하느님이 보우하지 않았다면 우리가 지금 이렇게 풍요로운 삶을 살 수가 있을까? 변변한 무기체계도 없이 창졸간에 당한 침략이라 사흘 만에 서울이 점령당했다. 유엔은 6월 25일 당일 오후에 긴급 안보리 회의를 소집했고, 6일 뒤인 7월 1일 주일미군이 연합군 파견 결정에 앞서 부산에 먼저 상륙했다. 7월 7일에는 영국과 프랑스가 공동 제안한 무력원조 안건이 가결됐다. 트루먼 미국 대통령은 7월 8일 미국 극동군 사령관 맥아더 원수를 유엔군 총사령관에 임명했다. 그렇게 해서 9월 15일 인천상륙작전이 전개됐고 낙동강 언저리에서 교착 상태에 빠진 전쟁은 새로운 국면을 맞았다.

미국이 직접 당한 9·11 테러 이후의 군사적 대응이나 시리아 내전 또는 러시아의 우크라이나 침공 같은 경우를 보더라도 6·25 당시 어떻게 그렇게 신속하게 군사파견과 무력지원이 결정됐는지 수수께끼다. 당시 안보리 결의가 9 대 0으로 통과됐는데 현장에 소련이 없었던 것도 그렇고, 하늘에서 단군 할아버지가 당신의 어린 백성을 구하고자 팔 걷어붙이고 나서지 않은 다음에야 어떻게 그런 초스피드 지원이 가능했겠는가?

그렇게 나라를 구해준 맥아더 장군과, 인천에 있는 그의 동상에 대해 우리가 얼마나 야만적이고 패륜적인 행위를 했던가? 우리를 구한 미국과 맥아더가 설사 악마였다고 해도 우리만은 그런 몰지각한 행위를 할 수 없다. 미국이 중심이 된 연합군 파견이 없었다면, 전쟁이 실패로 끝났으면 어떻게 됐을지 생각만 해도 끔찍하다.

지금쯤 아들이나 조카뻘쯤 되는 김정은을 어버이처럼 모시고 살 것이다. 장기간 굶어서 평균 신장은 10㎝ 이상 작아졌을 것이다. 그것이 한국인의 씨앗, 즉 유전자에 변형을 가져오는 일은 없을까. 그뿐 아니다. 노동당 정부에 불만이 있다고 해서 어디 스피커를 볼륨 한도까지 틀어놓고 차마 입에 담지 못하는 욕설을 할 수가 있을 것인가? 경찰이 마음에 안 든다고 죽창으로 찌르고 경찰차를 불태울 수가 있을까?

우리는 중국에, 일본에, 동족에게, 언제까지 침략을 당할 것이며, 몇 번이나 멸종의 기로에 설 것인가. 그렇게 되지 않으려면 제 역사부터 똑바로 배워야 한다. 그런데 현행 한국사 교과서 8종 중 7종이 좌파 사관으로 기술돼 있다고 한다. 그러니 6·25는 북침이라는 국민이 있는 것이다. 콩 심은 데 콩 나는 건 당연한 것 아닌가.

한국현대사학회 회장인 권희영 한국학중앙연구원 교수는 역사교육의 극심한 좌편향을 보다 못해 교학사의 한국사 교과서 집필에 참여했다고 말했다. 그런데 교과서가 나오기도 전에 좌파들이 몰상식하고 비겁한 공격을 해댔다. 아무리 그래도 어찌 김구와 안중근을 테러리스트로, 유관순을 깡패로, 일본군 위안부를 성매매자로 기술했다고 거짓말을 할 수가 있는가? 평소엔 검증을 꼼꼼하게 잘도 하는 좌파 언론매체들은 이런 악성루머를 뒤돌아보지도 않고 얼씨구나 갖다가 써댔다. 이런 작태를 보고 목숨을 바쳐 나라를 수호한 호국영령들이 어찌 고이 잠들 수 있겠는가?

시간의 뒤뜰을 거닐다

초판 1쇄 발행 2015년 3월 13일
2판 1쇄 발행 2015년 4월 10일
2판 5쇄 발행 2017년 8월 28일

지은이 전호림
펴낸이 전호림
책임편집 신수엽
마케팅 황기철 김혜원

펴낸곳 매경출판㈜
등 록 2003년 4월 24일(No. 2-3759)
주 소 (04557) 서울시 중구 충무로 2(필동1가) 매일경제 별관 2층 매경출판㈜
홈페이지 www.mkbook.co.kr **페이스북** facebook.com/maekyung1
전 화 02)2000-2640(기획편집) 02)2000-2645(마케팅) 02)2000-2606(구입 문의)
팩 스 02)2000-2609 **이메일** publish@mk.co.kr
인쇄 · 제본 ㈜M-print 031)8071-0961
ISBN 979-11-5542-233-5(03810)